DESEO

AF274861

CHARLENE SANDS

LA VENGANZA DEL MILLONARIO

HARLEQUIN™

Editado por Harlequin Ibérica.
Una división de HarperCollins Ibérica, S.A.
Avenida de Burgos, 8B - Planta 18
28036 Madrid

© 2024 Harlequin Ibérica, una división de HarperCollins Ibérica, S.A.
N.º 538 - 25.4.24

© 2008 Charlene Swink
La venganza del millonario
Título original: Do Not Disturb Until Christmas

© 2009 Charlene Swink
El hotel del engaño
Título original: Reserved for the Tycoon
Publicadas originalmente por Harlequin Enterprises, Ltd.
Estos títulos fueron publicados originalmente en español en 2009

I.S.B.N.: 978-84-1062-827-4
Depósito legal: M-5943-2024
Impreso en España por: BLACK PRINT
Fecha impresión para Argentina: 22.10.24
Distribuidor exclusivo para España: LOGISTA
Distribuidor para México: Distibuidora Intermex, S.A. de C.V.
Distribuidores para Argentina: Interior, DGP, S.A. Alvarado 2118.
Cap. Fed./Buenos Aires y Gran Buenos Aires, VACCARO HNOS.

Capítulo Uno

El aroma a café le llegó desde la cocina de su ático en el hotel Tempest de Nueva Orleans. Code Landon se acercó a la cafetera y se sirvió una taza. Solo y sin azúcar, tal y como le gustaba, dio un trago y enseguida agradeció el calor en aquel frío día de Luisiana. Se fue al sofá, se sentó y encendió la televisión con el mando a distancia. La gran pantalla iluminó la habitación y empezó a pasar canales. Apoyó las botas en la mesa de centro y se acomodó.

El rostro de Sarah Rose apareció en pantalla, cincuenta y dos pulgadas de ojos verdes, suaves rasgos y rizos caobas. Code respiró hondo. Su corazón latió con fuerza. Retiró las botas de la mesa y se enderezó para escuchar la entrevista de Sarah.

—Mi trabajo en la Fundación de los Sueños es muy importante para mí. Estoy encantada de estar aquí en Nueva Orleans y agradezco a la gente de Tempest la oportunidad que me da. Ésta es una gran ciudad. Queremos que todos trabajemos juntos para reconstruir las casas de los más necesitados. Todo niño debería tener un sitio al que llamar hogar.

La entrevistadora estaba junto a Sarah, sujetando el micrófono muy cerca de su cara.

–Ahora eres una estrella del country, pero según tengo entendido, tus orígenes son humildes. ¿Es ésa la razón para cooperar?

–Creo que sí. Mi madre se ocupó sola de sacar a tres niñas adelante y de pagar las facturas. Recuerdo el miedo que pasaba de niña pensando que algún día nos quedaríamos sin casa. Ningún niño debería vivir con ese miedo. Y debido a una catástrofe natural, muchas personas han perdido sus casas. Necesitan nuestra ayuda.

Sarah estaba tranquila. Había vivido toda su vida de adulta de cara al público. Sabía desenvolverse ante la prensa, pensó Code. Había habido uno o dos escándalos en su carrera. Vinculada a casanovas y a deportistas, los rumores no habían dejado de hablar de triángulos amorosos y rupturas. En aquellos años, cada vez que había oído mencionar el nombre de Sarah, había apagado la televisión. Había leído titulares en los periódicos hasta que había aprendido a ignorarlos. Se las había arreglado para apartar de su mente a la Sarah Rose pública, pero de la privada aún seguía acordándose después de tanto tiempo.

Habían estado muy enamorados en el instituto. Creyó haber encontrado a la chica de sus sueños, a la única chica que querría para siempre. Pero Sarah había tenido otros planes que no le incluían a él. Quiso dejar Barker, en Texas, a cualquier precio, rompiéndole el corazón.

No fue mucho después cuando Sarah se había convertido en la cantante de country favorita de

América, una mujer que ganaba mucho dinero con sus conciertos. Ahora, recaudaba fondos para causas caritativas. Había logrado lo que quería en la vida.

Code no había conseguido olvidar a Sarah: ni lo mucho que la había amado ni cómo lo había traicionado por su carrera. Había necesitado años para darse cuenta de que no podría continuar con su vida hasta que consiguiera sacársela de la cabeza. Pero ahora quería más que eso, quería venganza.

La había localizado en Tempest West, Arizona, semanas atrás y la había seducido. Habían tenido una breve aventura. Code pretendía que eso fuera todo, pero se había sentido atraído por Sarah de una manera que no podía describir. No había acabado con ella todavía.

La empresa de seguridad Landon, su compañía, tenía un contrato con los Hoteles Tempest. El momento era perfecto: mientras Sarah estuviera actuando allí, él estaría supervisando el trabajo de su equipo modernizando el sistema de seguridad del hotel. Brock Tyler, dueño del hotel y buen amigo de Code, había adivinado sus intenciones, pero a aquellas alturas no le importaba lo que otra gente pensara. Se sentía con derecho a inmiscuirse en la vida de Sarah.

Le debía una y la venganza iba a ser dulce.

–Maldita sea –dijo apretando el botón de apagado.

Se levantó del sofá preguntándose a qué demonios había estado esperando. ¿Acaso una invitación de

Sarah para retomar la aventura que habían empezado en Arizona?

Code se duchó y se puso una chaqueta de Yves Sant Laurent, unos pantalones negros y se calzó unos zapatos de piel de Ferragamo. Se peinó retirándose el pelo de la frente y se echó colonia. Satisfecho, se dirigió a la puerta con una sola idea en la cabeza: volver con Sarah Rose y devolverle todo el dolor que le había causado a su corazón.

–¿Code? ¿Qué estás haciendo aquí? –preguntó sorprendida Sarah, recostándose en el marco de la puerta de su suite en el ático.

Era la última persona que esperaba ver en Nueva Orleans y menos aún frente a su puerta. Había pensado que sería el servicio de habitaciones.

Continuó con la mirada fija sintiendo que una oleada de calor invadía su cuerpo. Trató de evitar que su repentina aparición y aquellos penetrantes ojos azules la alteraran. Iba vestido de negro de los pies a la cabeza y estaba tremendamente guapo. Verlo vestido como un hombre de éxito y poder era un buen recordatorio de lo mucho que había cambiado desde sus días de juventud.

–Si no te conociera bien, diría que no te alegras de verme.

Y así era. Sarah pensaba que habían puesto fin a sus sentimientos en Arizona. Habían hecho el amor de manera dulce y apoteósica, culminando así años de incertidumbres, anhelos y penas. Había sido una

6

sensación agridulce y maravillosa, todo lo que Sarah había esperado después de haber soñado tanto con hacer el amor con Code.

Pero ¿por qué estaba allí ahora?

No podía controlar las muchas emociones que se arremolinaban en su estómago al ver a Code de nuevo. Había tenido mucho ajetreo de entrevistas, ensayos y recorriendo la zona Ninth Ward, la zona más devastada por el huracán Katrina y a la que más había que ayudar. El ver de primera mano aquella destrucción la había puesto melancólica. Necesitaba mantener la calma y tratar de recaudar fondos. La aparición de Code sólo podía complicar las cosas.

–Lo siento. Mi madre me enseñó buenos modales, pero me ha sorprendido verte aquí. ¿Querías algo?

Code parpadeó lentamente, mostrando sus largas y oscuras pestañas y las finas líneas alrededor de sus ojos.

–Esa pregunta tiene muchas respuestas.

Sarah se mostró tranquila, tratando de controlar sus emociones.

–Lo cierto es que estoy aquí por trabajo –dijo él tras unos segundos–. He venido a supervisar el montaje. Mientras estés en las instalaciones del hotel, mi compañía es responsable de tu seguridad –explicó Code echando una mirada hacia el interior de la suite–. ¿Quieres que te lo siga explicando aquí fuera?

–No, no, pasa –dijo haciéndose a un lado para que entrara.

7

Al pasar junto a ella y rozar su brazo, Sarah percibió el olor de su colonia, la misma que se había quedado impregnada en su piel tras su primera noche entre las sábanas.

—Estoy segura aquí. Mi mánager me lleva allí donde tengo que ir y, cada vez que tengo que salir, tengo un guardaespaldas.

—Te atacaron en Nashville mientras estabas en el escenario.

Se giró hacia ella justo cuando la sangre se le iba del rostro. No pudo disimular su incomodidad. Aquel recuerdo siempre lo tenía presente. Un fan enloquecido había saltado al escenario y, en su carrera, la había empujado haciéndola caer. Había pasado mucho miedo y nunca olvidaría el momento en el que el hombre había estado sobre ella.

Un miembro de seguridad había detenido al fan y se lo había llevado y había sido Robert, su mánager, el que la había tranquilizado. La había reconfortado, asegurándose de que no hubiera resultado herida. Robert había llegado hasta ella para protegerla y le había dado la opción de cancelar el resto del espectáculo. Después de una hora de palabras tranquilizadoras, había tomado la decisión de continuar y los fans la habían recibido con amabilidad y alegría, dándole una gran ovación al final.

—¿Cómo te has enterado de eso?

Code curvó un extremo de su boca.

—¿Quién no se enteró? Salió en toda la prensa. El incidente incluso apareció en *YouTube*. Además, es mi trabajo saber estas cosas.

–¿Tu trabajo?

Había pretendido mostrarse preocupado por la situación de empleo cuando ambos sabían que su compañía trabajaba en todos los rincones del país. Lo había leído en Internet y en alguna publicación. El artículo de una revista había descrito la Agencia de Seguridad Landon como la compañía más innovadora y de más rápido crecimiento de las de su clase. Su padre y él habían desarrollado un nuevo sensor que habían patentado y vendido al gobierno por millones.

No era un simple guardaespaldas. Lejos de eso, aunque también sus orígenes habían sido humildes. Había aprovechado los conocimientos militares de su padre y había aprendido el negocio de la seguridad desde abajo. Su vida había seguido el sueño americano al pie de la letra como la suya, incluso más. Al fin y al cabo, el talento de ella era un regalo, no el fruto de mucho trabajo y perseverancia.

–Me cuesta creerlo, Code.

–Estoy haciendo un favor a Brock, Sarah. Me ha pedido que supervise las cosas mientras esté aquí. Eres la mayor atracción del hotel durante las fiestas navideñas. Tan sólo estoy asegurándome de que sus intereses estén a salvo.

Sarah no le creía, pero no podía hacer mucho más que echarle de su suite.

–De acuerdo, haz lo que tengas que hacer –dijo, queriendo añadir que se fuera.

Pero lo cierto es que Sarah no quería que se fuera. Ése era el problema. En el fondo de su corazón quería que Code Landon se quedara. Había habido mucho dolor entre ellos. Sarah lo había dejado en pos de su carrera, abandonándolo a él y al amor que compartían.

Ella había conocido a Robert Gillespie cuando la vio actuar en la feria del condado de Barker. Le había ofrecido una vía para dejar la triste vida que su familia llevaba y Sarah no había tenido otra opción. Aunque Code nunca llegaría a entenderlo, lo cierto es que se había ido de Barker, Texas, con nada más que la mejor de las intenciones.

Sarah miró los ojos inescrutables de Code. Al ver que se quitaba la chaqueta y que la dejaba en el sofá, sintió un vuelco en su interior. Sarah se dio media vuelta, a modo de desprecio. Lo único que quería hacer esa noche era dormir. El dormitorio la llamaba, pero no quería detenerse en aquel pensamiento. Si Code la seguía a su interior, no tendría la fuerza de voluntad para rechazarlo.

Y cometerían otro error.

Como el que habían cometido en Arizona.

Cuando Sarah le dio la espalda, Code se hizo una promesa. No tenía interés en mujeres ambiciosas, ésas que siempre conseguían lo que querían a cualquier precio. Pero vio un extraño brillo en sus ojos durante unos segundos. No era tan inmune a él como pretendía hacerle creer.

Continuó inspeccionando la enorme suite, examinando a fondo el lugar y asegurándose de los medios que su equipo había instalado por seguridad.

Había cámaras escondidas en los pasillos y en las esquinas fuera de la suite y una media docena a la vista para disuadir, todas ellas conectadas al centro de seguridad de Landon, situado una planta más abajo. Las suites del ático tenían sus propios ascensores con llave y guardas apostados, así que nadie podía acceder sin ser visto.

Code confiaba en su equipo. No necesitaba comprobar su trabajo. Sarah no estaba en peligro. Había ido allí por un motivo diferente y había usado el asunto de su seguridad como excusa.

Code terminó de inspeccionar la suite, deteniéndose un minuto a ver su enorme dormitorio, con las sábanas de raso revueltas en la cama. La habitación olía a ella, a un fresco y dulce aroma a fresas.

Code recordó aquel olor de su juventud. Después de besarla hasta casi perder el sentido, se separaba de ella con aquel olor a fresas impregnado en su ropa, su boca y sus recuerdos.

Volvió al salón e inmediatamente se detuvo. Sarah estaba tarareando una melodía mientras colocaba un pequeño soldado de adorno en el árbol de Navidad. De espaldas a él, no sabía que la estaba observando. La observó acariciar la delicada figura antes de encontrar una rama de la que colgarla. Tenía toda la atención puesta en lo que estaba haciendo y la canción que tatareaba llenaba la estancia, transmitiendo una cálida sensación de paz.

Sin decir nada, Code atravesó la habitación y se colocó a su lado. Tomó un ángel blanco y lo colgó de una rama.

–Es un poco pronto para Navidad, ¿no? –preguntó.

Los ojos de Sarah brillaron tristes.

–No, tengo tantas que recuperar…

Code la observó allí sola decorando el árbol de Navidad con demasiada antelación, con unos vaqueros desgastados de marca, un sencillo jersey blanco y el pelo recogido con una pinza. Algo le conmovió en su interior.

–¿Necesitas ayuda?

Los ojos de Sarah se abrieron como platos.

–¿Quieres ayudarme a poner el árbol?

Code asintió.

–A mí me parece más divertido cuando no lo hace uno solo –dijo, y al ver que se quedaba pensativa, añadió–: O podemos hablar de lo que pasó entre nosotros en Arizona.

Sarah parpadeó y se quedó jugueteando con un adorno en su mano.

–Pongamos el árbol, Code. Me quedan cinco cajas más de adornos por abrir.

Code miró las cajas que estaban en el suelo llenas de bolas y otros adornos artesanales, algunos de ellos con inscripciones a mano y se dio cuenta de que debían de ser regalos de sus fans.

–¿Tienes ocho cajas de adornos?

–Como te he dicho, tengo que recuperar varias Navidades. ¿Quieres retirar tu ofrecimiento?

Él sacudió la cabeza.

–No me asustan los retos, deberías saberlo ya.

Sarah puso otro adorno en el árbol.

–Está bien que compartas esa información –dijo pendiente de lo que estaba haciendo.

–Considéralo una advertencia –dijo Code en tono serio.

Sarah le dirigió una mirada interrogante y sus ojos se encontraron.

–¿Qué estás diciendo, Code? ¿Me consideras un reto?

Él colocó otro adorno en el árbol, sin dar una respuesta a la pregunta de Sarah.

Sarah dejó la bola que tenía entre las manos y se apartó del árbol.

–Code, ¿por qué no nos dedicamos tan solo a poner el árbol sin recordar el pasado?

–¿No te gusta pensar en el pasado, verdad, Sarah?

Una oleada de resentimiento se agitó en su interior. Había creído que la había olvidado hasta lo de Arizona. Entonces, se había dado cuenta de que todavía tenía demonios contra los que luchar y Sarah era parte de ellos.

La vida de ella había empezado al conseguir su primer éxito a la edad de diecinueve, justo seis meses después de dejarle. Sus éxitos continuaron llegando, pero no sus cartas. Tan sólo había recibido una, pero el contacto entre ellos cesó poco después de su primer gran éxito. Code recordó cómo se había sentido abandonado, a la espera de una mujer que había decidido seguir su vida sin él.

Nunca la perdonaría por ello.

–No tiene sentido –dijo ella suspirando resignada.

–No podemos olvidar lo que pasó en Arizona –dijo Code, y se percató del brillo de sus ojos al recordar cuando habían hecho el amor.

–Creo que podemos –afirmó ella.

Code vio en sus ojos que estaba mintiendo.

–No fue una casualidad, Sarah.

–Fue un error –dijo ella tajantemente.

Pero no podía engañarlo.

Sarah tenía miedo de lo que aquella noche había significado, después de años de espera y zozobra. Habían acabado juntos con un gran magnetismo. Sus cuerpos se habían unido y deseos que permanecían ocultos habían aflorado. Sarah había tenido varios orgasmos y Code se había sentido sobrecogido, al verla agitarse entre tanto placer.

–Era inevitable. Tú y yo juntos.

Sarah tomó otra bola con una inscripción y la foto de una fan justo en el centro. Se quedó mirándola mientras ponía orden a sus pensamientos.

–Deberíamos olvidar lo que pasó entre nosotros.

Code le quitó el adorno y lo colgó de una rama cercana.

–¿Al igual que tú te olvidaste de mí?

Ella abrió los ojos como platos.

–Nunca te he olvidado, Code.

Code la tomó entre sus brazos, rodeándola por la

cintura y metiendo sus dedos en los bolsillos traseros de los vaqueros de Sarah. La atrajo hacia él y sintió cómo se estremecía. Luego, bajó la mirada a sus labios.

–Demuéstralo.

Capítulo Dos

Hacer el amor con Code Landon en Arizona no había sido muy inteligente. La había pillado por sorpresa. No esperaba encontrarlo en Tempest West. Tenía la guardia bajada y se sentía emocionada, ansiosa y algo más. Su corazón estaba confuso. Ahora, él era más fuerte de lo que recordaba. Sin pretenderlo, le había roto el corazón y había sentido su ira cuando habían hecho el amor. Pero también se había mostrado cariñoso y entregado, a pesar de la latente ferocidad que había percibido en él.

El error había sido cometido y ahora Sarah se sentía incapaz de negarle un beso. Había pensado a menudo en aquella noche que había pasado con él, tratando de dejar a un lado sus sentimientos y culpando a la falta de afecto por la que estaba pasando en ese momento. Pero lo cierto era que Code Landon era un hombre inolvidable: guapo, apasionado,... Había estado enamorada del muchacho y aquellos sentimientos habían vuelto a resurgir incluso a pesar de que ya no era la persona cariñosa y dulce que una vez había conocido.

Había conseguido destrozar aquella parte de Code Landon y sabía que tener una aventura con él sólo podía causarle más dolor.

Code rozó sus labios con los suyos, su boca firme y decidida. Su olor trasmitía masculinidad y se entregó al beso, como si cayera a un precipicio. No había esperanza de salvación. La caída la destrozaría, pero se sentía incapaz de resistirse al disfrute de la pasión una vez más.

Code la atrajo aún más hacia él, metiendo las manos en los bolsillos traseros. Su masculinidad se hizo evidente y ella se entusiasmó al comprobar que podía excitarlo de aquella manera con tan sólo un beso.

–Todavía sabes a fresas –murmuró él, haciendo más intenso el beso y frotándose contra la unión de sus muslos.

–Oh –gimió ella junto a sus labios.

Code inspiró justo en aquel momento, evidenciando cómo el placer de Sarah lo afectaba.

Code pasó su lengua por el labio inferior de ella y le hizo abrir la boca, lo que le provocó un gruñido de placer. Temblorosa, Sarah gimió de nuevo en un confuso estado de excitación.

Con la rodilla le separó las piernas y se acercó todavía más. Sarah apenas podía respirar y lo único en lo que pensaba era en estar desnuda junto a él otra vez, compartiendo aquella intensa pasión y rindiendo su cuerpo traidor que parecía decidido a hacer lo que él quisiera por mucho que intentara resistirse.

Code continuó besándola por el cuello hasta pasados los hombros. Hundió los labios en la clavícula y luego más abajo, hasta que los pezones de Sarah se pusieron duros de excitación.

Se había entregado a él tan sólo una vez y parecía que cada célula, cada nervio, cada centímetro de su cuerpo estaba marcado con el recuerdo, con una marca indeleble que permanecería en ella para siempre.

–Llevas demasiada ropa puesta –susurró él.

Con destreza, le bajó del todo el jersey y le desabrochó el sujetador, sus ojos hambrientos en la prenda antes de quitársela.

Sarah arqueó la espalda, mostrando su desenfrenado deseo.

Code recorrió con la boca sus pechos, primero uno y luego otro, humedeciéndolos. Luego sopló sobre su piel, haciéndola estremecerse.

–Oh, Code –susurró sin apenas reconocer su voz, y lo tomó por el pelo, sujetándolo contra ella.

Él deslizó la lengua por uno de sus endurecidos pezones, humedeciendo la rosada areola y haciéndola sentir húmeda y caliente. Sarah se retorció de placer y cuando él se apartó para mirarla a los ojos, se derritió al ver aquel brillo de sensualidad en su expresión.

–Deseo tenerte esta noche –dijo él con resolución–, a mi manera.

Sarah estaba demasiado aturdida como para saber qué quería decir con aquello. Había sido una afirmación, no una petición. Pero no le importaba. En cuanto sus labios rozaron los suyos, se había olvidado de toda cautela.

Quizá fuera lo que había deseado desde siempre.

Quizá fuera su manera de arreglar lo pasado.

O quizá fuera que era incapaz de ver más allá de aquellos cautivadores ojos azules en un rostro que siempre había amado.

«A mi manera». Aquello no podía ser bueno, ¿no?

−¿Qué significa eso exactamente? −susurró distraída.

La había tomado por las nalgas, atrayéndola hacia su erección. Sus senos desnudos aplastados sobre su pecho.

−Como te dije, sin ataduras, sin remordimientos y sin compromisos.

Su mirada pasó de cálida y hambrienta a fría y dura en un claro desafío que no pudo resistir, y menos con su cuerpo oprimido contra el de ella. Aquello de «sin ataduras» la intrigaba más que nada en el mundo. Respecto a los remordimientos, ya los tenía, así que ¿qué suponía uno más? ¿Y los compromisos? Sarah Mae Rose y Code Landon no estaban destinados a tener un futuro en común. Eso lo sabía con certeza.

−Estoy de acuerdo con tus condiciones −susurró, y lo rodeó por el cuello besándolo intensamente, ignorando su sorpresa.

Code tomó de la mano a Sarah y la dirigió al dormitorio, envuelto en su olor y con la idea de volver a hacerle el amor. La luz de la luna llenaba la habitación. Él entró, reparando en las sábanas de raso y en la confortable cama en la que planeaba explorar cada centímetro de su cuerpo. Pero algo llamó su atención: la foto de Sarah con el jugador de los Dallas Cowboys, Rob Hanson. Tenía el brazo alrededor de los hombros de Sarah y ambos sonreían felices a la cámara. La foto enmarcada estaba colocada al lado derecho de la cómoda, justo al lado de otra foto de Sarah con su madre y sus hermanas.

Sintió que la ira se apoderaba de él, pero enseguida se recordó que no debía caer en las redes de Sarah de nuevo. Ya le había roto el corazón antes, pero esta vez era diferente. No dejaría que el romanticismo se interpusiera. Deseaba a Sarah, pero no permitiría que su corazón se viera afectado. Apartó la mirada de la foto y sus ojos se posaron en una caja con cartas de fans que había en el suelo, junto a la mesa. Había papel y bolígrafo sobre la mesa, así que parecía que había estado escribiendo a un fan.

Aquello le recordó que Sarah había preferido tener una vida de celebridad a estar con él. Ahora podía soportarlo, pero nunca olvidaría que le había dejado. Trató de calmar su angustia, controlando su ansia.

Esa noche la pasaría con Sarah y se aseguraría bien de que nunca lo olvidara otra vez. Cada vez que pensara en hacer el amor, su nombre, su rostro y su cuerpo se le vendrían a la memoria.

Code se detuvo junto a la cama y se giró para mirarla. Su mirada inocente y confiada hizo que por un instante considerara retirarse.

–Quítate los zapatos, nena.

Sarah obedeció, dejando sus pies descalzos y mostrando las uñas rojas de sus dedos.

Code deslizó las manos por los vaqueros de Sarah hasta llegar a la cintura. Le bajó la cremallera y los dejó caer lentamente, junto a sus bragas. Rápidamente, sus manos volvieron a acariciar su piel desnuda, recorriendo cada centímetro. Ella se estremeció y respiró hondo.

–¿Recuerdas esto, Sarah?

Él acarició sus más íntimos rincones con un dedo, sin dejar de mirarla a sus ojos verdes.

Sarah estaba caliente por todas partes y Code sintió que aquel calor interior lo estaba matando. La besó en los labios, primero suavemente, luego con mayor intensidad, mientras rítmicamente seguía acariciándola con su dedo.

Ella gimió de placer y Code cayó de rodillas. La tomó desde atrás y sustituyó su dedo por su lengua. La saboreó y, cuando ella intentó girarse, la sujetó por las caderas, manteniéndola quieta cuando quiso moverse a la vez que él. Continuó acariciándola una y otra vez, y cuando la oyó gritar, soltó sus caderas, dejando que se agitara frenéticamente, entre rápidos e intensos jadeos.

Estaba bellamente desnuda y agonizando de pasión. Code no había visto nada tan poderoso en su vida. Sarah, con la cabeza echada hacia atrás y un sensual brillo cubriendo su cuerpo perfecto, alcanzó el orgasmo entre gemidos y suspiros.

Code se levantó para mirarla y la besó apasionadamente, sujetando su cabeza y metiendo la lengua en su boca.

–Code –murmuró Sarah respirando entrecortadamente–. Ha estado muy bien –añadió mirándolo con timidez.

–¿Muy bien? –repitió él.

Ella esbozó una sonrisa que iluminó toda la habitación.

–Increíble, inolvidable. No quiero que se te suba a la cabeza.

–Demasiado tarde.

Sarah rió. Su alegría resultaba contagiosa y Code sonrió. Luego se puso serio. Todavía no había acabado con ella. Se quitó los zapatos, reparando en que aún estaba vestido.

–Quítame la ropa, Sarah.

La besó de nuevo y ella obedeció, quitándole la camisa y besándolo por todo el pecho. Con su lengua, jugueteó con sus pezones, humedeciéndolos.

Code gimió y la atrajo hacia sí.

–Necesito penetrarte –susurró en su oído.

Sarah le desabrochó los pantalones y se los quitó. Code la empujó suavemente para que se tumbara en la cama, pero ella lo detuvo, colocando su mano fría sobre su erección.

–O puede que todavía no –añadió él.

–Sin ataduras, ¿recuerdas?

–Sí. Me alegro de que tú también tengas buena memoria –dijo él mientras ella empezaba a acariciarlo.

Code la tomó por las caderas y se besaron apasionadamente mientras ella hacía maravillas con sus manos. Cuando se arrodilló, Code la miró y colocó las manos sobre su cabeza mientras ella lo llevaba al límite con su boca.

La detuvo con la mano y la levantó hasta la cama. Ella lo rodeó con sus brazos y ésa fue toda la invitación que necesitó. Se unió a ella, dispuesto a tomarla.

–No juegas limpio –dijo él.

–¿No es más divertido así?

Code sonrió y se colocó sobre ella.

–Sarah, los juegos no están más que empezando.

La hizo separar las piernas y la penetró lentamente, tomándose su tiempo y observando la expresión de puro placer de su rostro. Un pequeño gemido se escapó de sus labios y Code reconoció la misma clase de satisfacción que había sentido anteriormente al volver a unirse a ella.

Después de la primera embestida, perdieron el control. Su cuerpo se ajustaba al suyo perfectamente y Sarah lo recibió con jadeos que incrementaron su deseo aún más.

Ya desde su primera vez en Arizona, Code sabía que era inevitable que volvieran a hacer el amor. La espera había sido larga, así que cuando ella se arqueó y gimió, Code se incorporó haciendo que ambos alcanzaran el orgasmo.

Sarah se agitó con fuerza y luego suspiró y se relajó en la cama.

–Tú tampoco juegas limpio –murmuró.

Code se tumbó de espaldas, sintiendo cierto alivio en su cuerpo. Luego se giró hacia ella y sonrió.

–Lo sé, cariño, es mi mejor virtud.

**

Sarah estaba en su cama, acurrucada junto a Code, que la rodeaba con su fuerte brazo. Curiosamente, en aquel momento se sentía en paz con él. Le recordaba su juventud y el amor que habían compartido en la época en que había sido realmente feliz.

Entonces, había hecho lo que tenía que hacer. Su lealtad había sido para su familia; su madre y sus hermanas vivían ahora confortablemente. Sarah se ganaba la vida cantando y recaudaba dinero para obras de caridad, su manera de compartir lo que recibía aunque, si miraba en el fondo de su corazón, quizá fuera también la manera de arrepentirse por el modo en que se había comportado con Code Landon.

Había continuado con su vida y había tenido éxito, sintiéndose satisfecha y contenta.

Hasta que Code había aparecido en su vida de nuevo.

Con tan sólo una mirada, todo su mundo se había venido abajo.

Se quedó mirando distraídamente el techo, pensando en el muchacho del que se había enamorado doce años atrás.

Había sido paciente.

—Esperaremos hasta que nos casemos, si eso es lo que quieres, Sarah —le había dicho.

Había sido protector.

—Nunca dejaré que nadie te haga daño.

Había sido sincero.

—Siempre te querré, no importa lo que pase.

Paciente, protector, sincero. Ahora, Sarah temía que Code no fuera ninguna de aquellas cosas.

Habían hecho el amor durante toda la noche y aquello de «sin ataduras» tenía un nuevo sentido. Code la había introducido en un nuevo mundo de sensualidad que no conocía. Le había dado su confianza mientras él la instruía, enseñándole nuevas posturas y mostrándole una percepción de su propio cuerpo que nunca había tenido antes.

Code le revolvió el pelo y ella se giró y lo encontró observándola. Aquellos profundos ojos azules que la noche anterior la habían mirado con pasión, parecían ahora indescifrables.

–¿Qué hora es? –preguntó él.

–Pasan de las siete.

–Debería irme.

Ella suspiró. Quería que se quedara, pero no se lo pediría. La calidez y la pasión de la noche anterior parecían haberse evaporado por la mañana. Quizá ambos tuvieran recelos sobre la noche de sexo que habían pasado. No insistiría. Él le había dicho que entre ellos no habría compromisos ni remordimientos.

Además, había quedado a desayunar con Robert y luego haría una visita a Garden District. Sarah comería con el alcalde de la ciudad, bajo los objetivos de las cámaras. Robert lo había preparado todo y no podía reprochárselo. Si aquellas apariciones en la ciudad llamaban la atención sobre su causa, entonces merecería la pena. Aun así, no le apetecía demasiado el día que Robert le había organizado. No estaría libre hasta las siete de la tarde, después de otro ensayo con su banda.

Las últimas doce horas que había pasado iban a ser más divertidas que las doce siguientes, pero Sarah era una profesional. Sabía lo que tenía que hacer y nunca defraudaba a nadie.

Code se levantó de la cama y la luz del sol rodeó su cuerpo desnudo como si de un foco se tratara. Había acariciado y besado cada centímetro de su cuerpo y, aun así, seguía maravillada por el espécimen masculino que tenía enfrente. Él le sonrió y provocó que Sarah sintiera las mejillas arder. Después de la noche que habían pasado, nada debería avergonzarla.

–Me ducharé en mi habitación –dijo, recogiendo su ropa del suelo y poniéndosela.

Sarah observó sus movimientos rápidos y fluidos y recordó lo buen amante que era. Nunca había tenido una noche tan placentera en su vida.

Cada parte de su cuerpo se sentía saciado.

Después de que Code se pusiera los zapatos y sin siquiera molestarse en abrocharse todos los botones de la camisa, se acercó a la cama y, de un suave tirón, apartó las sábanas de ella.

Sarah jadeó. Desnuda a plena luz del día, se quedó observándola con su intensa mirada azul. Extendió la mano y la acarició entre los muslos, moviendo uno de sus dedos en el centro de su feminidad. Sarah se estremeció y sintió que una llama se encendía en su interior. Siguió acariciándola por el vientre hasta el ombligo, deslizando su mano por el pecho y provocando que sus pezones se endurecieran. Finalmente, su mano llegó al hombro y continuó subiendo por el cuello hasta el rostro.

Con el dedo gordo rozó sus labios y, presionándolos suavemente, se los hizo abrir. Luego se inclinó y la besó en la boca.

—Adiós, Sarah.

Sarah parpadeó. Antes de que Code saliera por la puerta, se levantó de la cama, cubriéndose con una sábana.

—¿Cody?

—Ya nadie me llama Cody —dijo tomando su chaqueta y sujetándola con un dedo por encima de su hombro.

—Yo sí —dijo ella levantando la barbilla.

—Cierto.

Code miró hacia la puerta.

—¿Y ahora qué? —preguntó Sarah.

Code ni siquiera se molestó en pretender que no había entendido la pregunta. Se quedó mirándola y sacudió la cabeza.

—No lo sé, Sarah.

Pero ella se dio cuenta. Al mirarlo a los ojos, vio la verdad ante ella. Sin remordimientos ni compromisos. Eso era todo lo que Code quería.

No iba a dejar que su orgullo se resintiera. Había dado su conformidad a sus condiciones. Sarah mostró una amplia y falsa sonrisa, merecedora de algún premio de la Academia.

—Bueno, entonces, adiós.

Él inclinó la cabeza y se fue.

***

–Está bien, eso ha sido todo –dijo Sarah a los miembros de su banda, quitándose los auriculares y la guitarra que colgaba de su hombro–. Hemos terminado por hoy.

Betsy McKnight, una de las tres chicas del coro y la más cercana a Sarah en edad, se bajó de la plataforma y cruzó el escenario para tomar la guitarra de manos de Sarah.

–¿Estás bien, Sarah? Pareces algo apagada.

–Estoy bien, tan sólo un poco cansada, Betsy.

–No es normal en ti acortar un ensayo.

Había tenido un día difícil, pero estaba acostumbrada a trabajar durante horas. Se sentía cansada y se preguntó si tendría que ver con la noche de sexo que había pasado con Code.

–Todos hemos trabajado mucho. Nos sabemos todo perfectamente –dijo, y se volvió a los seis miembros de la banda, que estaban recogiendo sus cosas al fondo del escenario–. Tomaos el día libre mañana, chicos. Haced un poco de turismo y comprad algo en la ciudad. Mañana no habrá ensayo. Estamos listos para actuar.

Betsy la miró con suspicacia mientras guardaba la guitarra en su funda y se la entregaba a Brad.

–Sarah, ¿qué está ocurriendo?

Sarah se encogió de hombros.

–No lo sé. A veces el mundo se me viene encima y me pregunto cómo sería llevar una vida normal. Ya sabes, que pudiera ir por ahí sin ser reconocida, una casa con niños… Aunque fuéramos pobres, mi madre siempre me inculcó un sentido de familia.

Siempre tuvimos mucho amor en casa, incluso cuando mi padre nos abandonó.

–Nunca te había visto tan melancólica. Al menos, no desde aquella vez en que…

Betsy se calló y Sarah agradeció su consideración. Betsy había sido la persona en quien había confiado cuando los titulares de los periódicos se hicieron eco de la escandalosa historia entre Sarah y un conocido jugador de béisbol, casado.

Nada de aquello había sido verdad, pero aun así, el nombre de Sarah había sido arrastrado por el barro, manchando su buena reputación. A pesar de eso, aquel año había sido récord de ventas.

Sus fans se habían mantenido fieles y era de agradecer. Al poco, el público en general había perdonado y olvidado. Pero Sarah no había podido olvidar aquel episodio de su vida y el estrés que toda aquella situación le había provocado.

Ahora, de nuevo se sentía incómoda y todo por la reaparición de Code en su vida.

–Creo que estoy más cansada que melancólica –le dijo a Betsy–. Necesito una buena noche de sueño para recuperarme. Estaré de mejor humor mañana. Han sido unos días agotadores.

–De acuerdo, pero si necesitas hablar, recuerda que Betsy tiene un buen par de orejas y unos labios sellados.

Sarah sonrió.

–Lo sé, Betsy, y te lo agradezco.

La expresión de Betsy pasó de sorprendida a seria.

–¿Te vas directamente a la cama, verdad?

–Así es. Estoy deseando meterme entre las sábanas y… –se detuvo al ver que la atención de Betsy se detenía en el fondo del auditorio.

Sarah miró en aquella dirección.

Code Landon, vestido de oscuro, estaba junto a las puertas.

–Dios mío –susurró Betsy–. ¿Quién es? Quiero uno igual.

Sarah protestó en silencio. Sólo de verle, el ritmo de su corazón se aceleró. Imágenes del cuerpo de Code contra el suyo entre las sábanas de seda le hicieron recordar las cosas eróticas que habían hecho juntos.

–Es mi… Está encargado de la seguridad del hotel.

–¿Es tu guardaespaldas? –preguntó Betsy bajando la voz.

–No exactamente –dijo a pesar de que lo cierto era que Code parecía haber asumido ese papel–. Es una larga historia.

–Pero me la contarás, ¿verdad?

–Quizá algún día, Betsy –dijo mientras se acercaban a Code, que tenía sus ojos puestos en Sarah–. Hazme un favor. No me dejes a solas con él, ¿de acuerdo?

–¿Estás de broma?

Pero Sarah no sonrió ante el comentario de Betsy.

–De acuerdo, lo entiendo –añadió poniéndose seria.

Sarah sabía que podía confiar en Betsy. No se fiaba de sí misma con Code Landon. No quería repetir lo que había pasado la noche anterior.

No debía de haber aceptado las condiciones de Code. Sarah no era de la clase de mujeres a las que no les gustaban los compromisos. No le gustaban las aventuras casuales, a diferencia de lo que escribían los periódicos. La noche anterior se había dado cuenta de que Code y ella no estaban en la misma página. Las reglas que había expuesto la noche anterior no habían variado en nada por la mañana, como había esperado. Él quería una noche de sexo mientras ella quería algo más.

Deseaba algo que aquel maduro y amargado Code Landon no podía darle. Le apenaba pensar así, pero el comportamiento frío de Code por la mañana y su rápida partida se lo habían dejado claro.

—Necesito hablar contigo —dijo Code, nada más llegar junto a él.

Sarah entrecerró los ojos. No seguiría las reglas de Code por más tiempo.

—Tendrá que esperar. Betsy y yo tenemos que seguir ensayando algunas canciones.

Code miró a Betsy y extendió su mano.

—Soy Code Landon.

Betsy la estrechó y sonrió.

—Yo me llamo Betsy McKnight.

—Tiene una voz muy bonita, señorita McKnight. Me ha gustado el ensayo.

Betsy se sonrojó.

—Gracias. Es fácil cantar bien junto a Sarah.

Él asintió y volvió su atención a Sarah.

—Es un asunto de negocios y no puede esperar.

—Robert se encarga de esos asuntos, habla con él.

Los músculos del rostro de Code se tensaron.

–Es algo que tiene que ver contigo personalmente.

Sarah no sabía cuánto estaba dispuesto a decir Code delante de Betsy, pero por la expresión de sus ojos, no confiaba en que fuera a ser discreto.

–Es sobre la Fundación de los Sueños. Te he encontrado un buen contribuyente.

Sarah parpadeó. La Fundación de los Sueños era su punto débil.

–Más tarde repasaremos esas canciones, ¿de acuerdo? –le dijo a Betsy.

Betsy la miró, sin saber con certeza qué hacer.

–¿De acuerdo? –repitió su amiga.

–Está bien, Betsy. Gracias por el ensayo de hoy. Te veré en un par de días.

Se dieron un abrazo y Sarah esperó a que Betsy saliera del auditorio, antes de volver a mirar a Code. Estaba intrigada por saber quién era el nuevo contribuyente.

–¿Quién es? –preguntó.

Code sonrió y sus ojos azules se quedaron fijos en ella.

–Yo.

Capítulo Tres

–Ésta es la casa de Brock –explicó Code a Sarah, haciéndose a un lado para que entrara en el ático–. Me estoy quedando aquí mientras él está de viaje.

Sarah entró y miró a su alrededor, sin sorprenderse del entorno tan masculino. Code había insistido en que hablaran en privado, así que, por el bien de la Fundación de los Sueños, había accedido a ir allí con él.

Inquieta, insegura, con la guardia en alto, nunca habría accedido a aquello si no hubiera dicho las palabras mágicas. Sarah estaba entregada a su obra de caridad aunque eso supusiera que Code Landon se implicara. El dinero era el dinero y necesitaba todo el que pudiera recaudar.

–Has sido descortés con Robert –dijo ella.

Se habían encontrado con su mánager en el pasillo y Code y él habían tenido un enfrentamiento verbal.

–Ese tipo necesita tener una vida –dijo Code, quitándose la cazadora de cuero y dejándola en un sillón de piel beis.

Sarah se rodeó con sus brazos para impedir que le quitara la chaqueta vaquera en un intento de recordar que la visita debía ser breve. Se había vestido cómodamente para el ensayo con vaqueros y zapatillas de correr, pero Code tenía una extraña manera de hacerla sentir incómoda a pesar de lo que se pusiera.

–Le dijiste que iba a cenar contigo. Eso no es cierto. Sólo quiero escuchar lo que tienes que decirme y luego me voy a la cama.

Code levantó una ceja a modo de provocación, pero Sarah no le siguió el juego.

–Los dos tenemos que comer algo, Sarah. Será mejor que lo hagamos juntos.

–No tengo hambre –dijo educadamente–. Gracias, pero no quiero cenar esta noche.

Code sonrió.

–De acuerdo. La señora no tiene hambre. Siéntate, iré a por algo de beber.

–Té frío para mí –dijo mirando el confortable sofá, aunque decidió que estaría más cómoda en una de las dos butacas que había en la habitación.

Sarah quería mantenerse firme. Estaba exhausta. Una bebida con alcohol podía llevarla al límite y no quería repetir una noche con Code. No es que la noche no hubiera sido fantástica, pero no merecía la pena aquella extraña sensación con la que se había encontrado por la mañana al ver el frío y brusco comportamiento de Code.

Tenía que concentrarse en la Fundación de los Sueños y saber hasta dónde estaba Code dispuesto a ayudar. Eso era todo lo que importaba.

Code se preparó un trago de *bourbon* y luego llenó un vaso con té, añadiendo unos cubitos de hielo antes de llevárselo.

–Gracias –dijo ella, tratando de disimular el estremecimiento que había sentido al rozar sus dedos–. ¿Qué quieres decirme sobre la Fundación?

Code se sentó frente a ella y se acomodó, observando el movimiento del líquido en su vaso. Los segundos pasaron. Cuando la miró a los ojos, a punto estuvo de derretirse al ver una emoción sincera en su rostro.

–He ganado mucho dinero en estos años. Más de lo que nunca había imaginado –dijo, y luego se inclinó, apoyando los brazos en las piernas–. La Fundación de los Sueños hace un buen trabajo. Hay mucha necesidad aquí en Nueva Orleans. ¿Qué te parece si te ofrezco igualar la cantidad de dinero que recaudes estas Navidades?

Sarah estaba a punto de dar un sorbo y se quedó paralizada. No podía beber en aquel instante. Seguramente, se le derramaría el líquido al llegar a la boca. Lentamente, bajó el vaso y lo dejó en la mesa que había junto a ella.

–¿Sabes de cuánto dinero estamos hablando?

Code sonrió.

–Lo sé. Tus conciertos consiguen reunir cientos de miles.

–¿Y estás dispuesto a ayudar tanto?

Tranquilamente, Code dio un trago a su bebida. Hablaban como dos personas que no hubieran compartido la misma cama apenas veinticuatro horas antes.

–Lo estoy.

Sarah se quedó estudiándolo unos segundos, tratando de adivinar sus intenciones.

–¿Por qué?

–Me preocupan los temas sociales.

Sarah arqueó sus cejas, sorprendida.

–Sé que antes no me importaban, pero mis contables han contribuido en muchas obras de caridad en mi nombre. Esta vez, quiero tomar parte activa y ayudar.

Sarah sacudió la cabeza.

–Sigo sin entenderlo.

Code la retó con sus intensos ojos azules.

–¿Estás rechazando mi ayuda?

–No seas tonto, Code. Aunque personalmente te odiara, aceptaría tu dinero. Por la Fundación.

–¿Tan entregada estás?

–Sí, lo estoy.

–¿Me odias?

Sarah inspiró profundamente y expulsó el aire.

–¿Cómo puedes preguntarme eso después de lo de anoche?

Code la miró con tanta intensidad que hizo que la piel de Sarah se erizara. Aun así, no le contestó.

–Podría preguntarte lo mismo, Code. ¿Me odias?

–No, no te odio, Sarah –respondió tranquilamente.

Sarah se enderezó en su butaca y levantó la barbilla. Había contestado a su pregunta, pero no le había dicho lo que quería oír. No había dicho nada de sus sentimientos hacia ella. Quería algo de él.

Habían hecho el amor en dos ocasiones y ambas la habían dejado afectada. Parecía que Code no fuera un hombre dispuesto a revelar sus sentimientos.

Pero ahora se sentía agotada y no quería tener que analizar sus confusos sentimientos hacia él. Se habían salido del tema, que no era otro que la contribución que Code estaba dispuesto a hacer para las víctimas del huracán Katrina.

–¿Así que quieres igualar la donación que haré por los ocho conciertos?

–Tengo un tope, Sarah: un millón de dólares.

–¿Estás dispuesto a donar un millón de dólares? –balbuceó Sarah.

–Me gusta más la idea de igualar la recaudación de tus ocho conciertos, pero sí, donaré un millón de dólares a tu causa.

Sarah se acomodó en su asiento y suspiró.

–No sé qué decir. La Fundación de los Sueños lo agradecerá.

Code asintió.

Entre feliz y dudosa, Sarah no estaba segura de por qué se sentía tan extraña, excepto porque estaba cansada y no era del todo inmune a la generosidad de Code.

Se puso de pie.

–Estás haciendo algo bueno. Las víctimas del huracán necesitan toda la ayuda posible.

Code se levantó de su asiento y se acercó a ella.

–He visto tus entrevistas, Sarah. Eres la portavoz perfecta para la Fundación.

Sarah parpadeó, sorprendida de que Code opinara que hacía algo bien.

–Gracias –balbuceó.

Code podía ser encantador cuando quería.

–Podemos ocuparnos de los detalles más tarde –dijo Sarah dispuesta a marcharse.

Al tomar el pomo de la puerta, Code se acercó por detrás y puso una mano en la puerta para impedir que la abriera.

–Code, ¿qué haces? –preguntó, sintiéndose como una estúpida por hablar mirando hacia la puerta.

Sintió que su presencia la rodeaba y que su olor masculino llenaba el ambiente, un recuerdo erótico de la noche anterior. Code la tomó por las caderas y presionó contra ellas. Su aliento acariciaba la nuca de Sarah y la besó en el cuello.

–Me estoy despidiendo de ti –dijo él entre besos.

Aquella manera de despedirse, le hacía desear quedarse allí para siempre. Cerró los ojos y deseó que parara, pero las sensaciones que le provocaba le producían un infinito placer y se reclinó contra él.

Él subió las manos hasta sus pechos, sujetándola desde atrás, lo que hizo que su temperatura se elevara.

–Siento algo por ti, Sarah Mae Rose.

–No quiero que sea así –dijo ella en voz queda.

–Yo tampoco –replicó él con resentimiento.

Sarah se giró para mirarlo y buscó en sus ojos una señal de calidez, de deseo o de compasión. Pero no vio ninguna, así que al instante se sintió defraudada. Entonces, cayó en la cuenta de algo. ¿Acaso era la donación una manera de asegurarse tenerla en su cama?

—¿Son éstas las condiciones de tu donación?

Code le acarició los labios con el dedo gordo, haciéndola sentir una oleada de deseo.

—Una cosa son los negocios y otra el placer. No tienen nada que ver la una con la otra.

Por extraño que pareciera, le creyó, aunque decidió retarlo.

—Entonces, déjame ir.

Code se apartó de ella y asintió.

—Eres una experta huyendo, Sarah. No te detendré.

Él abrió la puerta y Sarah salió, tratando de recuperar la compostura en su camino al ascensor.

—La próxima vez, no querrás irte.

No quería irse en ese momento.

Tenía la piel de gallina y no estaba dispuesta a darse la vuelta. Aquel último comentario la había dejado inquieta y sabía que, si se giraba y lo veía apoyado contra el marco de la puerta, observándola con aquellos ojos, volvería directamente a sus brazos.

A pesar de lo cansada que estaba, Sarah no pudo dormir. No dejó de dar vueltas y maldijo a Code Landon por hacerse dueño de sus pensamientos. Finalmente, dio un puñetazo a la almohada, se tumbó de espaldas y se quedó mirando al techo, rindiéndose al insomnio.

Luego, acudieron a su mente palabras, letras de

canciones que no se iban. Aquellas letras en las que había estado trabajando tanto durante los últimos meses, fluían ahora fácilmente. Y la música también.

Sarah no tenía que escribirlas. No las olvidaría. Así era como componía. Cantaba las canciones en silencio y se convertían en parte de ella, reteniéndolas hasta que terminaba toda la canción. Sólo entonces le enseñaba la canción a su banda, músicos expertos que ponían la melodía a sus canciones tal y como las había ideado.

Al día siguiente, Sarah se despertó con una intensa sensación de satisfacción acerca de la nueva canción que aún daba vueltas en su cabeza.

No se sentía descansada a menos que durmiera más de siete horas, así que estaba agotada al haber dormido apenas tres. Se levantó de la cama y se puso un albornoz. Luego fue hasta la cocina y encendió la cafetera. Mientras el café se hacía, puso un par de rebanadas de pan a tostar, mientras decidía no ponerles mantequilla ni mermelada de fresa. No tenía apetito, así que prefería no obligarse a comer.

Tostadas y café serían suficientes.

Lentamente se movió por la suite, tomándose una larga ducha que no consiguió activar su cuerpo cansado. Se puso un cómodo pantalón rosa y unas chanclas con margaritas rosas.

A media mañana, su humor no había mejorado.

Cuando oyó que llamaban a la puerta, recordó que había quedado para probarse el nuevo vestuario para sus conciertos.

–¡Voy! –dijo dirigiéndose a la puerta.

Tan pronto como la abrió, Robert entró con dos costureras que empujaban una barra llena de ropa. Detrás de ellos les seguían la maquilladora y la peluquera.

–Tenemos unas prendas maravillosas –dijo Robert.

Hizo una señal a las mujeres para que despejaran parte del salón y colocaran la barra con la ropa delante del árbol de Navidad. Aquella invasión rutinaria le resultaba más difícil de soportar aquella mañana.

–Buenos días –dijo Sarah a todos, deseando volver a la cama.

Le devolvieron el saludo con cálidas sonrisas. A punto estuvo de dejarse convencer por aquellas sonrisas, pero sabía que no iba a poder soportar todo un día de pruebas.

–Lori y Wendy, lo siento pero voy a tener que posponer nuestro encuentro.

–¿Qué quieres decir con posponer? –intervino rápidamente Robert.

–No me siento bien hoy. Me probaré la ropa por si acaso hay que hacer algún arreglo, pero no estoy de humor para probar nuevos maquillajes o peinados.

–De acuerdo, Sarah –dijo Wendy y Lori se mostró de acuerdo.

–Un momento –dijo Robert cuando las mujeres estaban a punto de marcharse–. Tenemos que hacer esto hoy, Sarah. Tu primer compromiso es el viernes por la noche.

–Lori y Wendy hacen muy bien su trabajo. No necesitamos probar nada –dijo mirándolas–. Siento las molestias. Que tengáis buen día.

Al cerrarse la puerta, Robert puso cara de enfado. A lo largo de los años, había visto aquella expresión cientos de veces y, esta vez, no le importaba. Estaba muy cansada para preocuparse por eso.

–Olvídalo, Robert.

Él suspiró impaciente y le hizo un gesto para que viera las nuevas prendas.

Sarah estudió la ropa hasta que no pudo contener su ira un segundo más.

–Todos tienen lentejuelas y piedras. Y éste –dijo tomando un traje de una pieza–, ¡tiene plumas! Pensé que me habías entendido. Quería cosas sencillas, no esto.

Se giró hacia las costureras con las que llevaba trabajando toda su carrera.

–No es culpa vuestra. Sé que habéis hecho lo que Robert os dijo, pero no puedo ponerme ninguno de éstos. Pareceré Elvis en versión femenina. No son mi estilo, Robert –dijo calmando la voz–. Soy una sencilla chica de Texas, no una… una…

–Eres una estrella, Sarah. Tenemos que mostrárselo a todos. Ya hemos tenido esta discusión antes.

Sí, habían tenido aquella discusión antes, pero esta vez Robert había ido muy lejos. Sarah prefería llevar un traje de payaso que aquellas ropas llamativas que él había encargado.

–Señoras, déjenme un momento a solas con Sarah

–pidió Robert a las diseñadoras, deseando que se fueran.

Después de cerrar la puerta, volvió junto a ella sacudiendo la cabeza.

–¿Qué te pasa últimamente? Nunca antes habías cuestionado mis decisiones. ¿Por qué ahora?

–Hace años que cuestiono tus decisiones, Robert, pero no me escuchas. Quieres convertirme en alguien que no soy yo. No puedo cantar si no me siento bien conmigo misma. No puedo hacer esto ahora mismo. Necesito espacio –dijo sintiéndose frustrada y a punto de perder la paciencia.

Salió de la suite, dejando solo a Robert. Nunca antes se había ido dejándolo plantado. Se había levantado cansada y no tenía paciencia. Siempre le dejaba todo a él y quizá fuera en eso en lo que se había equivocado. No podía negar que le debía mucho, pero por una vez, Sarah sentía que sus quejas estaban justificadas. Por primera vez le había dicho a Robert que su opinión no era la única.

Y eso, le hizo sentir muy bien.

Code había situado estratégicamente a su equipo de seguridad en varios puntos del auditorio para poder vigilar a la multitud, mientras él permanecía entre bambalinas. Ramas gigantes de pino decoradas con grandes bolas doradas y lazos rojos caían de la parte superior del escenario. El olor a pino inundaba agradablemente el auditorio.

Las entradas se habían vendido todas y los fans de

Sarah estaban llegando y tomando sus asientos. Incluso ahora, diez años más tarde, seguía resultándole difícil aceptar que Sarah hubiera dejado el amor que habían compartido, para marcharse con Robert Gillespie, un joven productor, y hacerse un nombre en el mundo de la música country.

Code había visto a Gillespie por el hotel, dando órdenes, ocupándose de diversos asuntos y discutiendo con el director de escena sobre la iluminación. No había ninguna duda de que Gillespie tenía mucho que ver con Sarah y su éxito.

Pero Sarah había cambiado por culpa de Gillespie y Code lo odiaba por eso.

Aunque la culpa era sobre todo de Sarah.

Code estaba allí en Nueva Orleans por ella y por ninguna otra razón.

–¿Están todos tus hombres en su sitio? –preguntó Gillespie, situándose junto a Code, pero sin dejar de observar a la multitud.

–Mi equipo está donde tiene que estar –dijo Code, tratando de simular su irritación.

–Eso espero –dijo Gillespie–. Sarah no necesita soportar más estrés ahora mismo. Últimamente no es ella.

–Quizá se esté esforzando demasiado –dijo Code mirando directamente a Gillespie.

–No te metas en mis asuntos, Landon.

–No me importan tus asuntos –respondió Code.

De pronto vio a Sarah caminado junto a Betsy McKnight y las otras dos cantantes del coro y dejó a Gillespie para acercarse a ella.

–Necesito revisar contigo unos asuntos de última hora.

Sarah asintió y las cantantes continuaron su camino.

–¿Ocurre algo?

–Nada –dijo Code tomándola de la mano y apartándola de Gillespie y de los miembros de la banda, que estaban a punto de entrar en el escenario.

Se movió a toda velocidad hasta que llegó a un pequeño cuarto ubicado detrás del equipamiento de iluminación.

No había hablado con ella desde la noche en la suite del hotel, pero había hecho que su equipo la vigilara y le informaran. Esa noche, estaba muy guapa con una falda vaquera, una blusa blanca de volantes y un ancho cinturón plateado que acentuaba su estrecha cintura. Su pelo, del color de la puesta del sol, caía en rizos sobre sus hombros y estaba sujeto con una horquilla sobre su oreja izquierda.

–¿Qué es lo que…?

–Esto –dijo, atrayéndola hacia él y besándola hasta que ambos estuvieron a punto de quedarse sin respiración.

A diferencia de los que sólo querían a Sarah por su fama y fortuna, él la quería por otras cosas. Su deseo por ella no tenía nada que ver con el hecho de que fuera una celebridad.

–Uf –dijo ella, mirándolo a los ojos.

Code sonrió y la miró. Estaba vestida para su actuación de aquella noche y toda ella brillaba salvo en la mirada. En sus ojos advirtió el mismo desánimo y cansancio que había advertido la otra noche. Algo le inquietó, algo no iba bien. Sabía lo importante que era para ella recaudar dinero para la Fundación de los Sueños, pero por algún motivo ese afán contrastaba con la falta de emoción en sus ojos. A pesar del maquillaje que llevaba, no podía ocultar la huella del cansancio.

—Sarah, ¿estás preparada para el concierto?

—Estoy lista, Code. Tan sólo estoy algo cansada.

Sabía del ritmo agotador que llevaba. Gillespie no la dejaba parar ni un segundo en el día, concediendo entrevistas, acudiendo a programas de radio, ensayando y haciendo pruebas de vestuario.

—Y confusa —añadió—. No te he visto en tres días y ahora me besas como si…

—Estabas ocupada y yo también.

Sarah se quedó mirando su boca y luego cerró los ojos unos instantes.

—Code Landon, no puedes aparecer así y entrar en mi vida de esta manera. No soy…

—Tienes que salir al escenario, Sarah —dijo el director de escena a punto de dejarse llevar por el pánico al escuchar las primeras notas en el escenario.

—Tengo que irme —dijo Sarah.

Code observó cómo cambiaba de registro y se convertía en toda una estrella nada más entrar en el escenario y recibir los aplausos de sus fans.

***

Sin aliento después de cantar las últimas tres canciones de su repertorio ante una multitud entusiasmada, Sarah salió del escenario despidiéndose por última vez de su público.

De repente, se desmayó.

—¡Maldita sea! Sarah, despierta. ¡Despierta, Sarah!

Sarah parpadeó y abrió los ojos, aturdida. Estaba tumbada en el suelo, entre los fuertes brazos de Code.

—¿Qué ha pasado? —preguntó confundida.

—Te has desmayado nada más salir del escenario —dijo él inclinándose sobre ella.

Ahora lo recordaba. Había sentido debilidad en las piernas durante las últimas canciones. Se había quedado sin aliento y un sudor frío la había envuelto. Había mantenido la compostura hasta el final. Pero nada más abandonar el escenario, su cuerpo se había rendido, sus ojos se habían quedado en blanco y eso era lo último que recordaba.

Oyó voces de preocupación a su alrededor.

—¿Está bien?

Era Betsy. Luego Robert.

—Dejad que la vea —insistió.

Code la sujetó con fuerza.

—Yo me ocuparé de ella —dijo Code—. Haced sitio, ya la tengo.

Code la levantó en sus brazos y buscó su mirada, para no dejar duda de sus intenciones.

—¿Te parece bien?

Ella asintió, todavía aturdida, pero sintiéndose segura con Code.

–Landon, Sarah es responsabilidad mía –insistió Robert.

–Es un tema de seguridad, Gillespie. Apártate.

Luego Code dio instrucciones a algunos miembros de su equipo que se habían acercado.

–Todo está bajo control. Ya sabéis lo que tenéis que hacer –dijo, y sus empleados salieron de la zona del escenario.

Code salió por el pasillo que había detrás del escenario.

–Voy contigo –dijo Gillespie–. Sarah tiene que ver a un médico.

–No, no lo necesito –protestó Sarah sacudiendo la cabeza, lo que hizo que volviera a sentirse mareada–. Estoy bien. Code, puedes dejarme ahora.

Code le dirigió una mirada impaciente y siguió caminando hacia el ascensor privado que llevaba a sus suites. Robert revoloteaba incesante a su alrededor y Code lo ignoró.

–Por Dios, Robert. Estoy bien. No comí nada antes de la actuación, eso es todo. Gracias por tu preocupación, pero no tienes por qué tratarme como a un bebé. Buenas noches –dijo Sarah, despidiéndose de él.

Code entró en el ascensor, dejando a Robert allí de pie dudando.

–En cuanto lleguemos a mi suite, me dejarás en el suelo –dijo a Code mientras las puertas del ascensor se cerraban.

A Sarah no le gustaba sentirse débil. Se sentía como una estúpida al ser llevada en brazos por Code hasta su habitación. No era una dama en apuros y, desde luego, Code no era su caballero de brillante armadura.

Puesto que él parecía ignorarla, Sarah cerró los ojos y se acomodó, tratando de recuperar la energía.

A continuación, Code abrió la puerta y entró en la habitación con ella en brazos.

–Ésta no es mi suite.

–No, es la mía –dijo él dirigiéndose hacia el dormitorio–. No conseguirás descansar en tu suite, Sarah. Te conozco. El teléfono no dejará de sonar. Ahora, túmbate y quédate tranquila un momento mientras llamo al médico –añadió apartando las sábanas y dejándola suavemente en la cama.

–No necesito un médico –replicó Sarah inmediatamente, incorporándose.

Enseguida sintió que la habitación daba vueltas y a punto estuvo de desmayarse de nuevo.

–No seas cabezota, Sarah –dijo mirándola a los ojos–. Túmbate un rato, no te molestaré.

Le gustaba aquel Code Landon que le hablaba con dulzura.

–¿No me molestarás? –repitió Sarah automáticamente, percatándose de que parecía más defraudada que escéptica.

–No. Confío en que comas algo y duermas un rato.

Code sacó su teléfono móvil y llamó al servicio de habitaciones para encargar un refrigerio.

–No llames al médico –dijo Sarah metiéndose en la cama–. Estaré bien en unos minutos.

Code suspiró y luego asintió.

–De acuerdo, no llamaré al médico, pero no te dejaré salir de esta habitación hasta que comas y duermas. Eso quiere decir que te quedarás aquí hasta mañana.

Sarah no quería discutir con Code. Estaba a gusto en la cama y no podía luchar por más tiempo contra el cansancio que sentía. Así que se acomodó y, una vez más, aceptó las condiciones de Code.

–Me quedaré hasta por la mañana.

Capítulo Cuatro

Sarah rodó sobre su espalda, embargada por el aroma a madera de sándalo. Miró a su lado y, al ver las sábanas revueltas, advirtió que alguien había dormido al otro lado de la cama.

Al mirar alrededor de la habitación, vio su ropa colocada sobre una silla y sus botas al lado. Por suerte, recordaba la noche anterior con claridad. Code la había llevado a su suite después de desmayarse. Se había acostado en aquella cama, luego se había despertado para cenar con él y había vuelto a dormirse. Code le había prestado una camisa para dormir y la había dejado a solas.

Vagamente recordaba cómo la había llevado en brazos la noche anterior. Vagamente recordaba las palabras que le había dicho para reconfortarla mientras se dormía. Y más vagamente aún, recordaba cómo se había levantado temprano, dejándola tranquila en la cama para que descansara.

Los ruidos provenientes del cuarto de baño la hicieron mirar en aquella dirección. El sonido del agua le hizo darse cuenta de que, después de todo, Code no se había marchado de la suite. Cerró los ojos y se imaginó con él en la ducha, entre nubes de vaho junto al cuerpo desnudo de Code. Su imaginación se puso a volar y se imaginó enjabonándolo de pies a cabeza, mientras él le hacía lo mismo a ella.

Recordó las condiciones de Code: sin remordimientos ni compromisos.

—Sarah, no seas estúpida —se dijo en voz baja.

Se levantó de la cama, sintiéndose mejor después de la buena noche de sueño que había pasado y rápidamente se desabrochó la camisa de Code. Se la quitó y tomó su ropa, confiando en irse rápida y sigilosamente.

Se vistió y se atusó el pelo. Al oír que la ducha se cerraba, aceleró sus movimientos, tomó las botas y se dirigió a la puerta.

—¿No te despides, Sarah? Debería estar ya acostumbrado a verte salir huyendo.

Sarah se detuvo en seco. Se sentía algo culpable por tratar de escapar de Code. Había sido amable con ella y se había ocupado de cuidarla la noche anterior.

Se giró y el corazón se le subió a la garganta cuando se encontró cara a cara con Code, que tenía mojado su pelo negro. Tenía el pecho mojado y, al cruzar los brazos, los músculos de sus brazos se tensaron. Llevaba una toalla blanca alrededor de la cintura, lo que hizo que la imaginación de Sarah se disparara.

—Será mejor que me vaya, Code —consiguió decir, echando otra mirada a su pecho—. Se está haciendo tarde.

—¿Así que pensabas salir a escondidas de la suite?

–Yo… eh… –balbuceó y luego levantó la barbilla para impedir que Code la intimidara–. Bueno sí, ya hiciste bastante por mí anoche.

Code curvó los labios en una sonrisa pícara.

–Todo lo contrario, Sarah. No hice nada de lo que me hubiera gustado hacer.

Sarah tragó saliva. Code siempre le hacía dudar de sus decisiones. Quería quedarse, a pesar de que sabía que tenía que irse.

–Ven aquí –dijo él, con sus intensos ojos azules fijos en ella.

Ella trató de controlar su deseo. Su orgullo estaba en juego.

–No.

–¿Tienes miedo de mí?

–Quizá un poco –admitió ella, levantando la barbilla un centímetro más.

–Porque sabes que hacemos muy buena pareja…

Sí, sí, sí.

–… y es lo último que quieres –concluyó Code, dando en la diana.

Sarah no pudo responder.

–Fuiste amable conmigo anoche. Te lo agradezco, Code. ¿No podemos dejarlo así?

Él la miró divertido.

–¿Amable? ¿Piensas que fui amable contigo por traerte hasta aquí y acostarte?

Confundida, Sarah asintió dubitativa.

–No soy un buen tipo, Sarah. Lo hice por Brock. Este hotel está lleno gracias a ti. Si no acudes al concierto, el hotel se verá afectado. Tu bienestar supone mucho dinero, así que no nos equivoquemos, ¿de acuerdo?

Dolida, Sarah contuvo las lágrimas. Nadie podía haber cambiado tanto en diez años. El antiguo Cody nunca la hubiera hecho daño de una manera tan deliberada y no estaba segura de que aquel nuevo Code Landon fuera tan cruel como trataba de hacer creer.

—Estás enfadado porque haya tomado mis botas y haya tratado de irme sin decírtelo. Estás enfadado porque no quiera acatar tus condiciones, así que no nos equivoquemos, ¿de acuerdo?

Code sonrió y se relajó.

—Cariño, me deseas y por eso estás tan alterada.

Antes de que pudiera responderle, Code se dio media vuelta y salió de la habitación, mostrándole una vista de sus anchas espaldas.

Antes del espectáculo del sábado por la noche, Sarah firmó autógrafos para los fans. Cantó ante un auditorio abarrotado, pero la excitación que habitualmente sentía mientras actuaba no la acompañó. Trató de disimular, confiando en que sus fans y los críticos no se dieran cuenta de que estaba agotada física y mentalmente.

No había descansado en todo el día. Después de salir de la suite de Code por la mañana, había regresado a su habitación y había tratado de no pensar en él. No había devuelto llamadas de teléfono y había echado a Robert cuando fue a ver cómo estaba. Había hecho todas las comidas sola en su suite.

Ahora, otra vez a solas en su suite, se quitó el mono dorado que llevaba, lo colgó en el armario y se puso un pijama de algodón rojo. Se sentó en el salón de su suite y se quedó mirando las luces del árbol de Navidad.

Todavía no había acabado de decorarlo; le quedaban tres cajas de adornos. Con una triste sonrisa, recordó la noche en que había puesto aquellos adornos junto a Code. Lo habían pasado bien juntos. Aquéllos habían sido unos minutos de felicidad que Sarah quería recordar. Siempre lo haría puesto que, a pesar del pasado y de lo que el futuro deparara, Code Landon ocuparía un lugar especial en su corazón de por vida.

Sarah se acomodó entre los cojines del sofá. Las luces parpadeantes del árbol se desdibujaron mientras las lágrimas comenzaban a caer de sus ojos. Echaba de menos unas típicas Navidades a la vieja usanza. Durante sus años de juventud en Barker, a pesar de que no había mucho dinero, recordaba a su madre y a sus hermanas reuniéndose alrededor del árbol para cantar villancicos mientras toda la casa olía a las galletas que hacían.

Había pensado ir a casa por Navidad, pero se había presentado aquella oportunidad para ayudar a la Fundación de los Sueños y Sarah había dejado a un lado sus planes para recaudar dinero.

Ahora tenía la oportunidad de cambiar vidas. A través de su fama podía hacer que los sueños de otros se hicieran realidad. Se enorgullecía de entregar los beneficios de sus conciertos a los menos afortunados y sentía que aquel sacrificio personal merecía la pena. Robert le había dado las cifras. Los dos conciertos habían sumado doscientos mil dólares. Eso, unido a la generosa oferta de Code de igualar la cantidad, hacía que hubiera conseguido en un fin de semana casi medio millón de dólares para las víctimas del Katrina.

—No está mal, Sarah Mae —susurró en la solitaria habitación.

Se fue a la cama y se quedó dormida enseguida. Cuando se despertó por la mañana, miró el reloj y se sobresaltó. ¡Era casi mediodía!

Se levantó lentamente, todavía sorprendida por haber dormido tanto. Se duchó, tratando de desprenderse de la sensación de fatiga y se puso unos vaqueros y un jersey de cuello vuelto negro. Luego, se recogió el pelo en un moño, sin preocuparse de los mechones que caían sobre su espalda.

—¿Qué te pasa, Sarah? —se preguntó a sí misma.

A modo de respuesta, su estómago rugió a la vez que el teléfono sonaba.

—Hola, Sarah. Soy yo, Betsy. Tengo un par de sándwiches de *muffaletta* esperando a ser devorados. ¿Puedo subir?

A Sarah le encantaban aquellos sándwiches típicos de Nueva Orleans, hechos con pasta de aceitunas, algo que había aprendido de su banda la última vez que había actuado en Luisiana.

–Estoy deseando verte, Betsy. Venga, sube.

Sarah sabía que los sándwiches eran la excusa de Betsy para comprobar que estaba bien. Agradecía su preocupación y amistad.

–Eres mi salvavidas –dijo unos minutos más tarde, al abrir la puerta a Betsy–. Te debo una por leerme el pensamiento. Me muero de hambre.

–Me alegro –dijo Betsy, pasando junto a ella y dirigiéndose a la cocina para dejar la bolsa–. He traído un montón de comida.

–No sobrará nada –advirtió Sarah, sacando un par de platos y llenando unos vasos con té frío–. ¿En la mesa o en el salón?

–En el salón. Quiero ver tu árbol.

Sarah sonrió y se llevaron la comida al salón. Sabía que se sentiría con más fuerzas una vez que comiera.

Betsy se sentó mirando al árbol.

–Esta vez es grande. Debes de estar echando mucho de menos tu casa.

Sarah se encogió de hombros.

–Mi madre está pasando las fiestas con Tía Edwina, pero me prometió que vendría a una de las actuaciones antes de Navidad. También veré a mis hermanas unos días durante sus vacaciones.

–¿Les gusta la universidad? Nunca lo hubiera imaginado.

Sarah sonrió y se llevó el sándwich a la boca. La vida de Betsy era de película. Había dejado el instituto para hacer los coros con unos roqueros, pero Robert la había conocido y la había convencido para que cantara country. En el fondo, era una chica de pueblo como Sarah.

–Humm. ¡Qué bueno! –murmuró Sarah, disfrutando del primer bocado–. Luego, se giró a su amiga–. A mis hermanas les encanta la vida universitaria. Les gusta la libertad y la independencia, además de estar lejos de Barker.

–Aun así –dijo Betsy, sacudiendo la cabeza–. Todos esos libros y exámenes… A mí no me gustaba demasiado estudiar.

Sarah se llevó el sándwich a la boca, pero antes de que pudiera dar otro bocado, sintió retortijones en el estómago. Contuvo la respiración, a la espera de que se le pasara. Pero su estómago volvió a retorcerse de dolor. Dejó el sándwich a un lado y cerró los ojos.

–¿Sarah? –preguntó Betsy preocupada.

–Yo… –dijo Sarah sin poder hablar.

De repente sintió náuseas y corrió al baño e inclinó la cabeza sobre el inodoro justo a tiempo.

Diez minutos más tarde, Betsy la acompañó a la cama, mirándola con lástima.

–Estoy preocupada por ti, Sarah. Ayer te desmayaste. Hoy vomitas. Llevas días agotada.

–Debo de estar pillando un resfriado –contestó Sarah.

–Debes de estar pillando algo, pero tengo la sensación de que no es un resfriado.

–¿Crees que estoy trabajando mucho?

Betsy sacudió la cabeza. Sarah se quedó mirándola, esperando su siguiente comentario, porque siempre tenía uno.

–Mi prima Laurel tuvo los mismos síntomas. Nueve meses después, la pequeña Jessica nació.

Sarah se quedó de piedra. Todos sus músculos se quedaron inmóviles y palideció.

–No puede ser –susurró.

–¿Porque no has estado con ningún hombre?

Al ver que Sarah tardaba en contestar, Betsy asintió.

–¿Es ese millonario, el de los ojos tan impactantes? ¿Ése del que todavía no me has hablado?

Sarah se mordió el labio inferior y suspiró.

–Estuvimos enamorados de adolescentes.

Betsy asintió, animándola a que continuara.

–Le dejé por mi carrera. Nunca me lo ha perdonado.

–¿Así que él es el padre?

Sarah se negaba a creerlo. Debía de haber una docena de razones que justificaran su fatiga, su mala cara y sus náuseas.

–No creo que esté embarazada, Betsy. Lo más probable es que no. Es sólo el estrés y el trabajo.

–Tienes que ver a un médico. Tienes que asegurarte.

No podía negarse.

–Tienes razón. Es hora de ver al médico.

Code estaba observando a Sarah preparándose en el escenario para su siguiente actuación. Había visto todos sus ensayos durante la semana y no acababa de entender por qué tenía que ensayar tanto.

Nunca se equivocaba ni se olvidaba las letras. Nunca perdía la melodía y su voz trasmitía una gran fuerza.

Incluso a él. Admiraba su talento y eso le molestaba. Admitir la alegría que brindaba a sus fans y ver que era tan querida, sólo justificaba el que lo abandonara en Barker años atrás.

Aun así, no podía evitar admirarla por muchas razones. Tenía coraje. El otro día se había defendido, poniéndole entre la espada y la pared.

—Estás enfadado porque haya tomado mis botas y haya tratado de irme sin decírtelo —le había dicho.

Había acertado, se había enfadado. Le había dejado una vez más de tantas. No dejaría que volviera a hacerlo de nuevo.

Ella lo deseaba.

Era por eso por lo que había tratado de evitarle últimamente, ignorándolo cada vez que lo veía. Sentía algo por Code y eso la asustaba.

Code tampoco quería que se repitiera lo que había pasado entre ellos en su juventud. Le había dicho que sentía algo por ella y no era mentira. Esta vez, sería él el que la dejara cuando llegara el momento adecuado.

Code la había dejado en paz, ya que necesitaba un tiempo a solas. Había pasado el tiempo trabajando en la reconstrucción de la casa de una plantación, contratando a carpinteros para que hicieran algunas reparaciones, mientras él también se ocupaba de algunas cosas. El chico de pueblo no había desaparecido completamente en él y le gustaba mancharse las manos trabajando.

Los focos se volvieron dorados y Sarah se sentó en el tercer escalón del escenario, cantando una balada que enseguida reconoció como su último éxito.

Antes de que Code pudiera hacer nada, un joven corrió al escenario directo a Sarah, llevándose algunas plantas por delante. Asustada, Sarah se levantó con pánico en los ojos mientras el fan gritaba.

—¡Te quiero, Sarah Rose!

Ella dio un traspié y se cayó de espaldas, parando la caída con las manos.

En segundos, los miembros del equipo de Code detuvieron al joven y lo sacaron del escenario, mientras seguía pataleando y gritando su amor por ella.

Furioso porque aquello hubiera pasado, Code corrió al lado de Sarah. Al ver el miedo en sus ojos, la levantó en sus brazos y la sacó del escenario.

—¿Estás bien? —preguntó.

Sarah temblaba incontroladamente en sus brazos. Anteriormente ya había sido atacada en un escenario en Nashville por un fan enloquecido.

—No lo sé —respondió mientras unas lágrimas caían de sus ojos.

—Voy a sacarte de aquí.

Code se movió a toda prisa sin dejar que nadie lo detuviera. Llamó al chófer de la limusina y le ordenó que los recogiera en el garaje.

—Sácanos de la ciudad, Jimmy —dijo, ayudando a Sarah a subir a la limusina.

—¿Adónde, señor Landon?

–Willow Bend. Y nadie tiene que enterarse hasta que decida contarlo.

–Entendido.

Code la rodeó con sus brazos y la atrajo a él. Temblaba y eso le hizo sentir un pellizco en el estómago.

–Cierra los ojos, Sarah. Ya estás a salvo.

Capítulo Cinco

Sarah se relajó en brazos de Code y apoyó la cabeza en su pecho. El sonido rítmico de su corazón la reconfortó mientras salían de la ciudad.

Perdió la noción del tiempo y no supo cuánto tiempo llevaban en el coche cuando el conductor lo detuvo. Code se movió y Sarah se enderezó.

No había discutido la decisión de Code de sacarla del auditorio. Estaba demasiado aturdida y necesitaba sentir sus brazos protectores. Sacudió la cabeza para despejarse y salir de su ensimismamiento. Hacía tan sólo unos minutos, estaba asustada sobre el escenario recordando la última vez que había sido atacada. Le había costado superar aquel incidente y, si no hubiera sido por el constante apoyo de Robert, le hubiera sido muy difícil volver a actuar. Pero con la ayuda de Robert y su incondicional amistad, se las había arreglado para superar sus miedos y retomar sus actuaciones.

Esa noche, al ver al fan correr hacia ella con aquella expresión de locura en sus ojos, todos los recuerdos habían resurgido y los único en lo que había podido pensar había sido en proteger a su bebé del atacante.

Por eso el miedo se había incrementado al ver la

amenaza. En ese momento se había dado cuenta. Estaba embarazada.

El médico se lo había confirmado unos días antes, pero hasta esa noche, Sarah se había negado a creerlo. Se había hecho dos test de embarazo después de ver al doctor Linton y, a pesar de ello, seguía negándoselo.

Tenía que darle las gracias a aquel fan enloquecido por hacerle ver que la vida era bella y que debía hacer todo lo posible para proteger a su hijo.

—¿Dónde estamos? —preguntó.

Al tomar el largo camino de entrada, vio el brillo de la luna sobre el dique.

Había oído hablar de River Road y las mansiones de las plantaciones que se ubicaban a los lados del Mississippi, pero no había tenido ocasión todavía de visitar ninguna.

—Bienvenida a Willow Bend —dijo Code mirando hacia delante, directamente al faro—. Este lugar sobrevivió a la gran inundación de 1927 y Katrina tampoco ha podido con él.

Sarah observó la mansión con más atención. Unas solemnes columnas blancas soportaban el segundo piso y reconoció en la impresionante arquitectura motivos griegos. Unos viejos robles rodeaban la propiedad y a su cabeza vinieron imágenes del pasado histórico de aquella casa.

—¿Te ha hecho daño? —preguntó Code, sacándola de sus pensamientos.

Ella parpadeó y sacudió la cabeza.

—No ha llegado a tocarme. Perdí el equilibrio

cuando lo vi venir hacia mí –dijo Sarah, mordiéndose el labio inferior–. Me siento como una estúpida ahora. Debería haberme quedado y terminado la actuación.

–Has cantado durante dos horas. Nadie se sentirá defraudado, Sarah.

Sarah no estaba de acuerdo. Tenía un gran sentido del deber y no le gustaba defraudar a sus fans. Seguía temblando por dentro, sintiéndose vulnerable. Su interminable fatiga y la noticia de su embarazo la habían mantenido ocupada toda la semana. El ataque en el escenario había sido la gota que había colmado el vaso.

Miró hacia la casa.

–¿Por qué me has traído aquí?

–Nadie conoce este sitio. Aquí nadie te molestará. Si te quedas en el hotel, serás blanco de los periódicos y los paparazzi y no conseguirás quitártelos de encima.

–Tienes razón.

Había ido a Nueva Orleans cargada de buenas intenciones, pero no estaba dispuesta a soportar la presión de la prensa y perder fuerzas. Y, en aquel momento, no podía prescindir de fuerzas.

–Te daría las gracias, pero sé que lo haces sólo por el bien del hotel. Estás cuidando los intereses de Brock.

–¿Ah, sí? –preguntó él, mostrándose algo misterioso.

Sarah se negó a seguir la conversación. En ese momento, no quería saber más del asunto. Había algo importante que sabía de él: era el padre de su bebé.

Sería mejor que intentara conocer al verdadero Code Landon antes de que le informara de su próxima paternidad.

–Gracias, Jimmy –dijo Code al chófer–. A partir de ahora, me encargo yo. Recuerda, no le digas a nadie dónde estamos.

Jimmy asintió y Code la tomó de la mano.

–¿Lista?

No estaba del todo segura, pero la fuerza de su mano le transmitió el coraje que necesitaba en aquel momento.

–Estoy lista.

Code le hizo un gesto al conductor para que no les ayudara a salir del coche. Abrió la puerta y la ayudó a salir, antes de volver a cerrarla. Code entrelazó sus dedos a los de ella mientras la guiaba escalones arriba. Sarah se quedó esperando en el porche mirando los campos de caña de azúcar mientras Code abría la enorme puerta de madera.

Sigilosamente, la limusina se fue, dejándola completamente a solas con Code.

«¿Qué estás haciendo aquí con él, Sarah?», se preguntó.

Con los nervios a flor de piel, el estómago de Sarah se contrajo. Sintió pánico. En algún momento iba a tener que decirle a Code lo del bebé, pero todavía no podía confiarle el secreto. Tenía que definir su relación. Sexo y remordimientos del pasado no eran suficientes para criar a un hijo juntos.

Sarah no sabía lo que quería. Todo aquello era nuevo para ella. Había soñado con ser madre algún día. Pero aquel sueño, incluía otras cosas: un hombre que la amara, un hogar y un futuro brillante.

Al mirar los ojos indescifrables de Code, sus miedos aumentaron. ¿Quién era de veras? ¿Cómo iba a confiar en él aquel secreto y esperar a que hiciera lo correcto? ¿Qué clase de padre sería? ¿Rechazaría al niño sólo por el resentimiento que sentía hacia ella?

Code encendió la luz del hall de entrada y poniéndole una mano en la espalda, la invitó a pasar. Ella dio un paso adelante y enseguida se sintió maravillada por la impresionante estancia, llena de antigüedades.

Siguió a Code hasta una amplia escalera que llevaba al segundo piso.

–Las habitaciones principales están terminadas. El cuarto de estar, la biblioteca y el comedor están siendo amueblados.

Code le enseñó las habitaciones, muchas de las cuales tenían los muebles protegidos con lonas.

–Es preciosa –dijo Sarah, pensando en que aquella casa a la luz del día tenía que ser aún más impresionante.

–¿Tienes hambre? –preguntó él, guiándola a la cocina.

–Lo cierto es que estoy muerta de hambre.

–Todos estos electrodomésticos funcionan –dijo Code.

Sarah imaginó que la cocina era la única parte

de la casa que había sido modernizada, aunque respetando el estilo.

Code abrió la nevera y sacó algunas bandejas.

–Gentileza del Chef Louis –dijo él sonriendo.

–¿Quién es el Chef Louis?

–Es el arma secreta de Brock en el hotel. Le hice que nos mandara algunos platos ayer con Jimmy.

Code desenvolvió las tres bandejas.

–Sopa de pollo, pollo al romero, ensalada de cangrejo y mango… ¿Te apetece algo?

Sarah evitó llevarse la mano al vientre, algo que no había dejado de hacer desde que descubriera lo del bebé. Por suerte, las náuseas habían desaparecido y los tres platos le apetecían.

–Pollo al romero.

Code metió la bandeja en el horno y lo encendió. Luego, le hizo un gesto para que se sentara.

–¿Quieres beber algo?

–Me conformo con un vaso de agua –respondió Sarah sentándose.

–¿No quieres vino? –preguntó él saliendo de la habitación y regresando al cabo de unos segundos con una botella de vino–. Tengo una bodega muy buena al lado de la cocina.

–No quiero. No suelo beber, Code.

–Lo sé –dijo él, dejando la botella en la mesa–. Me acuerdo. Con tan sólo una cerveza, te me echabas encima –añadió irónico.

Sarah carraspeó, apartando la imagen de cuando bebían cerveza en el asiento trasero del coche de Cody. Muchas veces habían estado a punto de hacer el amor llevados por la pasión, pero nunca habían sucumbido a sus deseos.

Code se sentó y se inclinó hacia ella, poniendo los codos sobre la mesa.

–Solía arrepentirme por ofrecerte cerveza. Me dejabas tan excitado que me acababa todas las latas maldiciendo mi mala suerte por haberme enamorado de ti.

Sarah sintió que el corazón se le subía a la garganta y se ruborizó.

–No lo sabía. Nunca me lo dijiste.

Él se encogió de hombros.

–Querías esperar. Y yo quería hacer lo que tú quisieras.

–Fuiste paciente –dijo ella dejando la frase en suspenso–, y te quería por ello.

Los ojos de Code brillaron un instante de una manera especial, antes de que respirara hondo y se girara hacia ella.

Sarah se entretuvo en sacar los platos y los cubiertos, deseando poder retirar aquellas palabras. Cuando la comida estuvo lista, disfrutaron de una velada tranquila. Ninguno de los dos se molestó en hablar mientras comían, recordando el pasado.

Después de cenar, Code se levantó y le ofreció su mano.

–Es hora de irse a la cama, Sarah.

Sarah lo miró. El azul intenso de sus ojos le recordó el color del mar.

–¿Tengo que servirte una cerveza para dormir contigo esta noche?

Sarah cerró los ojos un instante, sumida en una nostalgia agridulce y una intensa emoción.

—No —dijo tomándole de la mano.

—Muy bien, querida, porque sólo hay una cama en esta casa y vas a compartirla conmigo.

Sarah miró por la ventana del dormitorio principal, que daba al río Mississippi, y contempló las estrellas del cielo. Sus piernas estaban temblorosas, deseando poder tomar una cerveza para calmar sus nervios.

Había estado a solas con Code antes. Habían hecho el amor. Pero ahora, sabiendo que Code iba a tener un papel importante en su futuro debido al bebé, todo su mundo se tambaleaba.

Se rodeó por la cintura, inspirando hondo.

—¿Tienes frío? —preguntó Code rodeándola por detrás, su aliento en el cuello y su voz acariciándola como el suave terciopelo.

—No estoy segura.

—¿No sabes si tienes frío? —preguntó él divertido.

—No estoy segura de si debería estar aquí contigo.

Ella miró por encima de su hombro y observó su atractivo perfil. Teniéndolo tan cerca, se sentía aturdida de deseo.

—No protestaste cuando te saqué del escenario.

—Tenías miedo.

—Todavía tienes miedo, ¿verdad, Sarah? Pero confiaste en mí lo suficiente como para permitir que te trajera aquí. Podías haberme detenido.

–¿Me habrías hecho caso?

–No, probablemente no –admitió él, rodeándola por la cintura de sus pantalones de ante.

Extendió los dedos y presionó suavemente su vientre.

Sarah cerró los ojos y pensó en el pequeño bebé que sus manos estaban calentando. En momentos de ternura como aquéllos, podía volver a enamorarse de Code otra vez.

–Me alegro de que estés aquí conmigo –dijo–. Quería que vieras Willow Bend. De una manera o de otra, te habría traído hasta aquí.

–¿Porque sientes algo por mí?

Sarah fijó su mirada en la ventana, quiera como las columnas que soportaban la casa, a la espera de su respuesta.

Code se colocó ante la ventana, impidiendo la visión. Tomó un mechón de pelo de la frente de Sarah y lo apartó colocándolo detrás de la oreja. Sus ojos se encontraron y Code inclinó la cabeza y la besó en los labios.

–Sí, siento algo por ti, Sarah –susurró en la oscuridad–. Pero no volveré a enamorarme de ti.

Sarah sabía por qué. En el pasado le había hecho daño y nunca volvería a confiar en ella otra vez. Había abandonado Barker, Texas, en busca de fama y fortuna. Code nunca lo vería de otra manera. Nunca había estado enamorada de nadie tanto como lo había estado de Code Landon. Había sido su primer amor y se habían querido mucho. No se le ocurría respuesta. No quería que sus palabras le hicieran tanto daño como las que él le acababa de decir. La tristeza se apoderó de ella y se apartó de él con lágrimas en los ojos.

Code la tomó suavemente del brazo y ella se detuvo. De un rápido movimiento, la tomó en sus brazos y la llevó hasta la cama. Al dejarla, colocó su cuerpo sobre ella y la besó en los labios desesperadamente. Sarah lo rodeó por el cuello y respondió a su beso con ferocidad.

Ella también sentía algo por él.

No se había dado cuenta hasta aquel momento. Incluso sabiendo que Code nunca volvería a quererla, no podía rechazarlo. Tampoco podía rechazar su propio deseo. Quizá ella también necesitara encontrar la manera de quitárselo de la cabeza y de su corazón para siempre.

«Hacer el amor con él, no es la manera de hacerlo, Sarah», pensó.

Sarah apartó aquellos pensamientos. No podía rechazarlo por más tiempo. Los sentimientos se apoderaron de ella y se rindió. Después de su desmayo en el escenario de esa noche, necesitaba sentir sus fuertes brazos rodeándola. Necesitaba notar su cuerpo contra el suyo y sentirse segura a su lado.

Le revolvió el pelo mientras él le desabrochaba su blusa de seda. Una vez le quitó la blusa y el sujetador, le acarició los pechos, deteniéndose en los pezones hasta que todas las terminaciones nerviosas de su cuerpo se agitaron de gozo.

Él la observó mientras disfrutaba de sus caricias sensuales.

–Me gusta sacarte esa expresión en tu cara, nena.

Continuó acariciándola, haciendo que su cuerpo se curvara bajo el de él y deseando más.

–Me gusta que me saques esta expresión en mi cara. Pero me gusta más aún lo que me haces sentir.

Code la besó de nuevo, moviendo la lengua en su boca mientras con una mano continuaba acariciándola. Una sensación de calidez estremeció todo su cuerpo.

Code dejó de besarla para mirarla. Sus ojos la recorrieron lentamente.

Te he imaginado en esta cama conmigo cientos de veces.

La garganta de Sarah se contrajo bajo su mirada escrutadora.

–Cuando me imaginabas, ¿estabas vestido?

Code sonrió.

–¡Qué lista!

–¿Lo soy?

–Demonios, cuando te imaginaba aquí, ninguno de los dos iba vestido. Ninguno de los dos podía mover un músculo de lo cansados que estábamos. Y ninguno de los dos deseábamos estar en ninguna otra parte que…

Frunciendo el ceño, Code se detuvo y dejó sin terminar la frase. Algo intenso llenó el corazón de Sarah. Era otro recordatorio de lo que habían perdido y nunca más volverían a tener.

–Bueno, entonces, señor Landon, con todas esas imágenes en su cabeza, creo que tienes que poner manos a la obra.

–Me gustan las mujeres insaciables –dijo poniéndose de pie y quitándose la camisa–. En la cama, claro está.

Se sentó en la cama con la camisa abierta y se inclinó sobre ella.

–Es una pena que éstas tengan que irse –dijo él, quitándole las botas y después, acariciando los pantalones de ante, añadió–: Y éstos también.

Ella lo ayudó con la cremallera y Code se los quitó.

–Ten cuidado con mis pantalones.

Code miró los pantalones y sacudió la cabeza.

–¿De veras te importan?

Sarah miró los pantalones de marca por los que había discutido con Robert para conservarlos, y se sintió ridícula. Sonrió.

–No, lo cierto es que no. Es sólo que son únicos.

Code los dejó a un lado. Luego contempló su desnudez con deseo en sus ojos.

–Eres única, Sarah.

Volvió a la cama después de quitarse los pantalones y la besó intensamente. Se había acostumbrado a él, a su olor masculino, al sabor de su boca y a la manera poderosa en que la sujetaba.

La acarició entre los muslos y le hizo separar las piernas. Sarah le permitió que deslizara una mano sobre su entrepierna. Ella se agitó bajo sus dedos, moviendo las caderas, con los pechos hinchados y el cuerpo ardiente.

Estaba cálida y húmeda. Al incorporarse para ponerse sobre ella, advirtió que se había colocado protección en su potente erección, una protección que ya no necesitaba.

—Espera.

Su tono no dejó lugar a dudas. Ella se agarró a sus hombros y se estremeció al sentir la primera embestida.

Un gemido de placer escapó de sus labios. Continuó agarrándose a él mientras él la penetraba más profundamente. Agitándose entre oleadas de éxtasis, comenzó a mover su cuerpo a la vez que él.

—Esto es un placer —dijo él entre besos y embestidas que la dejaron sin habla.

Parecía que toda su concentración estaba puesta en darle placer y su esfuerzo estaba dando muy buen resultado.

—Code —gritó cuando sintió sus emociones al límite.

Su cuerpo ardía. Su orgasmo estalló con fuerza y sus caderas rotaron para acomodarse a sus exigencias. Su éxtasis coincidió con el de Code y ambos alcanzaron el punto más álgido a la vez. Después se fueron tranquilizando mientras sus respiraciones volvían a la normalidad.

Agotada, se relajó en la cama. Sus sentimientos eran confusos, pero su cuerpo estaba en el paraíso. Code era un amante maravilloso. Tan sólo había estado con tres hombres en su vida. Tres hombres a los que había querido y no la docena de famosos deportistas y actores con los que las revistas la habían relacionado. Pero ninguno de ellos era tan bueno haciendo el amor como Code.

Tenían una gran química sexual. Ahora que se paraba a pensarlo, no sabía cómo había conseguido que se contuviera en aquellos encuentros del asiento trasero del coche en sus años de juventud.

Code rodó a un lado y se quedó tumbado boca arriba mirando al techo, con aquella expresión indescifrable.

–Cody –dijo ella suavemente, deseando revelarle sus sentimientos e incluso quizá revelarle lo del bebé.

–No digas nada, Sarah –dijo incorporándose de la cama y mirándola de nuevo.

Se levantó hasta la cómoda, abrió un cajón y sacó una camisa. Luego se la dio a Sarah y recogió sus pantalones antes de dirigirse a la puerta.

–¿Adónde vas? –preguntó ella, levantándose, confundida y al borde del pánico.

–Necesito beber algo. Descansa. Luego volveré.

Code salió de la habitación, dejándola sexualmente satisfecha y completamente desconcertada.

Code se pasó una mano por el pelo y se sirvió una copa de *bourbon*. Luego, mientras bebía, caminó por la habitación.

Los recuerdos inundaron su cabeza. A su memoria vino la imagen de Sarah Rose acercándose a él en el pasillo del instituto para darle un panfleto del baile del sábado por la noche.

–Tienes que venir –le había dicho–. Estamos

recaudando fondos para enviar regalos de Navidad a nuestros soldados.

Conmovido por su generosidad y entusiasmo, Cody había tomado el panfleto y le había hecho unas preguntas sólo para hablar con Sarah un poco más.

–Mi padre fue militar –le había dicho él, provocando su sonrisa.

–Entonces, tienes que venir.

Code había continuado su camino como si nada. Se había sentido atraído por ella desde el momento en que se había acercado a él y supo entonces que deseaba conocerla mejor.

–Bueno, no sé…

–Por favor –le había pedido.

–No sé bailar.

–Te enseñaré –se había ofrecido, y Code fijó una cita con aquella muchacha pelirroja sin parar a pensárselo.

De eso hacía trece años. Se habían enamorado enseguida y habían sido muy felices. Code siempre había admirado la generosidad de Sarah. Siempre había ayudado a otros, incluso cuando la situación de su familia había sido nefasta. Su madre había criado a sus tres hijas sola.

Code no se había olvidado de la desolación y el dolor que lo habían invadido cuando la madre de Sarah, Lenora Rose, fue a verlo aquel día de verano.

–Se ha ido. Me ha pedido que te dé esto.

La sorpresa lo sacudió. Había creído entender mal a Lenora, que tenía lágrimas en los ojos.

Apenas recordaba la carta de Sarah.

Había pasado mucho desde entonces y ninguno de los dos podía haber previsto lo que ocurriría en sus vidas.

Code se terminó el *bourbon* y miró su reloj. Todavía era pronto en Hawai, así que se sentó en una confortable butaca de terciopelo, tomó el teléfono y marcó el número de Brock.

—Hola —dijo una vez Brock contestó—. Imagino que ya te habrás enterado de lo que ha ocurrido esta noche.

—Sí, me llamó el director. ¿Qué demonios ha pasado?

—Un idiota saltó al escenario. Lo detuvimos antes de que llegara a Sarah.

—¿Cómo está ella?

—Asustada, pero bien. No llegó a tocarla, pero le ha recordado la vez que la atacaron en plena actuación. Tengo pensado llegar al fondo del asunto. Mi equipo nunca permite que algo así ocurra.

—Tengo entendido que estás con Sarah —afirmó Brock sin dudarlo.

—Así es.

—¿Dónde?

—En Willow Bend. La mantendré oculta durante un par de días. Necesita tranquilidad y descanso.

Brock rió.

—¿Me estás diciendo que no se niega a estar a solas contigo?

Code no era un hombre indiscreto.

—Más o menos.

–Supongo que le habrás dicho que la has llevado hasta ahí por su propio bien.

–No, le he dicho la verdad. Protejo los intereses de tu hotel. Ella es la razón por la que tienes el hotel lleno estas Navidades.

Brock se quedó en silencio unos segundos.

–Estás equivocado, Code.

–Es la verdad.

–No, la verdad está escrita en tu cara, pero eres demasiado orgulloso para reconocerlo –dijo Brock, y luego suspiró–. Escucha, te agradezco que te ocupes de ella. No quiero que nadie salga herido en mi hotel y mucho menos una persona tan dulce como Sarah. No voy a hacerle cumplir el contrato. Si no quiere volver a actuar...

–Sí quiere. No permitirá que se lo pongan difícil.

–Lo hace por caridad –dijo Brock–, y la admiro por su determinación. Quizá deberías reducir sus actividades.

–¿Yo? ¿Quieres que yo reduzca sus actividades?

Code no estaba ofendido. Brock y él hablaban abiertamente de muchas cosas, pero Brock no parecía haber entendido bien la situación.

–Sólo estoy protegiendo tu...

–A ella. La estás protegiendo a ella porque te importa más de lo que estás dispuesto a admitir.

Code se quedó de piedra. No se enamoraría de Sarah otra vez. No podía hacerlo. La única preocupación de Sarah era su carrera y, a pesar de sus obras de caridad, parecía disfrutar siendo una celebridad.

–¿Cody?

Code se giró y vio a Sarah al pie de la escalera, vestida sólo con su camisa, el pelo revuelto y el rostro pálido por la escasa luz.

Algo se encogió en su interior, la misma sensación que le había hecho levantarse y salir de la cama dejando a Sarah sola entre las sábanas. Parecía que su sitio estaba allí, en su cama y en su casa. Se la veía perfecta.

Code no pudo apartar los ojos de ella.

—Te llamaré mañana —dijo a Brock, y colgó—. ¿Sarah?

—Yo… —comenzó, pero no parecía saber qué decir.

Code se enfadó consigo mismo. La había llevado allí, le había hecho el amor después del susto de aquella noche y luego la había dejado durmiendo en la cama de una casa desconocida.

Sarah se quedó mirando su pecho desnudo, con ojos llenos de deseo.

—Estoy aquí —dijo, y tragó saliva.

Code tomó su mano, entrelazando los dedos y la acompañó arriba hasta su habitación, donde cayó dormida entre sus brazos.

Capítulo Seis

En los últimos dos días, había estado a punto en dos ocasiones de contarle a Code lo del bebé. Había pasado todo ese tiempo con él en Willow Bend. Sus días transcurridos paseando por la propiedad, preparando las comidas juntos y disfrutando de la temperatura junto al dique antes de que el frío del invierno lo impidiera.

Code estaba trabajando en varios proyectos en la casa y, a menudo, la miraba con un ansia en los ojos que prometía otra noche de pasión. Aun así, Code mantenía las distancias con ella. Podía sentir su contención en cada roce, en el tono de su voz y en la barrera que había levantado a su alrededor.

Sarah tenía que volver al hotel. No podía posponer sus obligaciones durante más tiempo. Su súbita desaparición tan sólo había incrementado el interés de la prensa. En el pasado, se había visto envuelta en escándalos que había ensuciado su buen nombre. Tenía que hacer una aparición antes de que las especulaciones fueran a más. Robert se había mostrado muy exigente cuando por fin se había decidido a llamarle. Lo había desafiado cuando le había pedido que volviera, lo que lo había enfadado aun más.

Sarah dio la vuelta a las tortitas en la sartén. No pudo evitar sonreír mientras le preparaba el desayuno a Code. Siempre le habían gustado las tortitas. En parte, no podía creer que estuviera allí, medio desnuda con la camisa de Code, cocinando para él. A la vez, le costaba creer que se sintiera como en casa estando con él en Willow Bend.

—No eches las campanas al vuelo —se dijo en voz alta—. Todavía no ha bajado la guardia.

Sarah no sabía si podía confiar en él y contarle la verdad acerca del bebé. Estaba teniendo cautela a la hora de ser optimista, pero todavía no había encontrado el momento oportuno para decirle que iba a ser padre.

Había habido un momento en sus vidas en que fundar una familia había sido el sueño más deseado por ambos.

—Huele muy bien —dijo Cod, y Sarah se giró, encontrándolo apoyado en el marco de la puerta, mirándola.

Sarah se quedó de piedra, mientras su corazón se desbocaba. Parecía que cada vez que entraba en la misma habitación en la que ella estaba, sus latidos tomaban un ritmo que no podía controlar.

Recién duchado, era el hombre más sexy que jamás había visto. Los vaqueros se le ajustaban a las caderas y llevaba la camisa desabrochada, mostrando su pecho ancho y bronceado. Llevaba el pelo revuelto y hacía días que no se había afeitado, como evidenciaban los pequeños arañazos que Sarah tenía por todo el cuerpo.

Continuó cocinando y con ayuda de una espátula dio la vuelta a la tortita que estaba en la sartén.

–Están casi listos. ¿Quieres desayunar fuera en el jardín?

A Sarah le encantaba el jardín. En la parte trasera de la casa, había un recién restaurado cenador rodeado de arbustos junto a un camino empedrado.

Code se acercó a ella por detrás y la rodeó por la cintura.

–No si eso supone que tengas que ponerte más ropa.

Sarah puso las tortitas en un plato que dejó junto al horno y sonrió cuando Code comenzó a besar el cuello.

–Code, estoy intentando preparar el desayuno.

Cumplía el prototipo, preparando el desayuno, vestida tan sólo con su camisa, descalza y embarazada.

–Estás haciendo un trabajo fantástico, nena –dijo acariciándole un pecho.

Juguetona, lo apartó.

–Sirve el café o haz cualquier otra cosa.

Llevaban un par de días apartados de la realidad. Sarah había aprovechado para tratar de conocer al hombre en que se había convertido. De momento, estaban viviendo el momento, sin pensar en el futuro.

Code puso las tazas de café en la mesa, negándose a dejar que se pusiera más ropa. Ella rió, llevando el plato de tortitas a la mesa.

–Eres el hombre más insaciable que jamás haya conocido.

Él sonrió y tiró de ella para que se sentara en su regazo. Sarah se anticipó a su beso y unos golpes en la puerta la sobresaltaron.

–¿Quién podrá ser?

Code la hizo levantarse y se puso de pie.

–Espera aquí. Me desharé de quien quiera que sea.

Se dirigió hacia la puerta principal, abrochándose la camisa mientras salía de la cocina.

Unos segundos más tarde, Sarah escuchó unas voces discutiendo. No podía entender lo que estaban hablando, pero reconocía la voz profunda de Code y otra voz femenina.

¿Femenina?

Sarah se dirigió hacia la entrada de la casa y se detuvo en seco al ver a Code cara a cara con una guapa mujer de pelo negro.

–Te equivocas, María. No quiero verte aquí. Hemos terminado.

Los ojos oscuros de la mujer contrastaban el blanco de su traje y de su chaqueta de piel de zorro.

–Estábamos enamorados. ¿Acaso puedes olvidar eso tan fácilmente?

–Fue un error. No sé de cuántas maneras tengo que decírtelo.

La mujer puso las manos en el pecho de Code, acariciándolo.

–Deja que te haga cambiar de opinión.

Sarah sintió un nudo en el estómago y suspiró, sofocando un arrebato de celos.

Ambas cabezas se giraron en su dirección. La mirada de la mujer se posó en ella y se sorprendió al reconocer a Sarah. La mayoría de la gente a la que le gustaba la música la conocía, ya que sus canciones country habían llegado a los primeros puestos de las listas de éxitos. Además, solía salir encabezando noticias de entretenimiento en muchas ocasiones.

La mirada escrutadora de la mujer reparó en que estaba medio desnuda. Sus ojos se oscurecieron de ira y dolor.

Sarah se había olvidado de que tan sólo llevaba puesta la camisa de Code. Incómoda, se cambió el peso de su cuerpo de un pie a otro.

Sarah miró a Code, que se vio en la obligación de presentarlas.

–Sarah Rose, ella es María Márquez.

–Su prometida –puntualizó María, levantando la barbilla.

–Ex prometida –aclaró Code.

María le dirigió una mirada de dolor y su voz se suavizó.

–¿Es ella la razón por la que no me devuelves mis llamadas?

Code paseó la mirada de una mujer a otra.

–Dímelo tú, María. Estoy con ella y no contigo.

María se estremeció al oír el tono de su voz al comprender el sentido del comentario de Code. Otra rápida mirada a Sarah y María pareció convencerse.

–No, no es eso –protestó Sarah, furiosa por la insinuación de Code.

Code le hizo una señal de advertencia a Sarah y luego se giró hacia María.

–Tienes que irte a casa, María. Hemos acabado.

–Entiendo –dijo ella incapaz de ocultar su dolor–. He sido una tonta.

Sarah contempló la escena, sintiendo lástima por aquella mujer que evidentemente seguía enamorada de Code. No podía creer su duro tono de voz ni la manera tan cruel en que la había echado.

María se giró rápidamente, dispuesta a marcharse. Pero se giró para hacer una advertencia a Sarah.

–No confíes en él. Es frío como el hielo.

María comenzó a caminar con dignidad, pero el movimiento de sus hombros evidenció que estaba llorando. Vieron cómo su chófer le abría la puerta y se metía en la limusina sin echar la vista atrás.

Una vez el coche salió a River Road, Code se giró hacia ella con gesto tenso.

–Siento que hayas tenido que ver esto, pero ha sido una suerte que estuvieras aquí. María…

–¿Una suerte? ¿Que te viera con otra mujer? ¿Qué echaras sal en sus heridas? Probablemente le habrás roto el corazón otra vez.

–Comprometernos fue un tremendo error. Se lo he dicho una docena de veces.

–Has sido muy frío con ella, Code.

–Tenía que hacerlo.

–Le has hecho daño.

–Lo había intentado antes de otras maneras. Es una mujer muy caprichosa y cabezota, acostumbrada a salirse siempre con la suya. Necesitaba que alguien le pusiera los pies en la tierra.

Un escalofrío recorrió la espalda de Sarah y decidió no contestar nada. El ver cómo se había comportado con su ex prometida le había servido para convencerse de que no podía contarle lo del bebé. No tenía forma de saber cómo reaccionaría. En un momento en el que debía mostrarse amable y cariñoso, se había comportado de manera despreciable. Por desgracia, había visto ese rasgo en él demasiadas veces como para ignorarlo.

No podía confiarle su secreto.

—Tengo que volver al hotel hoy —dijo mirándolo fijamente, desafiándolo.

Para su sorpresa, él asintió.

—Le pediré a Jimmy que te recoja en una hora.

Y así, los dos días de felicidad que habían compartido, desaparecieron.

Las luces del árbol de Navidad y sus brillantes adornos le dieron la bienvenida al llegar a la suite del hotel, provocándole una sensación agridulce. Le hubiera gustado pasar la Navidad con el padre de su bebé, tener una tranquila cena frente al árbol y abrir regalos, incluyendo sonajeros, juguetes y toda clase de cosas para bebés.

Ahora, Sarah sabía que eso era imposible.

Se dio un baño, tratando de aliviar la tensión y el estrés. Había tratado de ignorar los mensajes y las llamadas de Robert, pero era persistente, así que le devolvió la llamada y escuchó su reprimenda por llevar dos días fuera.

–¿Sabes lo difícil que ha sido para mí? Te vas así, con ese aprendiz de James Bond, e ignoras mis mensajes…

–Te he llamado lo antes que he podido –se defendió ella–. Te pedí paciencia. Sabías que estaba bien. Tengo derecho a tomarme un descanso.

–¿Lejos de mí?

–No, no es eso. No te lo tomes como algo personal, Robert.

–¡Claro que es algo personal! Eres responsabilidad mía.

Ella era su medio de vida. Sarah cerró los ojos ante aquel pensamiento. Sus éxitos habían hecho a Robert un hombre muy rico, pero lo cierto es que se lo había ganado. Había trabajado mucho, aunque no siempre estaba de acuerdo con sus métodos. Sarah era joven cuando entró en el mundo de la música y le había dejado a Robert ocuparse de todo. Pero ahora, Sarah tenía algunas dudas sobre qué papel jugaba en su vida.

–Quizá haya llegado el momento de que sea más responsable de mí misma, Robert. Quizá yo…

–Sarah, no digas tonterías –la interrumpió con un extraño tono de alarma en su voz–. Somos un equipo, tú y yo. Quizá necesites descansar. Iré a verte más tarde y cenaremos juntos. Tenemos que hablar.

Sarah no se opuso. Estaba cansada y distraída con Code.

–De acuerdo. Nos veremos luego.

–Iré a recogerte a las siete.

Sarah colgó y se metió en la cama. El día frío y nublado acompañaba su estado de ánimo. Sabía que no había nada que pudiera hacer para evitar ver a su mánager esa noche.

Al principio, la había perseguido como si fuera su única misión. Ya de jovencita, los sentimientos de Sarah por Robert no habían ido más allá de la amistad y el respeto. Con ocho daños de diferencia, había momentos en que lo consideraba un hermano mayor, incluso un padre, aunque nunca se lo había dicho para no herir su orgullo masculino. Por suerte, había dejado aquella persecución años atrás y había concentrado todos sus esfuerzos en el trabajo.

La mente de Sarah se concentró en la nueva vida que llevaba dentro y la realidad de su situación la estremeció de nuevo.

–Ya quiero a este bebé –susurró, sorprendida por la sensación protectora que la embargaba.

Tenía que hacer lo mejor para su hijo. Si al menos alguien pudiera decirle de qué se trataba, le estaría eternamente agradecida.

A pesar de sus preocupaciones, Sarah se las arregló para descansar. El embarazo la hacía cansarse más de lo habitual.

Se levantó y se vistió para la cena con un vestido de cachemir gris que se ajustaba a su cuerpo. Se puso un cinturón de piel y sus botas favoritas de piel negras, y se dejó el pelo suelto.

Cuando llamaron a su puerta a las siete, abrió la

puerta y Robert entró a toda velocidad. Su expresión era animada y sus ojos brillaban decididos.

–Tengo buenas noticias, Sarah. No podía esperar para contártelo. ¿Has descansado, estás de mejor humor?

Sarah entrecerró los ojos. Por alguna razón presentía que no iban a gustarle las noticias de Robert.

–¿Qué noticias son ésas?

–Una gira todo el país. Mientras has estado fuera estos días, no sólo me he ocupado de esquivar a la prensa por tu repentina desaparición, sino que también te he conseguido una gira de cuatro meses, empezando en primavera. Tenemos mucho trabajo que hacer, prepararlo todo, pero va a ser…

–¿Cómo? ¿De qué estás hablando?

Tenía los nervios a flor de piel y su voz se entrecortó, irritada.

Robert miró su reloj impaciente.

–Vamos a llegar tarde para cenar. Vámonos y te lo cuento por el camino.

Sarah estaba junto al marco de la puerta, completamente sorprendida.

–No, Robert. No voy a ninguna parte contigo hasta que comprendas. Nunca te dije que me pareciera bien ir de gira en primavera. Ya sabes que últimamente he intentado frenar el ritmo. Quiero…

–Esto es lo que necesitas –dijo él, sin escucharla–. Confía en mí, Sarah.

–Robert, no quiero salir de gira en primavera. Te dije que no quería hacer ninguna gira el año que viene.

–Cambiarás de idea. Hablemos de ello mientras cenamos.

–No –dijo Sarah, cruzándose de brazos–. No voy a cambiar de opinión. Quiero tomarme un tiempo después de Navidad. Siempre lo he hecho así y lo sabes.

–Sarah, esto es bueno para tu carrera. Estás en lo más alto ahora y es mi deber mantenerte ahí. Una gira en primavera es justo lo que…

–¡No puedo hacerlo! –exclamó, alzando la voz ante la insistencia de Robert.

Quizá si no hubiera estado embarazada, habría cedido. Eso era lo que siempre había hecho en el pasado, dejar que su mánager tomara las decisiones. Pero esta vez, había decidido pararle los pies.

Robert arqueó una ceja.

–¿No puedes? ¿Qué significa eso?

–Estoy embarazada –balbuceó e inmediatamente deseó haberse callado.

No quería contarle su secreto tan pronto. Quería tener un tiempo para hacerse a la idea, decírselo al padre primero antes que a su mánager.

Los ojos de Robert se abrieron como platos.

–¿Estás embarazada?

La repetición de aquellas palabras le sonó extraña. Un nudo se formó en su garganta. Tragó y asintió.

–Sí.

–¿Quién? –preguntó, y luego sacudió la cabeza–. No te molestes. Sé que es Landon.

–¿Entiendes ahora por qué no quiero ir de gira?

–dijo Sarah llevándose la mano al vientre–. Voy a tener un bebé.

Robert la miró un instante y se rascó la cabeza.

–Aun así, puedes ir de gira. Nos casaremos, al fin y al cabo, siempre estamos juntos. Me ocuparé del niño como si fuera mi hijo y diremos a la prensa que llevábamos años enamorados. No sólo salvará tu imagen, sino que…

–¡Robert! No puedo creer lo que me estás sugiriendo. ¿Te digo que voy a tener un bebé y lo único que se te ocurre es cómo justificar mi embarazo a la prensa? ¿Estás preocupado por mi imagen? ¿Y mis sentimientos? ¿Y el bebé? Estás dispuesto a criar al hijo de otro hombre sólo por… sólo por…

Entonces cayó en la cuenta.

El descubrimiento la hizo sentirse aturdida. Su cabeza daba vueltas. Miró a Robert Gillespie y descubrió el hombre que era.

A su cabeza acudieron recuerdos de sus manipulaciones y de la manera en que la había controlado desde el momento en que se habían conocido. Ahora lo veía todo claro y Sarah era la única culpable por permitirle tener tanto control.

–Venga, Sarah. Ha sido una tontería quedarte embarazada y te estoy ofreciendo una manera de arreglarlo. Sabes que no puedes hacer esto sola y…

–No tendrá que hacerlo –dijo Code entrando en la suite, con la mandíbula tensa y gesto gélido.

Sarah se encogió. Nada de aquello estaba ocurriendo como había imaginado. Code debía de haber oído la mayor parte de la conversación desde la puerta entreabierta. Su mirada fría se posó en ella.

–Es mi hijo.

Era una declaración de hechos. Lo sabía, pero aun así asintió a modo de confirmación. Code bajó la mirada a su vientre por unos instantes. Sus ojos se ablandaron y luego volvió a mirarla con disgusto.

Ella soltó el aire que había estado conteniendo antes de volver su atención a Robert.

–Eres todo un bastardo, Gillespie.

–Esto es entre Sarah y yo.

–Por supuesto que no –dijo Code con veneno en su voz–. El bebé que espera es mío.

–No te lo había contado. Te has tenido que enterar escuchando desde el pasillo.

Code maldijo y caminó hasta Robert con determinación. Sarah se puso entre ambos hombres.

–Parad ya. Es hora de que lleve el control de mi vida –dijo, y girándose hacia Robert, añadió–: Estás despedido. Hemos acabado, Robert. Quiero que salgas de mi suite ahora mismo.

–Sarah –dijo Robert impaciente, tratándola como a una niña–. No hablas en serio.

–Por favor, vete –dijo Sarah separándose de los dos hombres, con los nervios a flor de piel y el cuerpo temblando.

–No me voy. Estás enfadada ahora mismo. Tenemos que hablar de esto a solas.

–No, Robert –dijo sacudiendo la cabeza–. No tenemos que hablar de esto otra vez. Lo siento, pero no cambiaré de opinión.

–Desagradecida…

Code tomó a Robert por el brazo.

–Cállate. Te doy la opción de salir de aquí civilizadamente o podemos hacerlo de otra manera. Y créeme, estoy deseando que te pongas cabezota.

Robert inspiró hondo y la miró. Sarah apartó la mirada. Aquello era lo más difícil que había hecho en su vida, aparte de abandonar a Cody tantos años atrás.

Pero ya había tomado una decisión.

Por el rabillo del ojo, vio a Robert soltarse y salir con la cabeza bien alta. Code lo siguió y, justo antes de salir de la suite, se giró.

–No te muevas, Sarah. Volveré. No he acabado contigo todavía.

Capítulo Siete

Code la encontró de pie, con los hombros encogidos, frente al árbol de Navidad contemplando las luces. Se había hecho de noche en Nueva Orleans y las luces del árbol se reflejaban en la puerta de cristal.

Ira, traición, euforia y curiosidad se mezclaban en él, y apretó los puños al ver a Sarah abatida junto al árbol.

–Se ha ido –anunció Code–. De momento. Pero no confío en él.

Sarah no se giró. Asintió y continuó mirando el árbol de Navidad.

Ahora que se había encargado de Gillespie, era hora de ocuparse de Sarah.

–¿Cuánto tiempo hace que lo sabes?

–Poco –dijo sin dar más explicación.

Estaba embarazada de su hijo y no se había molestado en decirle que iba a ser padre. Habían pasado días y noches juntos en Willow Bend. No es que no hubiera tenido ocasión. Maldita fuera por no decírselo y por no darle alguna muestra de que podía confiar en ella.

–¿En Arizona? –preguntó.

Ella asintió.

Habían hecho el amor en Tempest West, Arizona. En aquel momento, Code pensó que podría superar aquel encuentro sexual, pero no había sido suficiente. Su plan había salido mal. No había conseguido olvidarse de Sarah. Había ido a Nueva Orleans tras ella, prometiéndose continuar con su vida tan pronto como consiguiera olvidarla.

Ahora estaban unidos por su bebé.

El anuncio de que Sarah Rose estaba esperando un hijo suyo lo conmovía. Recordó su juventud, cuando ambos soñaban con tener hijos y fundar una familia. Había soñado con eso durante años hasta el momento en que Sarah lo había dejado en Barker, Texas.

Aquel día su sueño se había muerto junto a su corazón.

Nada había cambiado y nada cambiaría. Esta vez, no dejaría que Sarah se marchara con su hijo.

—Nos vamos a casar. El niño tendrá mis apellidos, mi protección. Después, nos divorciaremos y me quedaré con la custodia.

Sarah se giró hacia él, con el rostro descompuesto. Unas lágrimas caían de sus ojos.

—¿Tanto me odias?

—No te odio, Sarah —dijo, suavizando su voz—. Nunca lo he hecho.

—Pensaba decirte lo del bebé. Es sólo que necesitaba… tiempo.

Code avanzó y se quedó entre ella y el árbol.

—Siempre tienes una excusa, ¿verdad? Si no hubiera entrado, lo más seguro es que no me hubiera enterado de lo de mi hijo. Te habrías marchado de Nueva Orleans y te habrías escondido de mí.

Sarah se secó las lágrimas de sus mejillas.

—¿Cómo puedes pensar eso de mí?

—Se lo dijiste a él, al hombre al que acabas de despedir. Confías más en él que en mí.

—No me has dado ninguna razón para confiar en ti.

Code dejó escapar un suspiro.

—Eso no importa ya. Lo único que importa es que te cases conmigo y que tengas un embarazo sano.

Sarah parpadeó para evitar las lágrimas y asintió.

—De acuerdo –dijo–. No hay nada más importante para mí que este bebé.

Code miró el vientre liso de Sarah, imaginando el bebé que crecía en su interior, sin apenas creerlo.

—Haré los arreglos necesarios.

Sarah se apartó de él y se acercó a la ventana.

—Quiero mantener en secreto el matrimonio mientras esté aquí en Nueva Orleans.

Code frunció el ceño. ¿Qué demonios pasaba ahora?

—¿Por qué?

—Por la salud del bebé y mi tranquilidad. Con lo que pasó la última vez que estuve en un escenario, no creo que pueda soportar a la prensa.

Se llevó la mano al vientre. Code deseó hacer lo mismo, cubrir con su mano al bebé y transmitirle el amor que comenzaba a sentir. Pero se mantuvo quieto y continuó escuchándola.

—La prensa no me dejaría en paz y no creo que pudiera soportarlo ahora mismo. Tengo que pensar en el bebé y, además, no quiero que nada distraiga el verdadero motivo por el que estoy aquí, para recaudar fondos.

Aquello tenía sentido. Code tampoco estaba dispuesto a verse envuelto en el circo de prensa que rodeaba a Sarah si se sabía la noticia de su repentino matrimonio. Hurgarían en el pasado de ambos y probablemente inventarían historias de sus vidas en Barker que serían más falsas que ciertas.

—¿Está bien el bebé?

Sarah sonrió.

—Sí, muy bien.

—¿Y tú?

—Dejando a un lado que acabo de despedir a mi mánager durante los últimos diez años y que me acaban de hacer una propuesta de matrimonio que ninguna mujer querría, estoy bien, Code —dijo, y lo miró desafiante—. Estoy bien.

—Estupendo. Me alegro de que estemos de acuerdo.

Sabía que sus modos no habían sido los ideales, pero no podía arriesgarse a que Sarah lo rechazara. Tenía que casarse con él y no lo conseguiría de ninguna otra manera.

—Tan sólo me caso contigo por el bien del niño, tengámoslo claro.

—Así es. Y para que lo tengas claro, Sarah, voy a opinar acerca de todo lo que hagas de ahora en adelante. Ese bebé que esperas es un Landon y soy responsable de él.

Sarah dejó escapar un profundo suspiro antes de calmar su voz.

—No me presiones, Code. Soy perfectamente capaz de cuidar de mí y del bebé. No necesito un perro guardián.

La paciencia de Code estaba llegando al límite.

—Bueno entonces, ¿qué demonios necesitas?

Sus ojos se llenaron de lágrimas de nuevo.

—Nada de ti —respondió sacudiendo la cabeza.

Code maldijo entre dientes y, para evitar enfadarla más, se dirigió a la puerta. Tenía que ir con cuidado. Sarah parecía fatigada. El bienestar de Sarah y del bebé tenía que ser su prioridad.

—Comenzaré a organizar la boda y te diré cuándo y dónde.

Ella se giró antes de que cayeran más lágrimas. Sarah siempre había sido muy sincera y eso era algo que a Code siempre le había gustado sobre ella, que nunca ocultaba sus sentimientos.

Ahora, le esperaba una noche en vela debido a su misterioso silencio.

—Sí, mamá, ya sé que todo va muy deprisa —dijo Sarah hablando por teléfono.

Estaba tumbada en la cama, mirando el teléfono, rezando para que su madre no se sintiera decepcionada. Sarah prefería pensar que le estaba contando medias verdades y no mentiras.

Sí, iba a casarse con Code, pero el matrimonio sería breve y terminaría en divorcio. Ya se preocuparía más tarde en poner excusas como que el matrimonio no había funcionado, que lo habían intentado, pero que no habían podido salvarlo, que no estaban hechos el uno para el otro.

Sarah tenía amigos cuyos matrimonios habían durado menos de seis meses. Era triste hacerlo así, pero era la única manera de proteger a su familia de la verdad.

—Quiero que vengas a mi boda —le dijo a su madre—. Será una sencilla ceremonia. Code y yo queremos que no se sepa durante un tiempo.

—Cariño, no me perdería la boda de mi niña por nada en el mundo. No importa que sea sencilla, tan sólo quiero que mi hija sea feliz. Siempre supe que Code y tú acabaríais juntos.

—Sí, mamá —repuso Sarah, tratando de contener su frustración.

Su madre siempre la había culpado de su ruptura con Code. Siempre había pensado que Sarah habría tenido una vida mucho más feliz si se hubiera casado con Code. Sarah pensó que, con aquella mentira, su madre acabaría pensando que Code y ella no estaban hechos el uno para el otro y que había hecho lo correcto al dejar Texas de la manera en que lo había hecho.

—Después de todos estos años, habéis vuelto a uniros. He rezado mucho por ello, cariño. Cada día he rezado para que mi hija encontrara la felicidad.

—Oh, mamá, he sido feliz.

Hubo un silencio al otro lado de la línea y después se oyó la voz quebrada de su madre.

—Todos sabemos lo que hiciste, Sarah. Te sacrificaste porque tu madre no podía daros lo que tú y tus hermanas queríais.

–No, mamá, eso no es cierto. Papá te abandonó, dejándote tres hijas a las que criar. Lo hiciste lo mejor que pudiste.

Sarah no quería que su madre se sintiera culpable de su decisión de abandonar a Barker.

–Sarah, te dejé marcharte. No debería haberlo permitido.

–No, mamá, quise irme.

Había tenido que irse. La artritis reumática de su madre había empezado a dificultarle el desempeño de su trabajo y sus aptitudes como secretaria habían ido disminuyendo al complicarse su dolencia. El orgullo de Lenora igualaba su determinación y había ocultado su secreto a sus jefes, pero Sarah ya por entonces había sabido que su madre no aguantaría mucho más trabajando.

–Como solías decir, Dios me dio una voz con la que hacer cosas buenas.

–Oh, cariño –comenzó su madre, pero su voz volvió a quebrarse–. Hiciste cosas buenas. Aseguraste el bienestar de tu familia cuando yo… no pude hacerlo.

–Me alegro de que vengas a la boda, mamá. Voy a ver si Selia y Suzette pueden venir también, si es que pueden dejar sus clases unos días.

–También vendrán. No se perderían tu boda con Cody. Recuerdo lo bien que les caía ese muchacho, a pesar de lo pequeñas que eran.

–Lo recuerdo –dijo Sarah.

Hacía años que no pensaba en ello, pero lo cierto es que Cody resultaba encantador para las mujeres Rose. Sus hermanas pequeñas lo admiraban porque era mayor que ellas y muy guapo, pero sobre todo porque nunca las había tratado como a niñas.

Cuando la conversación terminó, Sarah cerró los ojos y se relajó. No podía creer que apenas quedaran unos días para la ceremonia, que se celebraría unas horas antes de su actuación del sábado por la noche.

Al menos tendría a su madre y hermanas con ella. Todo aquello estaba ocurriendo muy deprisa, al igual que su decisión de contar medias verdades a su familia. Pero prefería protegerlos y evitar que su madre se sintiera culpable. Sarah no podía casarse sin tener a su familia presente, a pesar de que el matrimonio fuera una farsa.

Sarah iba a hacer todo lo posible para cumplir con su compromiso como esposa y madre. Al menos, no pronunciaría sus votos en falso.

Sarah juró sus votos el sábado por la tarde en el cenador que había en el jardín trasero de Willow Bend, con un vestido de color marfil. A su lado, Code, vestido con un traje italiano negro que se le ajustaba como una segunda piel, pronunció con firmeza las promesas que no tenía intención de cumplir. Brock Tyler asistió como padrino y, puesto que Sarah necesitaba el apoyo de las tres mujeres Rose, las tres actuaron como sus damas de compañía durante la ceremonia, su madre sentada en su silla de ruedas junto a ella, sonriendo feliz y mirando a Code con fascinación.

Empezó a soplar un viento fresco y las nubes cubrieron el cielo, pero el esplendor glorioso e histórico de la mansión, sirvió para olvidar lo falsa que era aquella boda. Sarah se estremeció, sus mangas agitándose al viento mientras trataba de escuchar las palabras del oficiante antes de que la brisa se lo impidiera.

Cuando el sacerdote asintió animándola a que pronunciara sus votos, Sarah ignoró el nudo de su estómago.

—Sí, acepto —dijo en el momento justo.

El sacerdote bendijo el matrimonio y los declaró marido y mujer.

Sarah temblaba, lo que atrajo la atención de Code. En un rápido movimiento, se quitó la chaqueta y se la puso por los hombros. Luego, pidió a todos que esperaran a estar dentro de la casa, donde iba a servirse la cena, para felicitarles.

Code la condujo hacia la casa.

—Estás muy guapa hoy, Sarah —le susurró al oído—. Hubo un tiempo en mi vida que lo único que quería era casarme contigo y tener una familia.

—Lo dices como si yo no hubiera querido lo mismo. Sabes que los dos deseábamos un futuro en común.

Él le lanzó una mirada cínica.

—Lo dudo, querida —dijo, y al llegar a la entrada de la casa, la tomó por la cintura—. Simula que eres feliz, Sarah. Sonríe. Estoy mintiendo a tu familia porque insististe, así que haz una buena actuación o tu coartada se irá al traste.

Luego, la tomó por la barbilla y la besó apasionadamente antes de entrar en la casa.

Unos minutos más tarde, Brock se acercó y besó a Sarah en la mejilla.

–Enhorabuena, señora Landon. Estás muy guapa.

Sarah sonrió.

–Gracias, Brock.

Deseaba sentirse bien por dentro. En aquel momento, las mentiras bienintencionadas que le había dicho a su familia, daban vueltas en su cabeza como un torbellino. Remordimientos y sentimientos de culpabilidad se arremolinaban en su estómago. No sólo había mentido a la gente que más quería, sino que iba a mantener aquel secreto oculto al resto del mundo. Estaba casada y esperando un hijo que siempre había deseado, el hijo de Code, pero no se lo podía decir a nadie.

–Está bien, cariño. Lo sé.

Miró a los ojos inteligentes de Brock.

–¿Te lo ha dicho? –preguntó alarmada.

Brock se rascó la nuca y suspiró.

–No tenía que hacerlo. Me lo he imaginado. Puse a Code entre la espada y la pared y me lo contó.

Sarah bajó la voz.

–Mi familia no sabe nada. No es que fueran a disgustarse por lo del bebé, pero lo que va a pasar después… Eso pondría a mi madre al límite. Empezaría a culparse de nuevo si supiera lo mucho que Code me odia.

Brock tomó su mano.

–Espera, Sarah. Code es muy testarudo, pero es un buen hombre.

Ella sacudió la cabeza y miró a Code, que estaba hablando con su madre y sus hermanas. Hacía diez años que no veía a su madre sonreír.

—Me gustaría creerlo —dijo girándose a Brock—. Por favor, no le cuentes a nadie lo que sabes.

—No te preocupes —dijo estrechándole la mano con cariño—. Puedes confiar en mí. Venga, preséntame a tus guapas hermanas.

—Claro, siempre y cuando tengas claro que son territorio prohibido.

Block se llevó la mano al pecho.

—Me hieres, Sarah.

—Creo que sobrevivirás.

Él sonrió divertido.

—Siempre.

—Gracias por venir a la boda —dijo Sarah, dejando las bromas aparte—. Sé que estás ocupado con el hotel de Maui.

—No me importa tomar un avión y cruzar medio mundo para ver dos personas a las que aprecio casarse. Es un placer.

—Y lo dice un soltero empedernido.

—Sí, bueno, mi hermano mayor, Evan, se ha casado y el pequeño, Trent, se acaba de comprometer. Ahora, mi buen amigo Code se casa en secreto. Creo que soy el único que se resiste. Alguien tiene que representar a todos los solteros del mundo.

Code volvería a ser soltero en breve y esa idea le produjo una sensación de tristeza, pero forzó una sonrisa al acercarse a su familia.

Después de todo, era una novia feliz.

Mientras Sarah y los invitados disfrutaban del pastel que había preparado el Chef Louis, Code empujó la silla de ruedas de Lenora Rose hasta el salón. Ese día, nada más verla en la silla de ruedas, se había quedado sorprendido. Era otro secreto que Sarah no le había contado. La recordaba como una mujer amable y fuerte, que había llevado una vida dura tratando de sacar a sus tres hijas adelante.

Ahora se la veía más descansada. Y feliz. Pero Code no había podido evitar reparar en sus dedos agarrotados ni en la joroba de su espalda. De vez en cuando hacía un gesto de dolor y, a pesar de que seguramente contaba con los últimos tratamientos, padecía los sufrimientos de su enfermedad crónica.

—Este sitio tiene historia —dijo recorriendo con la mirada las antigüedades—. Los cuadros son muy bonitos —añadió maravillada—. Muchas gracias por enseñármelo.

Le había mostrado las habitaciones del piso de abajo, explicándole sus planes de reforma.

—De nada —dijo—. Poco a poco, la casa va mejorando.

—Está quedando muy bien, Cody. Estoy muy orgullosa de ti.

Sorprendido por sus palabras, Code se quedó mudo.

—¿Puedes sentarte conmigo para charlar? —preguntó ella con voz emocionada mientras su ojos se llenaban de lágrimas.

Code colocó la silla de ruedas de tal manera que quedara frente a él al sentarse. Ella alargó la mano y él se la estrechó, reparando en la fragilidad de sus dedos atrofiados.

–Estoy muy contenta de que Sarah y tú hayáis vuelto a uniros. Eso le hace mucho bien a mi corazón, Cody.

Lenora sonrió y unas lágrimas rodaron por sus mejillas.

–Claro –dijo Code conmovido, sacando un pañuelo y secándole las lágrimas–. ¿Son lágrimas de felicidad, verdad?

Code sintió un nudo de remordimiento en el estómago y maldijo a Sarah por persuadirlo para llevar a cabo aquella farsa. Su madre tenía esperanzas en que aquél fuera un matrimonio fructífero.

Ella no contestó y bajó la cabeza un momento, antes de volver a lanzarle una mirada sincera.

–Siempre me has gustado, Cody. Eras un buen muchacho y mi Sarah te quería mucho. Sé que el que se marchara te hizo mucho daño. A ella también, a pesar de que trató de hacer creer que irse de Texas y dejarte era lo que quería. Sé que lo hizo por mí y por sus hermanas.

Lenora retiró su mano.

–Mira estas manos –dijo ella levantándolas para que Code se fijara en ellas–. Lo único que sabía hacer para pagar las facturas era trabajar de secretaria, Cody. Tenía tres hijas a las que mantener y no sabía

107

hacer nada más. Sarah era lo suficientemente mayor como para darse cuenta de que estaba a punto de perder mi trabajo y no podía hacer nada más.

Code respiró hondo y asintió.

–Fue una bendición agridulce que Robert Gillespie la descubriera en aquella feria. Eso fue una oportunidad para nosotras –añadió con voz temblorosa, a la vez que trataba de controlarse–. Las niñas querían ir a la universidad y yo apenas podía llevar comida a la mesa.

–Entiendo –dijo Code, poniéndose tenso al oír el nombre de Gillespie.

Sarah le había escrito tan sólo una carta después de marcharse, prometiendo escribir más, prometiéndole que una vez que su carrera se pusiera en marcha, volverían a estar juntos. Como un idiota, había estado esperando. Habían sido dieciocho meses de su vida que nunca olvidarían. Aunque pudiera perdonar a Sarah por haberle dejado, no había nada que pudiera disculpar el que no hubiera cumplido las promesas que le había hecho.

Recordó la vez en que había ido a Memphis a una de sus actuaciones. La había estado observando desde las últimas filas, deseando confrontarla, pero no había llegado tan lejos. Se las había arreglado para llegar al escenario, pero se encontró con que estaba siendo escoltada al camerino por Rob Hanson, la estrella de fútbol, riendo y completamente atenta a él.

Fue entonces cuando se prometió que nunca más haría el tonto por Sarah.

La voz de Lenora lo sacó de aquellos dolorosos recuerdos.

–El día que fui a verte con la carta de Sarah –dijo haciendo una pausa y cerrando los ojos como si estuviera buscando las fuerzas necesarias para continuar–, fue el peor día de mi vida.

–Lenora, no tienes que…

–Por favor, Cody, deja que te explique. Me rompió el corazón ver en tu cara aquel dolor. Te quedaste atónito y enfadado, pero sobre todo destrozado.

–Quería a Sarah mucho.

–Te di una oportunidad, ¿no? ¿Recuerdas lo que te dije ese día?

Code asintió sin querer repetirlo. Recordaba cada palabra de aquella conversación como si fuera su peor pesadilla.

–Te dije que no fueras tras ella, que ella no quería que lo hicieras. Te quité tu última esperanza y eso me hundió. Oh, Dios, Cody, espero que puedas perdonarme.

–¿Mamá? –interrumpió Sarah, entrando en el salón, sujetándose con la mano el vestido.

Estaba preciosa tal y como siempre la había imaginado para el día de su boda, con un vestido blanco y su pelo pelirrojo recogido. Todo el asunto de la boda había salido a la perfección de cara a su madre y hermanas.

Aun así, acababa de convertirse en su esposa y se permitió mirarla con orgullo.

–Estamos charlando –dijo su madre dando unas palmaditas a Code en la mano y mirándolo con ternura para no revelar el verdadero tema de su conversación–. Cody me ha estado enseñando la casa.

Code asintió y miró a Sarah.

–Lleváis un rato aquí –dijo entrecerrando los ojos y mirando a uno y a otro.

Code se puso en pie y se acercó a ella.

–Tengo que volver al hotel –dijo acercándose a Sarah–. Tienes que descansar antes de la actuación de esta noche. Llamaré a Jimmy para que venga con la limusina.

Lenora hizo girar su silla de ruedas y los miró con una sonrisa en los labios.

–Estoy deseando ver la actuación, cariño. Hace meses que no te veo actuar. Las chicas también pueden quedarse.

Sarah sonrió con cariño a su madre.

–Me alegro de que todas estéis aquí, mamá. Es un placer saber que estaréis entre el público.

–Estás haciendo algo bueno, Sarah, recaudando fondos para los menos afortunados.

–Code también ayuda. Va a donar la misma cantidad que se recaude hoy en las ventas.

Lenora lo miró con ojos de admiración.

–Te has casado con un hombre muy generoso, Sarah.

Code no se había ruborizado desde el instituto y sintió que le ardían las mejillas. Por ello, maldijo a su esposa.

Capítulo Ocho

Después de la actuación, Sarah y Code acompañaron a su madre hasta su habitación, ocupándose él de empujar la silla de ruedas. Sus hermanas Selia y Suzette caminaban unos pasos atrás.

Sarah echaba de menos a sus hermanas pequeñas, pero sabía que estaban muy contentas de estudiar en la universidad. Las dos obtenían buenas puntuaciones, siendo Selia la más estudiosa y Suzette la más sociable. Sarah estaba orgullosa de ellas y seguía de cerca sus progresos.

–Ha sido una actuación estupenda –dijo Suzette–. Nunca pensé que necesitaras a Robert tanto como él pretendía hacerte creer. Nunca me gustó –añadió encogiendo la nariz–. Me alegro de que te lo hayas quitado de encima.

–Cállate, Suz –advirtió Selia.

–Oh, Selly, admítelo. A ti tampoco te gustaba.

–Tus hermanas son unas chicas muy listas –dijo Code haciéndoles un gesto con el pulgar hacia arriba.

–No vamos a hablar de Robert el día de la boda de vuestra hermana –dijo Lenora.

Al llegar a su habitación, Code se inclinó para darle un beso a Lenora.

–Que tengas dulces sueños, madre política.

Los ojos color avellana de Lenora brillaron de alegría.

–Ahora, eres para mí un hijo, Cody.

–Gracias –dijo Code con una dulce sonrisa, pero Sarah reparó en que sus hombros estaban tensos.

Luego, se giró y besó a Selia y a Suzette.

–Me alegro de haberos vuelto a ver. Buenas noches.

Sus hermanas abrazaron a Code y volvieron a felicitarle. Sarah se despidió de ellas también y le dio un beso a su madre.

–¿Quieres que me quede contigo un rato?

–¿En tu noche de bodas? Ahora tienes un marido. Venga, id a disfrutad.

Code la tomó por el brazo.

–Venga, Sarah. Ya has oído a tu madre. Es nuestra noche de bodas.

Sarah se inclinó y besó a su madre una vez más.

–Muy bien. Nos veremos por la mañana. Buenas noches.

Sarah esperó a que sus hermanas entraran con su madre en la suite y cerraran la puerta. Code se quedó esperándola, con la mandíbula tensa y los labios apretados.

No parecía un recién casado feliz.

–¿Qué? –preguntó ella, al límite de su paciencia.

Code mantuvo la voz baja mientras caminaban por el pasillo en dirección a su suite del ático.

–No me gusta mentir a tu madre.

–Como si a mí me gustara –dijo conteniendo su ira.

–Tiene muchas esperanzas en nuestro matrimonio.

–¡Mira quién fue a hablar! Que tengas dulces sueños, madre política –dijo imitándolo.

–Lo hago porque dijiste que era necesario para evitar causarle más dolor.

–Así es –dijo ella, entrando en la suite de Code después de que él abriera la puerta–. Ya lo explicaré todo.

–Causarle dolor va a ser inevitable, así que es mejor decírselo ahora que continuar fingiendo y engañándola meses y meses.

–Code, me lo prometiste.

Él la miró, con los ojos llenos de resentimiento. Se había casado con ella y su expresión era de remordimiento.

Se había vestido de princesa, confiando en tener un poco de alegría en el día de su boda. ¿Acaso no se merecía una mujer al menos eso? Al parecer, Code no pensaba lo mismo.

Nunca perdía la ocasión de recordarle cómo había estropeado sus vidas. Sarah confiaba en que, de alguna manera, sus obras de caridad la compensaran de alguna manera por el dolor que había causado.

Estaba agotada y los ojos le ardían de fatiga. Quería irse a la cama y quedarse allí durante días.

–Me voy a acostar, Code. Ha sido un día muy largo.

Se giró para marcharse, pero Code la agarró del brazo, deteniéndola antes de que abriera la puerta.

–¿Adónde crees que vas?

–A mi suite.

Code la miró con sus intensos ojos azules y sacudió la cabeza.

–Eres mi esposa ahora. Tienes que dormir aquí.

–Pero todas mis cosas están en…

–Mañana por la mañana enviaré a alguien para que recoja lo que necesitas.

–Code –dijo alzando la mano para detenerlo–. Esto no va a funcionar.

–Tu familia sospechará si descubren que duermes en tu suite.

–¿Quieres decir que podré volver a mi habitación mañana cuando se hayan ido?

Él sacudió la cabeza de nuevo.

–No, ya te lo dije. Voy a formar parte de tu vida. Hay tres habitaciones, elige la tuya. Me aseguraré de que por la mañana tengas todo lo que necesitas. Nadie te molestará aquí, ni siquiera yo.

Sarah abrió la boca para decir algo, pero entonces se lo pensó mejor y la cerró. No podía creer que se hubiera casado con Code Landon. Parecía un sueño y estaba demasiado cansada para seguir discutiendo.

–De acuerdo.

Code asintió.

–Muy bien.

Se quedaron mirándose mientras los segundos seguían transcurriendo.

Entonces, Code se acercó a ella con expresión de remordimiento. Sarah no podía pensar con claridad con aquellos ojos azules fijos en ella. Él alargó la mano y acarició su rostro. Sarah sintió que su corazón se enternecía, los nervios a flor de piel. Code ladeó la cabeza y unió sus labios a los de ella en un beso tan intenso que hacía olvidar todos los pecados del pasado. Mientras su boca cubría la suya y sus lenguas se entrelazaban, Sarah se olvidó de todo excepto de su sabor. Su olor la excitó. Su fuerte cuerpo contra el suyo le hizo sentir una sacudida. Sintió un cosquilleo en sus pechos sensibles. Un arrebato de deseo le produjo un ansia desesperada bajo su vientre. Cuando Code puso fin al beso, se le veía muy sexy y excitado. Sarah contuvo la respiración. Deseaba más.

–Buenas noches, Sarah –dijo separándose.

Se fue, dejándola con un pensamiento inquietante. A pesar de que era su esposa, de ahora en adelante dormiría sola.

Sarah se despertó de mal humor. No había dormido bien y ahora, al oír el rugido de su estómago, supo que tenía que salir de la cama para desayunar algo. No podía saltarse las comidas. Estaba decidida a no arriesgar la vida de su bebé.

Se llevó la mano al vientre.

–¿Estás cómodo y caliente ahí dentro? Espero que sí. Voy a cuidarte lo mejor que pueda –dijo, y un pensamiento incómodo asaltó su cabeza–. Aunque tu padre no confíe en mí para darte todo lo que necesitas, me aseguraré de que tengas todo lo necesario.

Excepto un hogar.

Sus ojos se llenaron de lágrimas. Su hijo nunca tendría un padre y una madre bajo el mismo techo. El bebé nunca conocería la felicidad de una verdadera familia. Sarah siempre había querido eso. Al ser la mayor de las hermanas, tenía algunos recuerdos de su madre y de su padre abrazándola, riendo con alegría. Aquellos felices momentos eran tan sólo recuerdos. Su padre había abandonado a la familia nada más nacer las gemelas.

Ahora, su hijo inocente sería víctima de un hogar roto.

Sarah se duchó y se vistió a toda prisa. Su estómago volvió a rugir, recordándole que tenía que alimentarse. Salió de la habitación y percibió el aroma del café recién hecho, además de otros olores típicos de desayuno como huevos, tostadas y fruta.

Se dirigió a la mesa del comedor, al lado de la cocina y al pasar, vio por el rabillo del ojo una luz potente. Se giró hacia el salón y contuvo un grito.

Su árbol de Navidad, con todos sus adornos, estaba frente a la ventana y las luces intermitentes se reflejaban en los cristales.

—Code —susurró.

Se dio media vuelta y se lo encontró justo detrás de ella. Unas lágrimas surcaron sus mejillas ante aquel gesto. Había hecho que llevaran el árbol desde su suite. Sabía lo que para ella suponía la Navidad.

Lo miró, incapaz de ocultar su gratitud. Sus hormonas estaban revueltas. Nunca antes había llorado tanto como desde que Code había vuelto a aparecer en su vida.

–No llores, Sarah –dijo suavemente–. Es sólo un regalo de bodas más.

Ella bajó la vista al magnífico anillo de esmeraldas que Code le había puesto en su dedo el día anterior. También le había regalado la diadema de diamantes que se había puesto en el pelo. Había sido muy generoso y se preguntó si consideraba aquello una inversión, algo que iba a querer que le devolviera después del divorcio.

Incómoda por aquel pensamiento, lo apartó de su mente.

–Gracias.

En algunos momentos, le parecía vislumbrar al muchacho al que una vez había amado, a aquel Code Landon al que nunca había dejado de amar.

–¿Tienes hambre? –le preguntó.

–Estoy muerta de hambre. Como por dos y el bebé no deja que me olvide de comer –contestó–. Me ha recuperado el apetito.

–El desayuno está listo. Lo han traído hace unos minutos y todavía está caliente. ¿Qué tal has dormido?

No demasiado bien, después del beso que le había dado.

–Muy bien. ¿Y tú?

–Nunca me cuesta dormir.

Sarah contuvo una sonrisa. La noche anterior, al no poder dormir, se había levantado y se había asomado al salón. Allí había visto a Code sirviéndose una bebida del bar.

–¿Y ahora qué? –preguntó ella, confundida por los continuos cambios de humor de Code.

Pasaba de ser un hombre amable y generoso a frío y calculador. ¿Quién era aquel hombre con el que se había casado?

–Haz lo que suelas hacer. Empieza por tomar algo de desayuno.

Lo siguió hasta el comedor, donde había un montón de comida sobre la mesa.

–¿Todo esto?

–Yo también voy a desayunar. Y tengo un apetito voraz –dijo Code, sirviéndole un vaso de zumo de naranja recién exprimido–. Siéntate. ¿Quieres café descafeinado?

–No gracias, estoy bien.

Sarah se sirvió huevos, tostadas y fruta en su plato. Luego repitió y bebió dos vasos de zumo más. Después de comer, apartó su plato y se echó hacia atrás, sin poder contener una sonrisa.

–¿Qué? –preguntó Code, esbozando una sonrisa.

–Ni siquiera me siento llena. Podría repetir una tercera vez. Nunca había comido tanto.

–Nunca habías estado embarazada antes.

Su sonrisa se esfumó.

–No –dijo llevándose la mano al vientre, un gesto que estaba comenzando a ser habitual en ella–. Imagino que muchas cosas cambiarán.

Code dio un sorbo a su café y se echó hacia delante, apoyando los brazos en la mesa.

–Para mí también. Quiero que sepas que no estoy disgustado por lo del bebé. Quiero ser un buen padre.

Sarah bajó la vista y jugueteó con la servilleta, mientras trataba de controlar unas lágrimas.

–Sé que serás un buen padre, Code.

–No le faltará nada al bebé.

–Excepto… –balbuceó Sarah, pero evitó continuar.

–¿Excepto qué? –preguntó Code–. ¿Qué es lo que no podré dar a mi hijo?

Sarah sacudió la cabeza.

–Nada, Code.

–Tienes algo en la cabeza, Sarah. Por favor, dímelo.

Sarah selló sus labios. ¿Cómo iba a admitir ante él que deseaba que su matrimonio fuera real? ¿Cómo iba a decirle que, si volvía a confiar en ella otra vez, iba a poder probarle que las cosas podrían funcionar por el bien del bebé?

¿Cómo revelarle que en el fondo de su corazón nunca volvería a amar a ningún otro hombre del modo en que lo había amado, que deseaba dar una oportunidad a su matrimonio para que su hijo tuviera una familia, un padre y una madre que se quisieran?

Sarah tenía a su madre y a sus hermanas, a las que quería con locura, pero lo cierto es que no había tenido una familia completa. Nunca se había sentido parte de una familia verdadera al no tener un padre que la llevara al colegio, que le deseara buena suerte en los exámenes con un beso y una madre con tiempo para ayudarla con sus deberes después de las clases. Sarah sabía que su madre lo había hecho lo mejor que había podido por sus hijas. Pero siem-

119

pre había soñado con darle una vida mejor a sus propios hijos.

Quizá su orgullo y su falta de previsión no le hicieran bien, pero no podía detenerse a analizar sus sentimientos hacia Code en aquel momento.

—¿Sarah?

Ella se levantó de la mesa.

—Tengo cita con el médico mañana por la tarde. Seré la última paciente de la tarde. ¿Quieres llevarme?

La expresión impaciente de Code mientras esperaba a que lo contestara desapareció y esbozó una medio sonrisa.

—Sí, no me lo perdería.

Ella asintió aliviada.

—Tenemos que ser discretos. No quiero llamar la atención.

—Claro —dijo poniéndose de pie para mirarla, su rostro frío como el hielo—. No queremos que nadie se entere de que la cantante de country Sarah Rose se ha casado embarazada.

Sarah parpadeó. Cualquier referencia a su fama, parecía molestar a Code. Sus ojos volvieron a llenarse de lágrimas, no por sus duras palabras, sino por el hecho de que Code nunca la aceptaría por quien era.

Se dio la vuelta. No quería que Code la volviera a ver llorando. No parecía poder controlar las lágrimas, consecuencia de su embarazo.

—Espera, Sarah —dijo Code.

La agarró y la tomó entre sus brazos, reconfortándola.

Ella sollozó mientras la abrazaba y le acariciaba el pelo, dándole la muestra de cariño que tanto deseaba.

Sarah nunca se había sentido tan perdida y desesperanzada. Confiaba en que fuera como consecuencia de su embarazo, porque si no era así, su sueño de formar una verdadera familia, sería tan sólo eso, un sueño.

La cita con el médico transcurrió conforme a lo planeado. Code llevó a Sarah hasta la consulta en un todoterreno negro y esperó con ella fuera hasta el último minuto antes de entrar en la consulta. La recepcionista les dio la bienvenida y les llevó hasta la habitación en la que Sarah se desvistió en un pequeño vestidor, antes de regresar vestida con una bata azul.

–No es una ropa muy bonita, ¿verdad? –dijo algo incómoda, mirándolo con timidez mientras se sentaba en la camilla.

Code sonrió. Sarah siempre estaba guapa, bien fuera con camiseta y vaqueros o con un traje de noche. Esa tarde llevaba una falda de ante y una blusa de color crema, que hacía que su piel se viera brillante y sus ojos verdes resaltaran.

El doctor Linton llegó unos minutos después y se presentó.

–Soy Code Landon, el marido de Sarah –dijo, y reparó en que era la primera vez que decía aquellas palabras en voz alta.

121

Le sonaron extrañas. Era el marido de Sarah aunque ella no quisiera que nadie se enterara.

–Pero, por razones obvias –continuó–, nadie tiene que saber que se ha casado ni que está esperando un bebé. Espero que sepa respetar nuestros deseos.

–Desde luego –dijo el médico–. La noticia no saldrá de esta habitación.

La fama de Sarah era una situación que mucha gente comprendía. Aunque Code había accedido a los deseos de Sarah, le molestaba que quisiera mantener en secreto su matrimonio y su embarazo. Sentía su ego herido y eso lo irritaba.

El reconocimiento continuó y el médico les explicó a ambos lo que ocurriría en los próximos meses. Eso le hizo volver a la realidad.

Sarah y él traerían un hijo al mundo. El sonido de los latidos del bebé lo conmovió. Durante unos segundos se olvidó de las condiciones de aquel matrimonio fingido. Escuchó con atención las indicaciones del médico y las preguntas de Sarah. Él también planteó las suyas. De pronto se metió en el papel de esposo y padre y reparó en el sobrecogimiento y el amor en los ojos de Sarah mientras el médico hablaba de su bebé.

–¿Así que el bebé nacerá en verano? –preguntó ella.

–Sí, en la próxima cita haremos una ecografía y podremos calcular mejor el tiempo. De momento, continúa con tus actividades habituales. Tan sólo presta más atención a las señales de tu cuerpo y descansa bien.

–Eso haré –dijo ella asintiendo con la cabeza–. No tengo planes para después de los conciertos de Navidad. El bebé es lo más importante de mi vida.

Code advirtió una expresión sincera en su rostro. ¿Debía creerla? No sabía qué creer, más allá de que llevara una nueva vida en su interior que iba a hacer que la vida de ambos cambiara.

Caminaron de vuelta al coche y Code miró su reloj. No le apetecía llevarla todavía al hotel, ya que eso supondría que cada uno se iría a su habitación a pasar el resto de la tarde.

–¿Estás cansada?

–En absoluto. El sonido de los latidos del corazón del bebé me ha animado –contestó Sarah llevándose la mano al vientre–. No puedo creerlo, Code, pero esto está sucediendo de verdad.

Él respiró hondo y asintió.

–Sobrecogedor, ¿verdad?

Lo miró a los ojos y una sincera expresión de felicidad iluminaba sus facciones.

–Sí, algo así.

Él se mostró inalterable, pero lo cierto es que se sentía conmovido. No tenía ninguna duda de que Sarah amaría a aquel hijo que esperaba, pero ¿le daría prioridad sobre su carrera?

–Conozco un sitio con buen jazz y donde sirven buena comida.

–Si me estás invitando, acepto.

–Te estoy invitando.

–Entonces, acepto encantada.

Code hizo una llamada y continuó conduciendo

hasta el barrio de French Quarter. Cuando aparcó, rodeó el coche para ayudar a Sarah a salir.

–Un momento –dijo Sarah, revolviendo en su bolso y sacando una peluca de rizos oscuros–. Es para emergencias –añadió sonriendo y colocándosela.

Luego sacó unas enormes gafas de sol y también se las puso.

Code frunció el ceño y, una vez se produjo la transformación, sonrió.

–Eres una mujer con recursos para todo.

–Se convierte en una necesidad; gajes del oficio.

–¿No te gusta que te reconozcan?

–Code –dijo ella ajustándose las gafas–. Soy una cantante, me gusta actuar. Pero por desgracia eso supone que mi vida privada sea analizada al detalle. Y eso no me gusta.

Después de escuchar aquel comentario, la ayudó a salir del coche. Caminaron por un viejo camino de piedra y entraron en Smooth Tones, un pequeño y atestado local a caballo entre un restaurante y una tienda de vudú.

–Este lugar es estupendo –dijo–. Me encanta.

La suave música de jazz se escuchaba por encima de las conversaciones. Las mesas y la pista de baile estaban llenas de gente.

–Busquemos donde sentarnos –dijo, tomándola del brazo.

Sarah miró a su alrededor.

–¿Dónde? No parece que haya sitio.

Al ver una mesa vacía en un rincón, Code tiró de Sarah.

–Mi mesa.

–¿Tu mesa?

Code le ofreció una silla a Sarah y luego se sentó a su lado.

–¿Eres el dueño de este lugar? –preguntó Sarah.

–No exactamente. Digamos que tuvieron problemas de robos hace un tiempo. Mi compañía se hizo cargo, resolvió el asunto, pero al poco tiempo las deudas se incrementaron. Estuvieron a punto de cerrar y me pareció una buena inversión. Les presté el dinero que necesitaban para salir adelante.

–Y te lo pagan en cenas y con mesas difíciles de conseguir.

–Algo así. Tienen las mejores gambas de la ciudad.

Sarah sonrió.

–Estando aquí, lejos de los focos, me siento una persona diferente.

A pesar de lo que Sarah Rose se pusiera para disfrazarse, seguía estando muy guapa. Con aquellas enormes gafas y la peluca de rizos se la veía encantadora.

Había algo irresistible en ella esa noche. Quizá fuera aquel disfraz o su ingenio, o la cercanía que había sentido un rato antes al escuchar los latidos del corazón de su hijo.

Fuera cual fuese la razón, había decidido olvidarse de sus diferencias con Sarah por aquella noche.

Capítulo Nueve

Sarah disfrutó de las gambas picantes, de la sidra y del ambiente de Smooth Tones. Pero sobre todo, disfrutó de su libertad al pasar desapercibida. Estar de incógnito le resultaba liberador, aunque lo cierto es que había usado aquel disfraz en contadas ocasiones para salir de los hoteles cuando estaba de gira.

Sonrió a Code, que le devolvió la sonrisa.

Él también parecía estar disfrutando de su anonimato. Era un hombre acostumbrado a estar en la sombra y a guardar secretos. Todo lo contrario que ella, cuya vida estaba expuesta a todo el mundo, más por la situación que por elección.

Sarah se acomodó en su asiento y dio un sorbo a su bebida, con la sensual música de un saxofón de fondo, lo que creaba una atmósfera sensual en el club.

–Baila conmigo –dijo Code, poniéndose de pie y tomándola de la mano.

Sarah se levantó y caminaron de la mano hasta la pista de baile. Code la tomó por la cintura y ella lo rodeó por el cuello, y se dejaron llevar lentamente por la pista. Sarah apoyó la cabeza en su cuello y aspiró su olor.

–Podría acostumbrarme a verte de morena –susurró él.

Sarah se carcajeó.

–Yo también, si eso implicara que nadie me reconociera.

–Quizá eso sea lo que más me gusta de todo –dijo Code, estrechándola entre sus brazos.

–Humm –murmuró Sarah, cerrando los ojos y dejándose llevar por la música y por su guapo marido.

Code la besó en el cuello suavemente, haciendo que la piel se le erizara.

Ella apartó ligeramente la cabeza para mirarlo. A la vez, él echó hacia atrás la cabeza. Sus ojos azules brillaban llameantes.

Sarah sintió que su corazón se aceleraba. Amaba a aquel hombre.

Probablemente siempre lo había sabido, pero el miedo le había impedido admitirlo. Miedo a que hubiera dejado de ser Cody y se hubiera convertido en Code Landon, un hombre duro, frío e impenetrable. Miedo a que la rechazara y la hiciera a un lado. Miedo a haber perdido su confianza y a no recuperarla nunca.

Esa noche, le había mostrado su lado más encantador probablemente para animarla. Habían hablado y reído y lo cierto es que parecían estar disfrutando de la mutua compañía.

Aquel momento había sido tremendamente dulce entre ellos.

Sarah deseaba que Code volviera a enamorarse de

ella. Quería limar sus diferencias y volver a amarlo con todo su corazón.

¿Podría ser posible? ¿Qué podía perder?

Su matrimonio acabaría tan pronto naciera el bebé, así que lo único que podía perder era su orgullo y volver a acabar con el corazón roto.

Quizá porque se sentía tranquila y le gustaba estar en los brazos de Code, decidió intentarlo. ¿Por qué no tratar de reparar tantos años de dolor? Su hijo tendría todas las de ganar.

Y ella también.

Sarah se acercó aún más a él y lo abrazó con fuerza.

–Eres un buen bailarín –susurró mirándolo.

Él rió.

–Mentirosa.

Ella sonrió y sacudió la cabeza.

–Sólo me has pisado una vez.

–¿Es eso lo único que cuenta?

–Recuerdo que eras muy torpe en el instituto. Pero ahora, eres un impresionante…

–No lo hacía tan mal como parecía. Quería sentirte cerca.

–¿Así que pretendías ser un desastre bailando?

–Sí, era una estrategia para conseguir conocerte.

Sarah lo miró fijamente a los ojos.

–¿Y lo conseguimos, verdad? Conseguimos conocernos bien.

–Eso creí –dijo Code, y sus hombros se tensaron–. Pero lo cierto es que no te conocía bien y…

Sarah le puso un dedo sobre los labios.

–Shh, no estropees la noche, Code –dijo y, poniéndose de puntillas, lo besó.

Sintió que se relajaba, que su boca aceptaba la suya. Luego, él tomó el control y la rodeó con sus brazos, acercándola a su cuerpo mientras el beso se volvía más apasionado.

Siguieron bailando y besándose, chocando con otras parejas hasta que la música paró.

Sin respiración, Sarah se giró y aplaudió a la orquesta, tratando de recuperar el control.

Sentía los nervios a flor de piel y estaba ansiosa.

Code se colocó detrás de ella y Sarah se recostó en él, mientras escuchaban hablar al líder de la orquesta.

–Vamos a tomarnos un descanso. Volveremos en veinte minutos. Bebed, comed y pasadlo bien hasta que volvamos –dijo con voz profunda.

–Vámonos a casa –susurró Code al oído de Sarah.

Sarah nunca había considerado una habitación de hotel como su casa hasta ese momento.

Asintió y salieron rápidamente del club. El camino de vuelta lo hicieron en silencio, salvo por algunos suspiros que escaparon de los labios de Sarah. Fueron de la mano y, cuando entraron en la suite, Sarah se quitó la peluca y las gafas y se agitó el pelo.

Code observó cada uno de sus movimientos y, el ansia que Sarah vio en sus ojos, le hizo caminar hasta él, donde se quedó de pie, dispuesta.

Cada vez que la miraba, Sarah se quedaba sin aliento. Impecablemente vestido, con una camisa negra y pantalones de vestir, con su piel bronceada, sus ojos azules y tan seguro, Sarah lo deseaba. Era su marido, el hombre al que siempre había amado.

Code alargó la mano y tomó un mechón de pelo que enrolló entre sus dedos. Luego, se quedó mirándolo durante largos segundos.

—Me gusta más tu pelo que esa peluca.

—Pensé que te había gustado la peluca.

—Me gusta lo que supone.

—¿El qué?

—Me recuerda a la muchacha que conocía.

—Está aquí, Cody, justo delante de ti.

Sarah se acercó a él y le dio un beso en los labios. Code respondió con un gemido de placer, devolviéndole el beso y tomando las riendas.

Su abrazo la acercó a él, uniendo sus muslos. Sarah cerró los ojos cuando sintió su erección entre ellos.

—Oh, Dios —exclamó.

Se abrazaron con sensualidad y Code se inclinó para besar su pecho por encima de la blusa de seda. Su pezón se erizó de inmediato y él lo tomó entre sus dientes.

Sarah sintió que sus piernas se debilitaban. Sus respiraciones se volvieron entrecortadas. Su cuerpo ardía en deseos por él.

—Todavía te quiero, Cody —susurró.

Al instante, las manos de Code se volvieron de piedra sobre su cuerpo y Sarah maldijo interiormente sus palabras. Él detuvo sus caricias y se levantó, buscando sus ojos. Luego la apartó y sacudió la cabeza.

–No.

Continuó mirándola fijamente sin moverse.

Sarah sintió pánico. ¿Qué había querido decir con aquel no?

¿No la creía? ¿O es que la estaba apartando de él?

–No –repitió él–. Tienes que irte a la cama, es tarde.

Code salió de la suite y la dejó allí, en mitad de la habitación, con las brillantes luces del árbol de Navidad parpadeando, mientras las ilusiones de Sarah se desvanecían.

Code estaba sentado en el bar, apurando su segundo martini y mirando a la gente que iba y venía a su alrededor.

–Parece que necesitas un poco de compañía –dijo Betsy McKnight, la corista de Sarah que estaba sentada a su lado.

–Hola –dijo él reacio.

No quería ninguna compañía. Tenía pensado emborracharse a solas hasta caer redondo. Había tenido que salir de la suite aquella misma noche y alejarse de Sarah. Se había quedado incómodo después de que le confesara su amor. Aquellas palabras todavía se repetían en su cabeza: todavía te quiero.

Seguramente no hablaba con el corazón, se dijo.

Se habría dejado llevar por el momento. Por cómo había ido la noche, todo parecía indicar que iban a acabar haciendo el amor una vez más.

No quería su amor. Eso tan sólo complicaría las cosas. Le costaba mucho esfuerzo mantener sus manos apartadas de ella. Creer que lo amaba tan sólo acabaría en desastre. Además últimamente sus cambios de humor eran continuos debido al embarazo.

Pero los pensamientos continuaron dando vueltas en su cabeza. La conversación que había tenido con Lenora le había abierto los ojos. No sabía que su salud se había deteriorado hasta el punto de haber tenido que dejar su trabajo cuando vivían en Barker. El verla en la silla de ruedas también le había hecho reflexionar. Sin el cuidado de enfermeras y médicos expertos, la vida de Lenora hubiera sido una pesadilla.

Code llamó con una señal al camarero para que se acercara. Luego se giró hacia Betsy.

–¿Qué quieres beber?

–Café con licor de café –le dijo Betsy al hombre detrás de la barra, que asintió antes de marcharse.

–Acabo de hablar con Sarah –dijo Betsy–. Está confundida.

–Sí, bueno.

Estuvo a punto de añadir que ya eran dos, pero se contuvo.

–Me ha contado que os habéis casado.

–Debe de confiar mucho en ti.

Code se quedó mirándola fijamente. Lo cierto es que le sorprendía que Sarah le hubiera contado el secreto a un componente de su banda.

–También sé lo del bebé y me parece fantástico. Enhorabuena.

Él asintió y dio un trago a su bebida.

–Sarah será una buena madre.

–¿Estás aquí para defenderla?

–Es mi amiga y la quiero –le sirvieron el café y Betsy dio un sorbo antes de continuar–. Lo cierto es que ha llevado una vida muy dura.

Code gruñó. Sarah había tenido mucho éxito. Era adorada por millones de personas y les había dado una vida mejor a su madre y hermanas.

–Gillespie es un idiota. En los negocios es muy brillante, pero no le hace bien a Sarah –confesó Betsy–. No me da ninguna lástima, tenía que irse.

–Estoy de acuerdo con eso. ¿Por qué no te caía bien?

Code dio otro trago a su martini, sintiéndose comprendido en su aversión hacia Gillespie.

–Siempre ha manipulado a Sarah y le ha llevado diez años darse cuenta.

–¿Cómo?

–Hacía que las cosas ocurrieran. Tengo mis sospechas, pero me las reservo. He venido aquí abajo para decirte que Sarah se merece una vida mejor. Y si eres el que puede dársela, no lo estropees.

Code levantó las cejas sorprendido. Le caía bien Betsy. Era audaz y tenía coraje.

–No te callas nada, ¿no?

–No es mi estilo –Betsy apuró su café y se levantó del taburete–. Estoy agotada. Tantos conciertos y ensayos pueden conmigo. Será mejor que me vaya a la cama. Gracias por la bebida.

Code la observó marcharse, repitiéndose sus palabras: hacía que las cosas ocurrieran.

Sacó su teléfono móvil y marcó un número. Hasta entonces, Gillespie no había sido asunto suyo, pero ahora estaba casada con Sarah y era su deber protegerla y descubrir la verdad.

Llamó al hombre que mejor podía ocuparse del asunto.

–Hola Johnson. Necesito que dejes lo que estés haciendo. Voy a mandarte a Nashville.

Sarah se mordió el labio mientras paseaba por el salón, vestida con un vaporoso camisón blanco.

–¡A por ello! –le había dicho Betsy unos minutos antes, justo después de su conversación con Code en el bar.

Sarah quería pasar una noche de bodas con su marido. Quería satisfacer aquellos ojos hambrientos. Le había confesado su amor sin medir las consecuencias. Code no estaba listo para oír esa declaración sin las explicaciones y las disculpas que debían acompañarla.

Ahora, Sarah estaba preparada para abrirle su alma.

Tenía que aliviar su mente y su conciencia de una vez por todas.

Cuando escuchó sus pasos acercándose a la suite, se quedó quieta, su corazón latiendo con fuerza en su pecho. Estuvo a punto de correr a su habitación, pero se controló.

–No eres ninguna cobarde, Sarah.

Se quedó allí parada y cuando Code entró, con el primer botón de la camisa desabrochado, la sombra de la barba en sus mejillas y su rostro tenso, Sarah contuvo un gemido.

–¿Qué estás haciendo todavía levantada? –le preguntó al verla.

Luego su mirada se detuvo sobre su cuerpo casi desnudo e inmediatamente sus ojos se iluminaron de deseo.

Ella levantó la barbilla.

–Me ordenaste que me fuera a la cama, pero no estoy cansada.

Sus hombros se hundieron y Code dejó escapar un suspiro de impaciencia.

–Tenemos que hablar, Code.

Se acercó a ella y se detuvo a escasos centímetros. Luego alargó la mano y acarició el suave material del camisón.

–¿Quieres que hablemos con esto puesto?

Sarah sintió que el rostro le ardía. Probablemente se había puesto tan rojo como un tomate. La miró a los ojos y el intenso azul de su mirada la penetró.

–Necesitaba llamar tu atención.

–Ya la tienes, nena.

Sarah respiró hondo y asintió.

–Nunca quise hacerte daño, Code. Te quiero con todo mi corazón. Es sólo que Robert le quitó importancia y pensé que nuestro amor era lo suficientemente fuerte. Al ver que no escribías, me entristecí porque pensé que te habías cansado de esperarme. Siempre quise que estuviéramos juntos.

–No contestabas mis cartas. ¿Qué se supone que debía pensar?

–Quise hacerlo, pero Robert me llevaba de un sitio para otro y no estaba segura de lo que sentías por mí. No dejaba de decirme que sería más fácil si no me hacía falsas esperanzas. Me hizo promesas de que dispondría del tiempo que necesitara, pero mi carrera empezó a ir bien y dejé que me manipulara, que me convirtiera en alguien que realmente no era. Luego, mi ambición se interpuso en todo. No me di cuenta del precio que tuve que pagar y lo siento mucho.

Sarah sacudió la cabeza, mientras las lágrimas corrían por sus mejillas.

–Mamá estaba cada día más enferma. No teníamos dinero para su tratamiento, ni para sacar adelante a las gemelas. No pude rechazar la oferta de Robert porque suponía el bienestar de mi familia –continuó, tratando de contener las lágrimas–. Tenía todos aquellos sueños sobre nosotros. Pensé que podía conseguirlo todo, Code, y sin embargo te perdí.

Él se metió las manos en los bolsillos y miró al suelo, asintiendo.

–Me perdiste.

–¿Para siempre?

Code levantó la cabeza y la miró a sus ojos esperanzados. Sarah podía adivinar el torbellino de pensamientos que debía de estar inundando su cabeza.

Alargó la mano y lo acarició lentamente, desde el hombro hasta los labios, pasando por el cuello y la barbilla.

–Quiero tener una noche de bodas con mi marido. ¿Es eso pedir demasiado?

Code tomó su mano y la besó, haciendo que todo su cuerpo se pusiera en alerta.

–Cariño, eso está hecho desde el mismo momento en que puse un pie en esta suite.

–¿De veras?

–Te prometo una noche de bodas, Sarah, pero eso es todo lo que puedo prometer.

Decepcionada, Sarah asintió. Le entendía. Se había acabado la conversación. Le había dicho lo que tenía que decirle y se había disculpado. Era lo único que podía hacer, aparte de hacer el amor y confiar en que algún día pudiera perdonarla y empezar a confiar en ella de nuevo.

Sarah puso todas sus emociones en hacer el amor con Code. Si bien era un hombre al que le gustaba estar al mando, renunció a llevar ese control dejando que Sarah tomara la iniciativa. Ella le quitó la ropa, lo llevó al borde del frenesí con la boca y luego le hizo tumbarse en la cama, agarrándose a él con fuerza y moviéndose suavemente a horcajadas sobre él. Él la sujetó por las caderas y la guió, recorriendo con sus mágicas manos su piel sensible.

Los gemidos de placer de Code la incitaban a profundizar, a absorber todo de él, agitándose hasta que pronunció su nombre entre jadeos. Sarah sintió que se rendía, justo en el momento en el que le provocaba su mayor placer. Él se estremeció, haciéndola llegar al clímax.

Sarah se dejó caer sobre su pecho y él la rodeó con los brazos mientras sus respiraciones se calmaban y sus cuerpos se relajaban. Ella cerró los ojos mientras él le daba besos en la frente y le acariciaba el pelo. Finalmente, Sarah se durmió.

Se despertó acurrucada junto a Code, con sus protectores brazos alrededor de su vientre. Se arrimó aún más, colocando su espalda contra él y sintiendo toda su erección.

—Oh —susurró—. Lo siento.

—Sí, seguro que lo sientes —dijo él divertido, respirando junto a su cuello.

—¿Cuánto llevo durmiendo?

—Más o menos una hora.

—Lo siento.

—No lo sientas. Necesitabas descansar, sobre todo después de tanto ejercicio.

Esta vez su risa fue ruidosa y sensual. Code tomó sus pechos, sensibles e hinchados por el embarazo. Su roce despertó en ella sensaciones increíbles. Se acercó a él más aún y a su potente erección.

—¡Oh! —exclamó ella.

—Espero que hayas descansado porque ahora es mi turno y pienso tomarme mi tiempo.

Code no esperó ninguna invitación. La hizo tumbarse boca arriba y comenzó su asalto, encontrando con sus labios los puntos más sensuales de su cuerpo.

La besó en la boca una y otra vez, metiéndole la

lengua hasta el fondo y la acarició por todas partes, jugueteando largamente con sus pechos. Sus pezones se pusieron duros antes de lamérselos.

Sarah gimió de placer.

—Oh, Cody —dijo entrecortadamente y con voz apenas audible.

Luego arqueó el cuerpo, levantó las caderas y acompasó su ritmo al de él.

Con cada beso y con cada caricia se sentía más enamorada de él.

Era todo un hombre, con un lado duro hacia los demás que infundía respeto. Pero también era tierno y generoso, y tan dulce cuando quería que Sarah se negaba a perderle a él o a su falso matrimonio.

Code acarició sus muslos, jugueteando con sus dedos como si fueran un instrumento y todo pensamiento racional abandonó su mente.

Se rindió plenamente a Code, gritando de placer mientras él besaba la cara interna de sus muslos y acariciaba su femineidad hasta hacerla arder de deseo desenfrenado.

Se tomó su tiempo y la llevó al borde de la locura. Cuando quiso que acelerara sus movimientos, se detuvo llevándola al borde del placer.

—Code —le rogó.

—Espera, cariño. Hay más

—No puede ser —protestó sonriendo.

Code dejó de acariciar aquella parte de su cuerpo y continuó recorriéndola hasta que no quedó zona de su cuerpo sin tocar. Su piel reaccionaba, su cuerpo se estremecía y sus nervios estaban a flor de piel. La hizo colocarse de mil maneras, tentándola con sus manos mágicas y su boca perfecta.

Por fin se tumbó de espaldas y se colocó bajo ella, tomándola de las caderas y colocando sus labios bajo su femineidad. Sarah se sujetó al cabecero de la cama.

La saboreó, haciéndola estremecer con cada movimiento de su lengua. Sus pezones se tensaron y sus latidos se aceleraron. Una y otra vez, continuó haciendo que se estremeciera.

Sarah se sujetó con fuerza, intimidada. Luego, la agarró por el trasero y la hizo suya, arrancándole todo el placer que acumulaba.

Sintió que la tensión se acumulaba hasta que explotó. Sus sentidos estaban abrumados y suspiró, incapaz de soportar tanto placer. Su orgasmo fue como un terremoto y cuando terminó, Code la hizo tumbarse, la besó en la boca y le murmuró unas dulces palabras.

—Parece como si cantaras al llegar al orgasmo, ¿lo sabías?

El corazón de Sarah estaba oprimido contra el suyo. No sabía si los latidos que sentía eran los suyos o los de él.

—No.

Code le besó el pelo.

—Pues así es. Es un sonido muy bonito.

Sarah, consciente del fuerte cuerpo de Code que tenía bajo ella, quería más.

—Tú también eres un bonito paisaje —dijo ella apartándose ligeramente para poder acariciar su potente erección.

Code se estiró en la cama, dejándola hacer.

–Soy todo tuyo. Haz conmigo lo que quieras, cariño.

Sarah sonrió.

–Vamos a ver si soy capaz de hacerte cantar también.

Por la mañana, Code se levantó de la cama y observó a Sarah dormir. Los sentimientos que había enterrado en su corazón, salieron a la superficie. Parecía un ángel con su melena pelirroja desperdigada por la almohada y los recuerdos de la noche anterior le hicieron desear volver a meterse en la cama con ella.

Pero lo último que quería era enamorarse de ella otra vez. Habían transcurrido diez años desde la traición de Sarah y su idea de vengarse.

Sarah volvía a formar parte de su vida. Iban a tener un hijo juntos, pero todavía no confiaba en ella. Tenía una carrera floreciente, una vida plena que no le incluía a él. Sería un tonto si volvía a enamorarse de ella, a pesar del pasado que había compartido y del hijo que habían concebido.

Sarah abrió sus bonitos ojos verdes y sonrió, estirando los brazos por encima de su cabeza al verlo completamente vestido.

–¿Adónde vas, Code?

Sintió algo muy fuerte en el corazón. Tenía que separarse de Sarah y recuperar el control.

–A Willow Bend por unos días.

–¿A Willow Bend? –repitió Sarah incorporándose–. ¿Por qué?

Se quedó sentada y tiró de la sábana para cubrir

el cuerpo que Code había estado acariciando durante toda la noche.

Su desilusión lo enfurecía. Ya le había explicado lo que debía esperar de aquel matrimonio. ¿Acaso pensaba que seducirlo iba a suponer algún cambio?

—No soy un marido perfecto.

Una expresión de sorpresa apareció en el rostro de Sarah.

—¿Qué?

—Ya te advertí de que no podría darte lo que querías.

Sus bonitos hombros desnudos se curvaron. Parpadeó para contener las lágrimas y levantó la barbilla desafiante, pero aun así, no pudo ocultar en su rostro la decepción que sentía.

—Veo que no has cambiado nada, Code. Sigues siendo un frío y despreocupado bastardo.

—Sarah, he sido sincero contigo.

Ella se apartó el pelo de la cara y se quedó mirándolo fijamente a los ojos. El dolor había desaparecido.

—Quieres que te odie, ¿verdad? De esa manera, tu vida es mucho más sencilla. Te odio y no quiero saber nada de tus sentimientos. Quieres apartarme para de esa manera no tener que admitir que no eres tan duro como pretendes hacer creer. Quizá el Code Landon que conocí en Barker todavía exista, pero muy en el fondo.

El mal genio de Code estaba a punto de estallar. Maldita fuera. Tenía una manera de llegar directamente al fondo. Se recordó que era la mujer con la que se había casado sólo para poder tener la custodia del hijo que esperaban. Se divorciarían tan pronto el pequeño naciera. Lo había engañado en el pasado y tan sólo unas semanas atrás, le había ocultado su embarazo. Se preguntó si le habría confesado que estaba esperando un hijo suyo si no se hubiera enterado por casualidad. No podía confiar en ella. Era mejor mantener las distancias.

—Tengo que irme —dijo él.

—Más que irte, estás huyendo.

—Te equivocas. No huyo de mis responsabilidades. Eres tú la que lo hace —dijo, y se giró, dirigiéndose hacia la puerta.

—Tú lo estás haciendo ahora —dijo ella levantando la voz.

Algo golpeó la puerta cerrada.

Code estaba seguro de que Sarah le habría lanzado algo más mortífero que la almohada si hubiera podido.

Capítulo Diez

Sarah se miró al espejo de su camerino y le gustó la imagen que vio. Su ropa ya no era recargada. Esa noche saldría al escenario a cantar villancicos y sus mayores éxitos, sintiéndose ella misma, Sarah Mae Rose, de Barker, Texas.

Se apartó un rizo de la cara y se estiró la falda de ante color marrón que llevaba. Los únicos aditamentos que llevaba eran los volantes de su blusa de seda y los bordados de sus botas marrones.

En un abrir y cerrar de ojos, Sarah tomó su joyero y sacó su anillo de bodas. Se quedó mirándolo con añoranza. Se puso sentimental y las lágrimas inundaron sus ojos. Quedaban dos días para Navidad y aquél era su última actuación. Había recaudado mucho dinero para la Fundación de los Sueños. Se había casado con el hombre con el que estaba destinada a casarse e iba a tener su hijo.

Pero todo iba mal.

Code había estado a su lado durante aquellas semanas. Se había mostrado atento y paciente. Había atendido todas sus necesidades, pero no le había dado lo que más quería.

Su amor.

Había disfrutado de su noche de bodas con él y

144

había sido maravillosa, pero desde entonces, se había mostrado frío y distante. A aquellas alturas, no sabía si estaba dispuesto a perdonarle. Dudaba que alguna vez volviera a amarla, pero estaba decidida a no darse por vencida.

«No soy un marido perfecto», recordó sus frías palabras.

La tristeza volvió a inundar su corazón.

Se puso el anillo de esmeraldas.

–¡Qué bonito! –dijo–. Y pensar que llevo todo este tiempo escondiéndote…

Sarah recordó su deseo de ocultar su matrimonio y su embarazo a su familia y al mundo.

–¿He hecho lo correcto? –se preguntó en voz alta.

–No.

La voz de Robert la sobresaltó y rápidamente se giró hacia él.

–¿Cómo has entrado aquí?

Él sonrió.

–¿Acaso pensabas que podrías evitar que te viera, Sarah? –dijo entrando en la pequeña estancia–. Me ha mantenido apartado para darte tiempo a que se te pasara.

–No necesito que se me pase. Tan sólo he espabilado.

–No lo dices de verdad, Sarah. Si no fuera por mí, no habrías tenido todo este éxito. Serías tan sólo una aspirante a cantante.

–Eso no habría estado tan mal –dijo Sarah subiendo el tono de su voz.

Le gustaba cantar y tenía talento para hacerlo,

pero le habría satisfecho tanto cantar en el coro de la iglesia como en una orquesta local de country. Había tenido que pagar un peaje por la vida que llevaba y poco a poco se había dado cuenta de todos los sacrificios que había tenido que hacer en su vida personal.

–Te equivocas, Sarah. Te gustan los focos y la atención. Naciste para ello.

Sarah no estaba dispuesta a darle la satisfacción de discutir.

–¿Qué quieres, Robert?

–Me necesitas. Te recuerdo que soy tu mánager, por si acaso todavía no te habías dado cuenta.

–No te necesito.

Sarah se levantó de su silla y abrió la puerta, indicándole que se fuera.

–Tengo que actuar.

El rostro de Robert se crispó.

–No me desestimes, Sarah. ¿Acaso se te olvida que conozco tu secreto?

–¿Pretendes hacerme chantaje?

Sarah no pudo ocultar el tono de incredulidad de su voz.

Él se acercó hasta la puerta y la tomó de la mano.

–Ésa es una palabra muy fuerte. Sentémonos y hablemos.

Al tirar de Sarah, ella se resistió, pero no la soltó. El corazón de Sarah latía con fuerza y sintió que la ira la embargaba.

–Suéltala –dijo Code entrando en el camerino y colocándose junto a ella.

Ella ahogó un grito ante su súbita aparición. No le había vuelto a ver desde que se fuera a Willow Bend.

Al ver que Robert dudaba, Code lo tomó por la muñeca y le hizo soltarla. Luego se quedó frente a Sarah.

–¿Otra vez tú? –dijo Robert con el rostro encendido–. Este asunto no te incumbe, Landon.

–Sarah es asunto mío.

–¿Desde cuándo?

–Code –intervino Sarah–. Está bien. Robert no me ha hecho ningún daño.

–Señorita Rose, tiene que salir al escenario –anunció el director de escena, asomándose por la puerta.

Code la miró y asintió.

–Ve. Yo me ocuparé de Gillespie.

–Pero…

Sarah sintió pánico. Code parecía una serpiente venenosa a punto de atacar. Robert no era de los que se achantaran ante un desafío. Aquella combinación traería problemas. Pero una voz en su interior le decía que Code sabría cómo ocuparse de aquello. Era un hombre muy seguro y nadie lograba alterarlo.

Ni siquiera ella.

Code volvió a insistir.

–Vete, Sarah. Me ocuparé de esto.

Los ojos de Code brillaron con dulzura.

Reticente, Sarah dejó a Robert y a Code en el camerino y salió a saludar a su público, entrando en el escenario ante cinco mil fans.

***

Code cerró la puerta del camerino y miró a Gillespie.

–Sarah no necesita de tus servicios. Lo ha dejado bien claro. No quiero que vuelvas a molestarla.

–Como te he dicho, Landon, esto no es asunto tuyo.

–Lo sé todo de ti, Robert. No me obligues.

–¡No sabes nada! Yo creé a Sarah Rose y la convertí en la estrella que es hoy. Me debe mucho. No la he demandado porque todavía puede entrar en razón, pero incumplió nuestro contrato despidiéndome. Puedo hacérselo pasar muy mal.

–No te aconsejaría que lo hicieras –dijo Code con firmeza.

–Haré lo que tenga que hacer, incluso decir que alguien pegó a Sarah. Iré a la prensa y contaré tu pequeño secreto.

Code se acercó a él.

–Nadie amenaza a mi esposa o a mí. Mientras esté casado con Sarah no volverás a recuperar tu empleo. Me da igual si le cuentas a todo el mundo que estamos casados y que vamos a tener un bebé. Además, probablemente nos harías un favor.

Las cejas de Robert se arquearon.

–¿Estáis casados?

Code asintió con la cabeza.

–Maldito seas, Landon.

–Ni se te ocurra causarle más problemas a Sarah,

¿entendido? –dijo Code apretando un dedo contra el pecho de Robert–. Te echaré tanta porquería encima que necesitarás una pala para poder salir. Sé que convenciste a Sarah para que me dejara en Barker. Te aseguraste de que nunca tuviera tiempo para mí. También sé que todas sus citas fueron organizadas por ti. Las preparaste para que se la viera con la gente adecuada, sin importarte sus deseos, ni de que su relación con ellos pudiera causar un escándalo. De hecho, era lo que querías provocar. Cualquier publicidad era buena.

Gillespie se encogió de hombros.

–Eso es lo que hace un mánager, Landon. Eres un ingenuo si crees que eso es una novedad.

–Quizá, pero también sé algo que conseguirá que Sarah no vuelva a poner los ojos en ti, algo que puede hacer que acabes con tus huesos en la cárcel.

Los ojos de Gillespie se abrieron como platos, a la espera de escuchar lo que Code sabía sobre él.

Code adivinó el pánico en su mirada. Tenía a Gillespie donde quería.

–Sé que pagaste a aquel hombre para que atacara a Sarah en el escenario durante el concierto de Nashville. Su carrera estaba estancada. Las cosas no estaban saliendo a tu manera, así que organizaste el incidente y asustaste a Sarah sólo para obtener publicidad. Sólo por eso, podría…

Code se contuvo para no estamparle un puñetazo en la cara. Su investigador sólo tenía algunos detalles de la participación de Robert en el ataque, pero el instinto le decía a Code que todo era cierto.

–Tengo pruebas –sentenció finalmente.

El comportamiento desafiante de Gillespie cambió y unas profundas arrugas aparecieron en su frente al fruncir el ceño.

–Imposible –dijo Gillespie, negando con la cabeza.

–¿Y el hombre al que mi equipo de seguridad detuvo la otra noche? Ya sabes, el hombre que saltó al escenario. Bueno, no ha tenido ningún reparo en facilitar detalles. Le pagaste para que lo hiciera. Y también pagaste a otros dos hombres para que se hicieran pasar por borrachos, simularan una pelea entre el público e interrumpieran la actuación. Por eso enviaste a mi equipo al lado opuesto de auditorio. Una vez provocado el caos el hombre saltó al escenario. Querías que Sarah se asustara de nuevo para que recurriera a ti en busca de ayuda. Así buscaría tu protección. Eso es lo que siempre haces, intentar desestabilizar emocionalmente a Sarah. Pero esta vez, tu plan no ha salido bien.

Gillespie dejó caer los hombros y comenzó a dirigirse hacia la puerta. Code lo agarró por el brazo.

–¿Qué quieres? –preguntó.

Code lo miró directamente a los ojos.

–Deja en paz a Sarah de ahora en adelante. Está esperando un hijo mío y no quiero que nada la altere. Si accedes a no volver a verla nunca más, no llamaré a la policía para contarles lo que sé.

Gillespie se sentía derrotado.

–De acuerdo.

Luego, salió por la puerta y Code dejó escapar un largo suspiro. Había acertado con su corazonada y su estrategia había salido bien.

Gillespie había salido de la vida de Sarah para siempre.

Code siguió a Gillespie a distancia para asegurarse de que se metiera en el coche y saliera de allí. Estaba contento de que aquel hombre saliera por fin de la vida de Sarah.

Code metió las manos en los bolsillos de sus pantalones y se dirigió lentamente hacia el auditorio concentrado en sus pensamientos. Desde fuera del auditorio se oía la voz de Sarah filtrarse desde el primer piso con sus dulces melodías.

De repente, la música se detuvo bruscamente.

La voz de Sarah dejó de oírse.

Code escuchó los murmullos de la audiencia y le pareció extraño. Su primer pensamiento fue que la luz se había ido y por eso la música se había detenido repentinamente. Pero los murmullos de la audiencia fueron a más y Code aceleró el paso. Tres hombres del equipo médico del hotel pasaron corriendo junto a él.

—¿Qué está pasando? —dijo agarrando del brazo a uno de ellos.

—Alguien se ha desmayado en el escenario.

El hombre uniformado continuó su carrera y Code lo siguió corriendo, con el corazón latiendo a toda velocidad.

Sarah.

Al entrar en el auditorio, los enfermeros y su equipo de seguridad estaban rodeando a la víctima, apartándola de los mirones. Toda la escena parecía irreal, pero el único pensamiento de Code era llegar hasta Sarah.

Corrió al escenario y se abrió camino entre la multitud, rezando para que estuviera bien. De repente, lo vio todo claro.

—Eh, cuidado —dijo uno de los enfermeros, pero enseguida reconoció a Code—. Lo siento señor Landon.

Code llegó por fin ante la víctima y se arrodilló a su lado.

—¿Sarah?

Sarah estaba agachada junto a la cantante de su coro, Betsy McKnight, tomándola de la mano.

—Estoy aquí, Betsy. Te has desmayado. Creen que ha sido por deshidratación. Enseguida te pondrás bien.

Betsy sonrió a Sarah y cerró los ojos.

—No quería interrumpir el concierto de esta manera.

Sarah rió, a pesar del miedo que Code adivinaba en sus ojos.

—No pasa nada, Betsy. Así todo el mundo se acordará de este concierto.

—Déjenos pasar, señorita Rose —pidió uno de los médicos a Sarah para colocar a Betsy en la camilla—. Nos la llevaremos al hospital.

—Iré con ella —dijo Sarah.

Betsy sacudió la cabeza.

—No, termina el concierto de Navidad, Sarah. Estaré bien.

Code se sintió aliviado. Sarah estaba bien. Su aspecto era bueno y saludable. El bebé no estaba en peligro.

Sarah habló con el director de escena para que anunciara al público que el concierto continuaría después de un breve descanso.

Después de que sacaran a Betsy del escenario, Code tomó la mano de Sarah.

—Tenemos que hablar —le dijo mirándola a los ojos.

La condujo fuera del escenario hasta un pequeño cuarto y no perdió un minuto.

Acorralándola contra la pared, la besó apasionadamente.

—¿Sabes lo asustado que estaba de pensar que eras tú la que se había desmayado en el escenario?

—El bebé está bien —dijo Sarah, llevándose la mano al vientre, aturdida por su arrebato—. Estoy cuidando muy bien de ella.

—¿Ella?

Sarah sonrió.

—O él.

Code respiró hondo y se pasó una mano por su pelo corto.

—Cuando pensé que te habías desmallado, me di cuenta de repente. No podría soportar que algo te hubiera ocurrido.

Ella buscó su mirada y habló despacio.

–Por… por el bebé.

–Porque te quiero –dijo Code, y luego repitió las palabras–. Te quiero, Sarah Rose. Nunca he dejado de quererte. Durante todos estos años, no he podido olvidarte y seguir con mi vida. Todo por ti.

Los ojos de Sarah brillaron.

–Nunca pensé que volvería a oírte decir eso.

–Pues lo digo en serio: te quiero.

–Yo también te quiero, Code –dijo.

–Cody –le corrigió, y una amplia sonrisa iluminó su rostro.

–Creí que nadie te seguía llamando así.

–Eres la única. ¿Te parece bien?

Sarah acarició su mejilla, su cara llena de felicidad.

–Me parece muy bien.

–Quiero que olvidemos ese acuerdo de divorcio, quiero que seas mi esposa para siempre. ¿Estás de acuerdo, Sarah?

–Muy bien –dijo ella sin dudarlo–. Es lo que he estado soñando todos estos años. Tú y yo y nuestro bebé.

–Sí.

–¿Señorita Rose? Siento interrumpir. ¿Está lista para continuar el concierto? –preguntó el director de escena–. Ya se ha informado por megafonía al público que Betsy se pondrá bien y que usted terminará el concierto.

Sarah miró a Code y él asintió, animándola a que continuara la actuación.

Ella tomó su mano.

–Sal ahí conmigo –dijo tirando de él.

Code la hubiera seguido a la luna si se lo hubiera pedido.

Sarah no tuvo que pedir silencio al público cuando salieron al escenario. Todos los ojos estaban puestos en Code, el hombre que estaba allí junto a Sarah. Tomó el micrófono y se dirigió a sus fans.

–Creo que voy a poner un poco más de emoción a la noche –dijo sonriendo–. Quiero presentaros a mi maravilloso marido, Code Landon. Estamos esperando un hijo para el año que viene.

El público rompió en aplausos y gritos de júbilo. Cuando la multitud se tranquilizó, Sarah continuó:

–Ha sido tan generoso como para igualar las donaciones obtenidas por estos conciertos. Todo lo obtenido irá destinado a la Fundación de los Sueños aquí en Nueva Orleans.

Otra vez la multitud rompió en aplausos.

Sarah dirigió una mirada enamorada a su marido. Habían tenido una segunda oportunidad y estaba segura de que nada ni nadie podría volver a separarlos otra vez.

–He decidido que éste sea mi último concierto por una temporada. Voy a dedicarme a ejercer de madre.

Code la rodeó con sus brazos y le dio un beso en los labios.

–¿Estás segura? –le preguntó, tapando con la mano el micrófono para impedir que sus palabras fueran oídas por el público.

Ella asintió sin parpadear.

–Te estaré esperando cuando termines la actuación.

Sarah observó a Code salir del escenario saludando al público y se quedó junto a las cortinas. Sabía que había tomado la decisión adecuada. Le había llevado mucho tiempo, pero ahora tenía un futuro con Cody a su lado y no lo echaría a perder otra vez.

–¿Sabéis? Hace mucho tiempo que no escribo una canción –dijo Sarah a sus fans–, pero ésta… ésta la he escrito para mi marido.

Aunque en el momento no lo había sabido, las palabras habían fluido fácilmente aquella noche durante la que la había compuesto.

–Se llama *Tu chica vuelve a casa*.

La banda empezó a tocar y Sarah cantó la canción, poniendo sentimiento con todo su amor y devoción. Miró a Cody, que la estaba observando entre bambalinas, y vio amor y confianza en sus ojos azules, además de la promesa de un futuro feliz.

Con alegría y esperanza rodeándolos, la vida les había dado un maravilloso regalo.

La Navidad no podía ser mejor.

DESEO

CHARLENE SANDS

EL HOTEL DEL ENGAÑO

Capítulo Uno

Conseguir un empleo como organizadora de eventos en el hotel Tempest Maui había sido tarea fácil. Con su impresionante currículum en la mano, Vanessa Dupree entró a la entrevista con mucha seguridad y contestó a las preguntas que le hizo el magnate del hotel con inteligencia y encanto. Después sonrió de forma triunfal y con la mirada llena de promesas. Unas promesas que hicieron que Brock Tyler arqueara una pizca las cejas y que se fijara en el resto de sus cualidades.

Vanessa echaba chispas en silencio. Brock era un hombre encantador. Iba bien peinado, tenía el cabello negro y unos ojos oscuros cautivadores. Vestía de forma elegante y tenía un cuerpo atlético. No era de extrañar que la hermana pequeña de Vanessa se hubiera enamorado de él en Nueva Orleans.

Él no sabía que Melody Applegate y Vanessa Dupree eran parientes, y ella pretendía que no se enterara. Vanessa trató de olvidar, por el momento, la imagen de su hermana destrozada, con lágrimas en los ojos y con el corazón roto.

Se puso en pie y dijo:

–Gracias por darme la oportunidad, señor Tyler. No se arrepentirá de haberme contratado.

La mentira fluyó de sus labios con facilidad.

Él se puso en pie y se acercó para estrecharle la mano.

–Es muy importante para mí que este hotel sea un éxito. Elijo personalmente a todos mis empleados. Bienvenida al equipo, señorita Dupree.

Vanessa se retorció un poco bajo su mirada. Era un hombre alto y de actitud dominante, y con cada movimiento manifestaba su atractivo sexual, de modo que, el simple hecho de que le estrechara la mano, provocó que ella sintiera un nudo en el estómago.

–Gracias.

–La veré esta noche en la cena.

–¿Cena? –preguntó Vanessa.

–Todos los miércoles hacemos una cena con los empleados. A las siete en punto en la sala de conferencias Aloha.

–Ya –dijo ella, tranquilizándose–. Allí estaré.

Brock asintió y la acompañó a la puerta, fijándose en su coleta de color platino, en el traje de color azul oscuro, en sus senos y en el dobladillo del vestido.

–Aquí vestimos de manera más casual. Queremos que los clientes estén relajados. No se ponga traje de chaqueta, y déjese el cabello suelto.

Ella acarició un mechón que se había salido de la coleta y dijo:

–Es natural. Me refiero al color.

4

«Por favor, Vanessa. Compórtate».

Él arqueó las cejas otra vez, pero no dijo nada.

—Mi madre siempre decía que era un curioso fenómeno de la naturaleza. Nadie de mi familia tiene este color de pelo.

Él se fijó de nuevo en su cabello y asintió.

—Es bonito.

—Oh, no estaba buscando un cumplido, señor Tyler.

—No, dudo que tengas que buscarlos, Vanessa.

La suavidad con la que pronunció su nombre hizo que volviera a sentir un nudo en el estómago.

Era un hombre sexy. Rico. Poderoso.

Pero Vanessa no permitiría que eso la desalentara de su misión. Recordó el dolor que le había causado a Melody el mes anterior. Su hermana se había quedado destrozada. Se había enamorado de su jefe en Nueva Orleans y Brock la había rechazado como si fuera un periódico del día anterior. Vanessa nunca había visto a su hermana llorar tanto. Estaba destrozada y a él no le importaba haberle roto el corazón después de salir con ella durante semanas.

Vanessa tenía experiencia con ese tipo de hombres. La habían abandonado más de una vez y sabía lo mucho que dolía. Había aprendido a rechazar y a evitar a los hombres que no eran sinceros. Sin embargo, Melody, que era seis años más joven, no tenía experiencia a la hora de tratar a un hombre como Brock Tyler.

Vanessa siempre había cuidado de su hermana, e incluso había adoptado el papel de madre cuando ésta enfermó y tuvo que dejar de hacerlo. Una vez adoptado ese papel, era muy difícil cambiarlo.

Movida por la rabia y por un fuerte sentimiento de justicia, Vanessa no podía dejar pasar la oportunidad de ofrecerle a Brock Tyler su propia medicina. El puesto de organizadora de eventos le había caído del cielo. Ella siempre había querido visitar Hawai, y por fin podría pasar allí algún tiempo, subalquilando una casa pequeña en la isla. Todo había salido bien.

Sin embargo, después de conocer a Brock Tyler, Vanessa comprendió que el reto no sería sencillo. Él sería un duro adversario, pero eso no la detendría. Había ido a aquella isla por un único motivo.

Arruinar a Brock Tyler.

–¿Vanessa Dupree va a impartir la clase? –preguntó Brock Tyler al ver a su empleada tumbada sobre una esterilla con la pierna estirada en el aire, sobre la arena de la playa del Tempest Maui.

–Sí, señor –asintió Akamu Ho, el encargado del hotel–. Pilates. No quería que los clientes perdieran la clase sólo porque Lucy haya llamado diciendo que está enferma.

6

–Una mujer emprendedora.

Su nueva empleada tenía agallas y un currículum estupendo. Desde el momento en que la vio, Brock se había sentido intrigado por ella. Incluso había dudado a la hora de contratarla porque se había sentido atraído por ella desde el primer instante. Y no era que tuviera problemas a la hora de mezclar el negocio con el placer, pero no podía poner en peligro el éxito del Tempest Maui. Debía prestar toda su atención al hotel que acababa de renovar.

Brock se dirigió hacia la playa, donde los clientes del hotel recibían la clase. Al verlo, Vanessa levantó tres dedos a modo de saludo.

Su sonrisa y su cabello al estilo de Marilyn Monroe eran más que suficiente para que él se detuviera a mirarla pero, al ver que llevaba un pantalón corto ajustado, y que su vientre bronceado estaba al descubierto, Brock tuvo que esforzarse para contener el deseo.

Se apoyó contra una palmera y esperó a que terminara la clase. Después, se acercó a ella, la ayudó a recoger las esterillas y las apiló en la arena.

–¿Así que también eres experta en Pilates? No lo vi reflejado en tu currículum.

El sonido de su risa provocó que él imaginara escenas de sexo apasionado en la playa.

–No soy experta. Me gusta el ejercicio. Siempre he tenido mucha flexibilidad.

Brock se aclaró la garganta, pero no consiguió

borrar la imagen en la que mantenía relaciones sexuales con ella en la playa.

–Cuando Lucy llamó para decir que tenía fiebre, no quise decepcionar a los clientes. Les dije que no era experta en la materia, pero que podía darles la clase.

Agarró una toalla y se secó el sudor de la frente.

–Me han dado las gracias –añadió ella, encogiéndose de hombros–. Creo que, a pesar de todo, les ha gustado.

–Estoy seguro –dijo Brock, tratando de centrarse en el asunto que lo había llevado hasta allí–. En sólo una semana que llevas trabajando aquí, has causado una gran impresión. El hecho de que hayas ocupado el puesto de Lucy indica que tienes espíritu de equipo y que tienes en cuenta los intereses del hotel.

Ella lo miró a los ojos.

–¿Me está diciendo que se alegra de haberme contratado?

Él se quedó sorprendido al oír sus palabras.

–Tengo buen ojo para la gente.

Entonces se centró en el motivo por el que había ido a hablar con ella, y trató de olvidar que la había estado observando hacer los ejercicios de flexibilidad por pura fascinación.

–De hecho, tengo que hablar contigo acerca de unos eventos de gran relevancia para el hotel.

–De acuerdo. ¿Me doy una ducha, me cambio de ropa y quedamos en su despacho?

—No, daremos un paseo por la playa. Hoy tengo la agenda llena y dudo que pueda salir otra vez antes de que se ponga el sol.

Eso era verdad. Brock no pasaba suficiente tiempo al aire libre. Siempre que podía, salía con el yate que tenía fondeado en Tranquility Bay, para evadirse del montón de papeleo al que tenía que enfrentarse desde que meses atrás comenzó con el proyecto de renovación. Todo era parte de una apuesta que había hecho con su hermano Trent, por un asunto de ego más que otra cosa, acerca de conseguir que su hotel tuviera más éxito que el que Trent había tenido con Tempest West en Arizona. Los dos siempre habían sido muy competitivos y el hecho de que como premio tuvieran el Thunderbird de su padre fallecido, hacía que Brock se esforzara al máximo para ganar.

Ambos pasearon bajo el sol de la mañana sobre la cálida arena.

Brock fue directo al grano.

—Los primeros eventos harán que aumente o disminuya la fama del hotel. Como sabes, este hotel ha estado cerrado durante más de un año debido a una mala gestión. Desde luego, no fue por el lugar en que se encuentra. Mis hermanos y yo vimos que el hotel tiene gran potencial para la celebración de bodas, congresos, desfiles de moda y grandes fiestas. Hemos terminado con la renovación y ahora depende de nosotros, tú incluida, que consigamos el éxito, Vanessa.

Vanessa asintió y agachó la cabeza.

—Lo comprendo, señor Tyler.

Él puso una mueca al oírla hablar con un tono tan serio. Estaba acostumbrado a que sus empleados lo trataran con respeto pero, de algún modo, que Vanessa lo llamara «señor» no le sonaba bien.

—Llámame Brock.

Ella lo miró y él sonrió.

—A partir de ahora trabajaremos juntos. Será mejor que olvidemos las formalidades.

—De acuerdo… Brock —le dedicó una tímida sonrisa.

—La semana que viene tenemos una boda. Es un evento muy caro y ya han reservado habitación más de trescientos invitados. ¿Habrás estado trabajando con el coordinador de bodas, supongo?

—Sí, desde el primer momento. Tengo todos los detalles cubiertos, señor… digo, Brock.

—Bien.

—Ya he coordinado otras bodas anteriormente. Lo tengo todo bajo control.

—Cuento con tu experiencia para que todo salga bien.

—Soy buena haciendo que las cosas salgan bien —dijo ella, con suavidad.

Brock se detuvo para mirarla a los ojos.

—¿Cómo de buena? —preguntó, pensando en todo menos en el trabajo.

—Oh, muy buena —susurró ella, y posó la mirada en los labios de Brock.

Brock estuvo a punto de estrecharla entre sus brazos para besarla en la boca, pero ella dio un paso atrás.

—¿Y respecto a los otros eventos?

—Hablaremos de eso más adelante —dijo él, tratando de controlar su frustración. Había estado a punto de besarla. Diablos, deseaba hacerlo, pero Vanessa se había retirado a tiempo.

—¿Hay algo más de lo que quieras hablar conmigo?

—No. Céntrate únicamente en la boda.

—De acuerdo. Bueno, será mejor que vaya a darme una ducha. Tengo trabajo por hacer.

Vanessa se alejó corriendo, dejándolo con una impresionante vista de su trasero y preguntándose qué haría ella si la acompañaba durante la ducha.

Vanessa condujo su MINI Cooper hasta la casa que Lucy tenía en la parte residencial de la isla. Se bajó del coche y sacó una olla con caldo de pollo casero y una bolsa de naranjas. Llamó a la puerta y esperó a que Lucy la abriera.

—Hola, ¿te he pillado durmiendo la siesta?

Lucy tenía un aspecto terrible. Estaba despeinada y le lloraban los ojos.

—No, estaba levantada. ¿Estás segura de que quieres entrar, Vanessa? No sé lo que tengo, pero es horrible.

—Segura. No te preocupes, nunca me pongo

enferma. Te he traído un tratamiento curativo. Sopa de pollo y naranjas de zumo. Yo soy la exprimidora –añadió riéndose.

Lucy abrió la puerta un poco más y Vanessa entró en la casa.

–Eres un encanto, pero recuerda que te lo he advertido.

–Correré el riesgo.

Lucy negó con la cabeza y suspiró.

–Me has sustituido en clase de Pilates esta mañana y ahora me traes la comida. ¿Cómo voy a agradecértelo?

–Puedes decirme dónde puedo dejar todo esto.

–Oh, sígueme.

Entraron en la cocina. Era un espacio grande que a la vez servía de comedor y que tenía una gran ventana desde la que se veía el océano Pacífico entre los tejados. Vanessa dejó la bolsa de naranjas sobre la encimera de baldosa blanca y le entregó a Lucy la olla con el caldo.

–Este lugar es estupendo.

–Gracias –dijo ella con una muestra de orgullo en la mirada, antes de dejar la olla sobre los fogones–. Es pequeña, pero no pude resistir la vista. Aquí, cualquier lugar que tenga vista cuesta una fortuna, así que me considero afortunada.

–¿Cómo te encuentras?

–Ya no tengo fiebre. Ahora sólo estoy agotada –Lucy se sentó en una silla e hizo un gesto para que Vanessa también se sentara.

–No, deja que caliente la sopa y que te prepare un zumo. Lo tendré preparado enseguida.

–Eres muy amable –dijo Lucy.

–Tú te portaste muy bien conmigo durante toda la semana en el hotel y… Bueno, todavía no tengo amigos en la isla. Además, soy una especie de cuidadora. Mi hermana pequeña diría tal cosa. Échame cuando quieras descansar.

–De acuerdo.

Vanessa encendió el fuego al mínimo y agarró un cuchillo que había en la encimera.

–¿Tienes exprimidor?

–Hay uno manual en el cajón que está detrás de ti.

Vanessa sacó el exprimidor y comenzó a hacer el zumo.

–¿Qué tal fue la clase?

–¿Te refieres después de que les dijera a los clientes del hotel que estabas enferma? Creo que bien. No refunfuñaron demasiado –contestó Vanessa, sonriendo–. No esperaba que apareciera el gran jefe.

–¿El señor Tyler fue a verte?

–Sí. Me observó durante toda la clase, probablemente para asegurarse de que no asustaba a ningún cliente.

–Está muy entregado al hotel –dijo Lucy–. Tiene una especie de apuesta con su hermano. Nos lo contó a los empleados cuando nos contrató. Tendremos una buena bonificación si el hotel va bien.

Vanessa no pudo evitar fruncir el ceño.

–¿Es cierto eso?

Brock había provocado que Melody se sintiera destrozada en un abrir y cerrar de ojos, abandonándola cuando ella más lo necesitaba. La había dejado por otra mujer y, por ello, Vanessa no podía esperar para poner su plan en funcionamiento y destrozar completamente el proyecto de su querido Tempest Maui.

¡Y pensar que él había estado a punto de besarla! ¡Y que ella había estado a punto de permitírselo! Se había sentido atraída por sus ojos oscuros y su atractiva sonrisa. Era evidente que Brock también se sentía atraído por ella, y eso le daba cierta ventaja.

Quizá la próxima vez permitiera que la besara.

–Sí. Hasta ahora ha sido un buen jefe. Me ha dejado libertad para llevar el gimnasio como yo quiero, y le agradezco que confíe en mí. Creo que todas las empleadas que tienen entre dieciséis y sesenta años están locas por él.

Vanessa se quedó boquiabierta.

–¿De veras?

Lucy se mordió el labio inferior con cara de culpabilidad y asintió. Así que Lucy también estaba incluida en el grupo de mujeres enamoradas…

–De veras –confesó–. ¿Tú no te sientes ligeramente atraída por él?

–¿Yo? –Vanessa tosió para ocultar el tono de desdén que había en su voz–. Apenas lo conozco.

14

–Llevas aquí poco tiempo. Espera un poco y verás.

–Espero que no –susurró.

–¿Qué?

–Nada. El zumo está preparado –dijo ella, sirviéndolo en un vaso alto–. Bébetelo –se lo entregó a Lucy y regresó junto al fuego para mover la sopa.

–Conseguiré que te encuentres mejor en poco tiempo.

Capítulo Dos

Dos días más tarde, Vanessa se ataba los cordones de sus zapatillas de deporte, hacía un par de estiramientos en la arena y comenzaba a correr por la costa de Tranquility Bay. La brisa fresca de la mañana hizo que su carrera fuera más placentera. Saludó a algunos clientes del hotel que habían salido a dar un paseo temprano. Sabía que algunos de ellos habían ido allí para la boda que se celebraría el sábado y trató de no sentirse culpable por provocarles alguna inconveniencia. Sería la tercera boda de la novia y la cuarta del novio, unos millonarios que no tenían nada mejor que hacer para gastar su dinero.

Vanessa corrió hasta el extremo sur de la bahía, donde estaban amarrados muchos barcos y las gaviotas graznaban al unísono encima de las boyas. El agua era azul y contrastaba enormemente con el agua lodosa del río Mississippi, al que ella estaba acostumbrada.

−¿Vanessa? −la voz de Brock interrumpió su pensamiento.

Ella estuvo a punto de tropezarse al verlo. Iba vestido con unos pantalones vaqueros y una camisa blanca, y caminaba hacia ella por el muelle.

Vanessa permaneció corriendo en el sitio, esperando a que él llegara a su lado. Deseó que su aspecto no fuera tan atractivo, bronceado y saludable.

–Hola –dijo ella, tratando de no fijarse en sus brazos musculosos.

–Buenos días. ¿Disfrutando de la carrera?

–Sí, es una buena costumbre para la mente.

–¿Correr?

–Me despeja la cabeza. Me prepara para trabajar –había corrido varias veces la media maratón, pero no se lo comentó–. ¿Qué te trae por aquí? –preguntó ella con amabilidad.

–He venido a ver a *Rebecca*.

¿Rebecca? Por supuesto, otra mujer. Probablemente tuviera una en cada puerto.

–Bueno, será mejor que siga mi camino.

–*Rebecca* es mi barco –dijo él, con una sonrisa–. Le puse ese nombre por mi madre –señaló el yate que estaba amarrado en el extremo del muelle–. Le han hecho algunas reparaciones.

–Siento la pérdida de tu madre.

Brock echó la cabeza hacia atrás y se rió.

–Mi madre sigue viva. Y probablemente vuelva a casarse pronto. Pero agradezco tu amabilidad.

Vanessa pestañeó para no mostrar su asombro. Aquel hombre la volvía loca, y necesitaba escapar.

17

–Me quedan muchos detalles por revisar acerca de la boda de los Everett; será mejor que regrese ya.

–Espera un segundo –dijo él, agarrándola por la muñeca con delicadeza–. Ven a ver el barco. Me gustaría que me dieras tu opinión sobre una cosa.

–¿Mi opinión? –dijo Vanessa–. No sé nada de barcos.

–Eres una mujer. Seguro que tienes algo que opinar.

–Está bien –dijo ella, y se sorprendió cuando Brock la agarró de la mano para guiarla hasta el barco.

Vanessa sintió un cosquilleo en su interior y se puso en guardia. Su manera de sujetarla hacía que se sintiera segura y protegida.

–Vaya –murmuró ella.

–¿Qué?

–Esto es precioso.

Brock no dijo nada. Cuando llegaron al final del muelle, se subió al yate y se volvió para ayudarla a subir. Su roce le provocó un escalofrío y un nudo en el estómago. Él la soltó inmediatamente y sonrió.

–Éste es. El yate *Rebecca*.

–¿Por qué le pusiste el nombre de tu madre?

Él se rascó la nuca y contestó:

–Perdí una apuesta con mi hermano.

–¿Perdiste una apuesta?

–Lo sé –dijo él–. Es terrible, ¿verdad? Trent y yo

18

apostamos con frecuencia y, normalmente, Evan, mi hermano mayor, tiene que hacer de árbitro. Eso mi madre no lo sabe, pero cuando se lo conté, se puso contenta. Así que no lo perdí todo. Me he acostumbrado al nombre, pero el que elegí yo me gustaba más.

–¿Y cuál era?

–*Ganador B.E.T.*

–Ya –dijo ella–. Por Brock Elliot Tyler, ¿verdad?

–Has hecho los deberes. Me gusta –dijo él, con un brillo en la mirada que hizo que a ella se le acelerara el corazón.

Vanessa se encogió de hombros.

–No hace falta investigar mucho para averiguar el nombre completo de un jefe.

Brock frunció el ceño y la miró fijamente.

–¿Podemos actuar como si no fuera tu jefe en estos momentos?

«Pero lo eres», pensó ella.

–Sí, claro.

Él la agarró de la mano y la guió hasta la popa del barco, donde había una lujosa mesa servida para dos personas

–Aquí es donde necesito tu opinión. No consigo decidir si quiero desayunar huevos a la benedictina o tortilla vegetariana. ¿Tú qué prefieres?

Ella lo miró con incredulidad.

–¿Me estás invitando a desayunar?

Brock miró hacia la mesa y después otra vez a ella.

–¿Sabías que iba a correr hacia aquí esta mañana? ¿Lo tenías planeado?

Él se encogió de hombros.

–Te he visto correr todos los días. Hoy pensé que podría invitarte a desayunar.

Vanessa se sentía confusa y halagada a la vez.

–Podrías haberme llamado para preguntármelo.

–¿Habrías aceptado?

Ella abrió la boca para responder, pero la cerró de nuevo. Se atusó el cabello y se recolocó los mechones que se le habían salido de la coleta.

–No voy vestida para…

Él la miró de arriba abajo.

–Tienes buen aspecto, Vanessa. No es nada formal, yo voy en vaqueros.

Ella se había fijado en cómo los pantalones resaltaban su bonito trasero.

–¿Por qué?

Él se pasó la mano por el mentón.

–Sólo es un desayuno en el barco. ¿Tienes hambre?

–Podría comer algo –dijo con una sonrisa–. Está bien, acepto. Muchas gracias.

–Ha sido un trabajo difícil –se quejó él–. ¿Eres así de dura con todos los hombres de tu vida?

–No hay hombres en mi vida.

Un brillo de satisfacción inundó sus ojos oscuros. La atrajo hacia sí y la rodeó por la cintura a la vez que acercaba su boca a la de ella.

–Eso me gustaría cambiarlo.

Sin duda, Brock sabía besar muy bien. Sus labios la acariciaron con delicadeza, ofreciéndole una muestra de lo que estaba por llegar. La agarró con más fuerza y la besó de manera entregada. Después, la soltó un instante y la miró a los ojos.

–Me gustas, Vanessa.

–Cualquiera lo imaginaría, por cómo me has besado.

–No eres como otras mujeres –dijo él, con ternura en la mirada y una sonrisa.

–¿Por qué no? ¿Qué tengo de malo?

Él la abrazó de nuevo y la besó, provocando que se olvidara por completo del motivo por el que había empezado a trabajar allí.

–Nada –susurró él.

Brock se inclinó hacia delante y Vanessa se dejó llevar por el beso. Nunca la habían besado con tanta pasión.

De pronto, todos los hombres con los que había estado en su vida, no fueron nada comparados con Brock Tyler. Durante los siguientes momentos, Vanessa disfrutó de estar entre sus brazos, inhalando su aroma masculino mezclado con la brisa marina.

Más tarde, volvió a la realidad.

«¿Qué pasa contigo, Vanessa? Él es el hombre a quien has venido a arruinar».

Se separó de él con cuidado y puso una encantadora sonrisa.

–Tengo mucha hambre… Vamos a desayunar.

Brock respiró hondo.

–Sí, claro, el desayuno.

–Sí –repitió ella, y dio un paso atrás–. Ya sabes, el motivo por el que me has hecho dejar de correr.

–Comprendido –dijo él–. Siéntate. Hablaré con el cocinero. Mientras me esperas puedes servirnos un poco de zumo de piña.

Vanessa se levantó de la silla en cuanto Brock se dirigió al interior del barco y se amonestó por haber permitido que la besara. Ella había deseado que lo hiciera pero, después de haberlo probado, comprendía a Melody todavía más.

Entendía cómo una chica inexperta e inocente podía enamorarse de Brock en un segundo. Él era un hombre sexy y encantador.

Vanessa intentó tranquilizarse. Cuando Brock regresó, estaba sentada a la mesa, bebiendo un poco de zumo.

El chef les sirvió el desayuno y Brock le dio las gracias antes de que se marchara. Cuando desapareció de la vista, ella empezó a desayunar, ignorando el hecho de que Brock la había besado momentos antes.

–Está muy rico –confesó ella–. Es más de lo que desayuno habitualmente –se había comido la tortilla de verduras con salsa de mango, la fruta y las pastas con café. Dudaba de que pudiera regresar corriendo al hotel.

—He de confesar que yo tampoco desayuno tanto —dijo él—. Pero admito que tengo un gran apetito —le miró la boca, se inclinó hacia delante y la besó brevemente—. Tenías un poco de mango en la comisura de los labios.

Era rápido y… encantador. Ella se limpió la boca con la servilleta y comprobó que no se le hubiera caído comida por el cuerpo, por miedo a que él la llevara a la cama para limpiarla.

—Podías habérmelo dicho.

Él se frotó la nariz tratando de ocultar una sonrisa.

—Prefería limpiarte a mi manera.

—¿Siempre te sales con la tuya?

—No, hoy no lo conseguiré.

Ella lo miró a los ojos un instante.

—¿Hoy no?

—Vanessa, no me gustan los juegos. Te deseo, pero es demasiado pronto. Vamos —dijo él, antes de ponerse en pie y darle la mano—. Te acompañaré de vuelta al hotel.

¿Que era demasiado pronto? Vanessa estuvo trabajando en la oficina el resto del día, repitiéndose las palabras de Brock una y otra vez. Y a medida que pasaba el tiempo, se sentía más enfadada.

Él la deseaba, pero era demasiado pronto.

Su comentario indicaba que ella no tenía elección en el tema. ¿Le había preguntado si estaba interesada en él? No, simplemente suponía que, algún día, conseguiría lo que deseaba.

Acostarse con ella.

Vanessa pensó en Melody y se preguntó si Brock habría hecho lo mismo con ella. Engatusarla con su encanto, acostarse con ella y dejarla por la primera mujer que se le cruzó en la vida.

Cada vez que pensaba en cómo Brock Tyler le había roto el corazón a su hermana, deseaba vengarse arruinando lo que de verdad era importante para él: su hotel.

—Céntrate en eso, Vanessa —murmuró ella, mientras repasaba una vez más los planes de la boda de los Everett—. Y deja de pensar en el beso maravilloso que te ha dado Brock y en cómo te ha rodeado con sus brazos musculosos, ofreciéndote seguridad y ternura.

—¿Por qué estás frunciendo el ceño? —preguntó Lucy al entrar en su despacho con un ramo de flores.

—¡Lucy! Son preciosas. No hacía falta…

Lucy levantó la mano para que se callara.

—¡Guau! No te adelantes. Ojalá pudiera permitirme un ramo así con mi presupuesto, pero me temo que con lo único que puedo obsequiarte por haberme curado es con un par de copas en Joe's Tiki Torch en la playa. Cuando Akamu vio que venía hacia aquí, me dio el ramo y me pidió que te lo entregara.

–¿Son de parte de Akamu? ¿Es tradición regalar flores a los nuevos empleados?

–No que yo sepa –dijo ella, entornando los ojos–. A mí nunca me regalaron flores así –añadió–. Hay una tarjeta.

Vanessa sacó la tarjeta del sobre y leyó en silencio.

Nunca había disfrutado tanto de un desayuno.
Brock

Vanessa sintió que le flaqueaban las piernas. La imagen de Brock llamándola desde el muelle para invitarla a desayunar invadió su cabeza. Se había encontrado a gusto con él, y su beso le había cortado la respiración. Pero al sentir una fuerte atracción entre ambos, Vanessa se había obligado a retirarse. Por su salud mental.

–¿Y bien? –Lucy esperaba pacientemente, intentando mirar la tarjeta–. ¿Quién te las ha enviado?

–Oh, uy… Mi hermana –Vanessa pestañeó y guardó la tarjeta en el sobre–. ¿A que es todo un detalle?

Lucy asintió decepcionada.

–Sí, tienes una hermana muy generosa.

Vanessa evitó mirarla a los ojos. Aquella mujer era muy astuta.

–Gracias por traérmelas.

–Venía hacia aquí de todos modos. Bueno, ¿y qué? ¿Te apetece ir a tomar algo mañana? Celebraremos que llevas dos semanas trabajando en el Tempest Maui. Yo invito.

Vanessa no tenía ni que pensar en ello. Necesitaría salir de noche después del caos que esperaba provocar en la boda que se celebraría al día siguiente por la tarde.

–Claro, me encantaría.

Lucy se dirigió a la puerta.

–Te recogeré el sábado a las ocho. Ah, y no te preocupes, que no le contaré a nadie que el jefe te ha enviado flores.

Vanessa se quedó boquiabierta.

–¿Cómo lo…?

–Esta mañana lo vi en la floristería escogiendo las orquídeas que vienen en el ramo.

Vanessa la miró y dijo:

–Siento haberte mentido. No quería que te hicieras una idea equivocada.

–¿Una idea equivocada? ¿Estás loca? ¿Sabes cuántas mujeres te cambiarían el sitio ahora mismo? –Lucy le guiñó un ojo–. Eres afortunada.

Cuando se marchó, Vanessa acarició un hibisco y negó con la cabeza.

–Si Lucy supiera la verdad –susurró, mirando el ave del paraíso que asomaba en el ramo–, no pensaría que soy afortunada. Pensaría que estoy loca por enfrentarme al jefe.

–¿Estás bebiendo vino blanco? –preguntó Lucy, alzando la voz para que Vanessa pudiera oírla a pesar de la música–. Deberías ser más aventurera, Vanny. Prueba un Amaretto Sour, un Mojito, o un Blue Hawaiian.

Aquella tarde sí había sido aventurera al tratar de arruinar la fama de Brock. Había visto el caos que se produjo en la boda y había tratado de solucionar los problemas, asegurándose de hacerlo mal y demasiado tarde. Había conseguido lo que pretendía, pero no sentía ninguna satisfacción. Al contrario, estaba nerviosa y el vino blanco no le calmaba los nervios.

–A lo mejor tienes razón. Tomaré una Margarita –le dijo al camarero.

–Eso está mejor –se rió Lucy–. Ahora sí te vas a poner como una loca.

El sarcasmo de Lucy le hizo sonreír. Ella no era buena compañía aquella noche. Tenía demasiadas cosas en la cabeza. Había hablado con su hermana, quizá para justificarse a sí misma lo que había hecho durante la boda. Melody había contestado el teléfono con tono animado, pero Vanessa sabía que trataba de ocultar su dolor. Melody seguía destrozada y Vanessa la admiraba aún más por el hecho de que tratara de fingir que no era así, para no preocuparla.

Estaban a muchos kilómetros de distancia y Melody no sabía que Vanessa había conseguido un trabajo en Tempest Maui, sino que creía que seguía en el trabajo anterior pero que había aceptado un traslado a Hawai.

–¿Qué pasa? ¿No lo estás pasando bien? No quieres bailar y vas por ahí como si hubieras perdido a tu mejor amiga.

Vanessa se fijó en que Lucy la miraba preocupada.

–Estoy cansada. Ha sido una semana muy larga.

Lucy la agarró de la mano.

–Por eso estamos aquí, Vanny. Tienes que relajarte. Ya sabes, soltarte la melena. ¿Por qué no bailas?

–Sí, ¿por qué no bailas?

Vanessa se volvió y descubrió que Akamu estaba detrás de ella. El encargado del hotel lucía una espléndida sonrisa y ella no podía rechazar su oferta.

–De acuerdo –le dijo, dándole la mano–. *Mahalo*.

Su amigo Tony sacó a Lucy a bailar y los cuatro se dirigieron a la pista. Si Akamu sabía algo acerca de lo que había sucedido en la boda, no dijo nada, así que Vanessa tampoco sacó el tema.

Al final, resultó ser una velada divertida. Cuando Lucy aparcó el coche frente a la casa de Vanessa, ésta estaba de mucho mejor humor que al principio de la noche.

–Gracias, Lucy. Me lo he pasado muy bien. Era justo lo que necesitaba.

–Sí, te ha costado, pero al final te has relajado.

–Incluso probé el Mojito. Estaba muy bueno, pero me sorprendió que llevara menta.

–¿A quién podría no gustarle el ron con menta y azúcar?

Salieron del coche y Lucy se reunió con ella junto a la puerta del copiloto.

–No quería sacar el tema antes, pero me he enterado de lo que sucedió en la boda.

–Ah, sí. ¿Cómo te has enterado?

–Los rumores vuelan. Akamu lo sabía todo, pero siempre trata de mantener el trabajo separado del ocio. No conseguí que me contara mucho.

–Cielos, no me dijo nada –suspiró Vanessa–. La boda tampoco fue un completo desastre. ¿Podemos hablar de ello en otro momento? No quiero estropear mi buen humor.

Lucy sonrió y la abrazó.

–Claro. Mientras tú estés bien.

–Lo estaré. Hoy estaba un poco nostálgica… Echo de menos a mi hermana. Salir a tomar algo era justo lo que necesitaba.

–Te acostumbrarás a estar en la isla.

–Gracias. Te veré el lunes.

–Sí, el lunes empieza todo otra vez –dijo Lucy, provocando que Vanessa se riera.

Ella caminó despacio por la zona ajardinada de

la urbanización y estaba a punto de llegar a su apartamento cuando un hombre apareció entre las sombras.

—¡Oh! —exclamó asustada al ver rabia en su mirada. Él debía de saber la verdad. La había pillado—. Brock, ¿qué estás haciendo aquí? Me has dado un susto de muerte.

Capítulo Tres

Brock paseó delante de ella, ignorando el hecho de que la hubiera asustado.

–Me llamaron mientras estaba en una reunión en Kapalua. Al parecer, hemos recibido varias quejas acerca de la boda que se ha celebrado hoy. ¿Estás al tanto de lo que ha pasado? –preguntó con el ceño fruncido.

Desde que se había celebrado la boda, Vanessa temía enfrentarse a aquella conversación, pero se había preparado bien para ello. Pasó delante de Brock y abrió con calma la puerta de la casa.

–Pasa. No tenemos por qué hablar de esto en la oscuridad.

Brock la siguió al interior. Ella dejó el bolso en el sofá y encendió las luces.

–Te he llamado al móvil varias veces.

–Lo apagué después del trabajo –lo miró con una sonrisa–. De todos modos, donde estaba no lo habría oído.

–¿Fuiste a Joe's Tiki Torch?

–¿Cómo lo sabes?

–Es el bar de la zona –se frotó la nuca y añadió–: He hablado con Akamu.

–Siéntate –se volvió hacia la cocina–. Prepararé un café.

–Para mí no –dijo él, siguiéndola hasta allí–. ¿Tienes algo para beber?

–Vino, cerveza y creo que tengo una botella de ron en el armario.

–Ron –dijo él–. ¿Y Coca Cola?

–Eso sí tengo –Vanessa abrió el armario de la cocina y sacó la botella–. La Coca Cola está en la nevera –dijo, al sentir que Brock estaba detrás de ella.

Brock se acercó a la nevera mientras ella sacaba un vaso y le servía el ron. Después, él echó la Coca Cola. Estaban tan cerca que sus hombros se rozaron. Vanessa se estremeció.

–¿Tú no quieres?

Ella negó con la cabeza.

–No, mejor no. Ya he bebido bastante esta noche. ¿Te apetece un…?

–Siéntate, Vanessa –señaló la silla de la cocina.

Ella obedeció y Brock se sentó frente a ella.

–¿Qué diablos ha sucedido hoy?

–Bueno, han sucedido muchas cosas. Aunque hubo algunos pequeños inconvenientes, la boda continuó sin complicaciones.

–¿Pequeños inconvenientes? ¿Consideras un pequeño inconveniente que haya ruido de obra durante toda la ceremonia? Las obras no debían empezar hasta el mes que viene.

–Lo sé, pero el presupuesto tenía un error de

imprenta. La fecha era incorrecta. Empezaron a trabajar en el ala oeste por error.

—Me han contado que el ruido de la sierra eléctrica ahogó la marcha nupcial, justo cuando la novia salía por el pasillo. Y que ella se puso a llorar. Al parecer, se tardó treinta minutos en localizar a todo el equipo y en convencerlos de que dejaran de trabajar.

—¿Me lo cuentas a mí? —dijo Vanessa—. Fui yo la que tuvo que localizar al supervisor y ordenarle que parara. Fue un error desafortunado, e hicimos todo lo posible para contentar a los novios después. Te aseguro que el encargado de la obra no estaba nada contento. Tenía que pagar a sus hombres a pesar de que yo los obligara a dejar de trabajar. Siento que la novia se enojara, Brock. Hicimos todo lo que pudimos, dadas las circunstancias.

Brock suspiró y dijo:

—Supongo que sí. Pero eso no fue todo. También se atascaron los baños del Garden Pavilion y los invitados tuvieron que utilizar los que hay al final de la recepción del hotel.

—Los problemas de tuberías son los peores —asintió Vanessa—. Un equipo de fontaneros se dedicó a ello y consiguió arreglarlo antes de que terminara la celebración.

—Un poco tarde, ¿no crees?

—Te aseguro que me dediqué de lleno a cada problema desde el primer momento.

–Tu trabajo es evitar que sucedan –dijo Brock, y tras beber un trago la miró por encima del vaso.

–¿Hubo alguna queja más? –preguntó ella.

–¿No te parecen suficientes? Que la ceremonia estuviera a punto de salir mal y que se atascaran las cañerías es suficiente para dar una mala impresión.

–¿Hacia mí? No podría haber controlado ese tipo de cosas ni aunque fuera capaz de leer la mente de otra gente –se defendió.

Brock la miró fijamente a los ojos.

–No, no he dicho eso. Da una mala impresión del hotel. El boca a boca es algo muy frecuente en la isla. Espero compensarlos no cobrándoles la estancia durante la luna de miel.

–Es un detalle.

–Un detalle costoso –se encogió de hombros–. Hay que tenerlos cuando las cosas salen mal.

–Siento que hubiera problemas, pero no creo que el hotel se vaya a ver muy afectado. Tempest tiene muy buena fama.

–Y me gustaría que siguiera siendo así –se puso en pie y se dirigió a la encimera de la cocina para servirse otra copa. Después, se apoyó en ella y se cruzó de brazos, mirándola fijamente–. ¿Disfrutaste de la noche de juerga?

Vanessa se puso en pie, enojada porque se sentía vulnerable. Brock la ponía nerviosa, sobre todo cuando la seguía con la mirada.

–Sí, ha sido una noche agradable.

–¿Bailaste?

Ella asintió y se apoyó frente a él en la encimera.

–Un poco. Me sentó bien relajarme.

Brock la miró de arriba abajo, despacio, fijándose en su vestido plateado y en sus zapatos de tacón.

–Claro. A mí también me gustaría verte... relajándote.

Ella sintió que se le secaba la garganta.

–Cuando llegué aquí estaba de muy mal humor, Vanessa.

–¿Querías arrancarme la cabeza? –preguntó ella.

–Quería arrancarte cualquier cosa.

Vanessa notó que se le erizaba la piel y permaneció en silencio. Incluso cuando él dejó el vaso sobre la encimera. Incluso cuando se acercó a ella. Incluso cuando se colocó frente a ella, empujándola contra la encimera de granito, Vanessa permaneció en silencio.

–Mi humor está mejorando –dijo Brock, acariciándole un mechón de pelo y fijándose en su boca.

Ella notó que se le aceleraba el corazón. No sabía qué hacer. Había tenido éxito saboteando la boda que se había celebrado en su hotel, pero a medida que él acercaba la boca a la suya, deseaba que la besara. Una extraña y emocionante sensación se apoderó de ella.

–¿Qué estamos...?

Brock agachó la cabeza y la besó en los labios. Colocó las manos sobre sus caderas y la atrajo hacia sí, cautivándola con su beso y esperando una reacción. Vanessa no pudo resistirse y le rodeó el cuello con los brazos.

–Esto es una locura –susurró.

–¿Por qué? –preguntó él, mordisqueándole el labio inferior.

«Porque hago todo lo posible para arruinarte».

Brock le mordisqueó de nuevo el labio inferior y ella sintió que su cuerpo reaccionaba a todos los niveles.

Él introdujo la lengua en su boca y ella notó que una ola de calor la invadía por dentro.

–Ahora no soy tu jefe –murmuró Brock, entre beso y beso.

–Entonces, ¿qué eres? –susurró ella.

–Un hombre que se ha vuelto loco por ti.

–No me conoces, Brock –dijo Vanessa entre besos ardientes.

–Tengo buen ojo para la gente, cariño –dijo él, besuqueándole el cuello–. Y sé lo que quiero.

Al sentir su cálida respiración, ella arqueó el cuello para ofrecerle acceso. Sus cuerpos estaban tan cerca que podía sentir su miembro erecto. No podía resistirse. Sus armas eran demasiado poderosas.

Él le acarició el hombro con la lengua mientras retiraba los tirantes del vestido para desnudarla.

–Perfecto –dijo él, al ver sus senos al descubierto.

Le acarició los pezones erectos con el dedo pulgar y ella sintió un fuerte deseo en la entrepierna.

–Brock –suplicó–, no podemos hacer esto.

–Lo estamos haciendo. No te resistas.

Le sujetó el pecho y le acarició el pezón con la lengua.

Ella gimió de placer e introdujo los dedos entre sus cabellos. Él continuó acariciándola y Vanessa decidió abandonarse al placer.

Entonces, sonó el teléfono.

Vanessa pestañeó. Normalmente no recibía muchas llamadas. ¿Y si era Melody? El contestador automático la delataría. La voz de Melody estaba marcada por un inconfundible acento de Louisiana. Y si decía su nombre al contestador automático…

Vanessa no quería que Brock la descubriera, así que cuando sonó el teléfono por segunda vez, empujó a Brock con cuidado y dijo:

–He de contestar.

–Deja que suene. Saltará el contestador.

Dos llamadas más y estaría perdida.

–No, lo siento –dijo ella, soltándose–. Estoy esperando una llamada importante.

Corrió hasta el dormitorio y contestó el teléfono que estaba sobre la mesilla.

–¿Diga?

–¡Hola! ¿Ya te has recuperado de nuestra salida de esta noche?

–Oh… Hola, Lucy –dijo sorprendida.

–No encuentro mi billetera. ¿No la habrás visto por casualidad?

–Uy, no. Quizá te la hayas dejado en el Torch.

–Ésa es la siguiente llamada. Pero la tenía cuando pagué la cuenta. No recuerdo lo que hice con ella después. Pensé que se podía haber caído del coche cuando te dejé en tu casa.

–Lo siento –dijo ella–. Miraré por la urbanización y te llamaré enseguida.

–Gracias, eres un encanto.

Vanessa colgó el teléfono y se recolocó los tirantes del vestido. Suponía que estaría bastante despeinada, pero no se atrevió a mirarse en el espejo. No quería ver cómo su cara indicaba que estaba ansiosa por tener una relación sexual.

A eso atribuía la fuerte atracción que sentía por Brock: a la falta de relaciones sexuales. Llevaba más de un año sin acostarse con nadie.

–¿Era la llamada importante que esperabas? –preguntó Brock, desde la puerta.

–No, pero también era importante. Lucy ha perdido la cartera. Tengo que ir a ver si se le ha caído cuando me trajo a casa.

Él la miró un momento. Después, se fijó en la cama y asintió.

–Te ayudaré.

–Oh, no hace falta. Estoy segura de que puedo…

–Vanessa, he dicho que te ayudaré.

–Está bien. Gracias.

Cuando ella pasó a su lado, él la agarró de la mano y la atrajo hacia sí.

–Todavía no hemos terminado –la besó rápidamente y la soltó–. Nos queda mucho. Pero sólo quería advertírtelo.

Vanessa estaba más que advertida. Salió de la casa con Brock y pensó en cómo había estado a punto de ser descubierta.

No podía permitirse que eso volviera a suceder.

Ni tampoco lo que había pasado con Brock. Habían estado a punto de hacer el amor.

Y ella no habría tenido fuerza de voluntad para impedirlo.

–Dame las llaves del coche de una vez, Brock, y ahórrate el dolor –la risa de Trent se oía a través del teléfono móvil.

Brock puso una mueca y se reclinó en la silla del despacho.

–Ni lo sueñes, hermanito. De hecho, no tengo ni idea de qué estás hablando.

Trent se rió de nuevo.

–Ya. Pero si la boda de los Everett ha salido en los periódicos de Arizona. Sé lo que decían: «El ruido de los martillos neumáticos ahogaron la marcha nupcial y provocaron el llanto de la novia. El matrimonio de los Everett tiene muy mal comienzo en el elegante, pero caótico, hotel Tempest Maui».

Brock se pasó la mano por el mentón y suspiró.

–Debe de haber habido pocas noticias en Crimson Canyon. ¿Qué pasa, que no tienes suficiente entretenimiento con tu novia y tienes que llamar a molestarme?

–Por cierto, Julia te manda un saludo –dijo Trent–. Me dijo que no te atormente, así que te voy a dejar tranquilo. Pero intenta hacerlo mejor. Me lo estás poniendo demasiado fácil.

–Muy gracioso, Trent –a Brock le gustaban los retos, y ganar el Thunderbird de su padre era parte del trato. Se había apostado con Trent que su hotel recién renovado ganaría más dinero durante el primer año de funcionamiento que el Trent Tempest West. La competición estaba en su punto álgido. Y su orgullo y su fama estaban en peligro–. Dale un beso a Julia de mi parte.

–Eso lo haré encantado.

Cuando colgó el teléfono, Brock trató de concentrarse en el trabajo, pero no fue capaz de olvidar las palabras de Trent. Había invertido mucho trabajo en renovar el hotel y en contratar a los empleados. Sabía que tenía un buen equipo, y no podía permitir que se cometieran errores.

La imagen de Vanessa invadió su cabeza.

Era una mujer competente, trabajadora y de aspecto estupendo.

Durante los últimos días había pensado mucho en ella. La había visto por la oficina, pero llevaban dos días sin hablar, desde la noche en que había estado a punto de llevarla a la cama. Las imágenes de lo que podría haber sucedido si no la hubieran llamado por teléfono invadían su cabeza con frecuencia. No recordaba cuándo había disfrutado más de estar con una mujer.

Se inclinó sobre la mesa y llamó a su secretaria.

–Rosalind, necesito reunirme con Vanessa Dupree. Dile que venga al mediodía.

–De acuerdo, señor Tyler.

Brock miró el reloj. Después se concentró en los contratos que tenía sobre la mesa y en trabajar hasta que llegara la hora de reunirse con Vanessa.

Confiando en poder terminar lo que habían comenzado la otra noche.

–¿Querías verme? –preguntó Vanessa al entrar en el despacho de Brock.

Él estaba junto a la ventana, de espaldas a ella, contemplando las aguas del Pacífico. Con las manos en los bolsillos de los pantalones, se volvió despacio y la miró a los ojos.

–Cierra la puerta, Vanessa.

Ella se volvió y, resistiendo el impulso de marcharse, obedeció y cerró la puerta.

–¿Quieres hablar sobre la gala de moda? –preguntó dando un paso adelante.

–¿Lo tienes todo bajo control?

–Sí, confío en que todo salga tal y como está planeado.

–Confío plenamente en que harás quedar bien al hotel.

–Gracias.

41

Él se sentó en el borde del escritorio y sonrió.

—De nada.

Hablaron de manera cortés, como si su último encuentro no hubiese tenido una fuerte carga sexual. Como si Brock no la hubiera besado y le hubiera quitado parte de la ropa, provocando que ella estuviese a punto de ceder ante su deseo.

Por fortuna, se había salvado por una llamada de teléfono. Brock era su enemigo y ella estaba dispuesta a darle su merecido. Pero si seguía mirándola de aquella manera, no podría pensar con claridad y, mucho menos, respirar.

—¿Me necesitabas para algo más? —preguntó ella, consciente de que estaba demasiado cerca.

Brock la miró de arriba abajo y contestó:

—Sí, te necesito. ¿Puedes despejar tu agenda para el sábado noche?

Ella trago saliva y dijo:

—¿Por qué? ¿Me estás pidiendo una cita?

—No —dijo él, esbozando una sonrisa.

Ella lo miró confusa y avergonzada.

—Oh —dijo ella, negando con la cabeza—. Entonces, ¿qué necesitas?

—Me han invitado a la cena anual de la Hawaiian Hotel Association. Será una buena oportunidad de hacer contactos y, puesto que eres mi organizadora de eventos, creo que deberías acompañarme. ¿Tienes esa noche libre?

—No. Sí. Quiero decir, tenía pensado trabajar en la gala durante todo el día, y parte de la noche.

–Tendrás tiempo suficiente para ello. La cena empieza a las siete, y me aseguraré de que te vayas pronto a la cama.

Vanessa se quedó de piedra. Necesitaba ese tiempo para preparar la gala, pero no podía rechazar la invitación de Brock. Al ver que no decía nada, él la llamó:

–¿Vanessa?

–Es sólo que la otra noche las cosas se nos fueron un poco de las manos, en mi casa.

–No, no es cierto –se levantó del escritorio y se cruzó de brazos–. Si eres sincera contigo misma, dirías que iban por buen camino.

–Sólo se trata de una cena de negocios, ¿verdad?

Él asintió, sin pedirle disculpas por lo que había sucedido la otra noche.

–Por supuesto. Y es importante.

–Está bien, despejaré mi agenda.

–Gracias. Y, Vanessa, esta vez no hay que ir con atuendo informal.

–Me aseguraré de dejar mi chándal en casa –contestó con una sonrisa antes de salir por la puerta.

Capítulo Cuatro

Brock salió de su Mercedes plateado y subió las escaleras que llevaban hasta la casa de Vanessa, reflexionando acerca de por qué había elegido conducir su coche en lugar de ir en limusina. La razón era porque deseaba estar completamente a solas con Vanessa antes y después de la cena. La quería toda para él.

Ella se resistía a sus encantos y mostraba una actitud retadora que lo excitaba. No era que nunca lo hubiera rechazado una mujer, pero era cierto que le ocurría pocas veces. Las mujeres se sentían atraídas por su encanto, su aspecto y su cartera. Sin embargo, con Vanessa Dupree era diferente. Nada de eso parecía importarle.

De hecho, a menudo, ella se mostraba poco impresionada por él. Y eso le divertía.

Brock se estiró el traje negro de Armani que llevaba, se apretó el nudo de la corbata y llamó a la puerta.

Vanessa lo hizo esperar. Llamó de nuevo y ella gritó:

–¡Un segundo!

La espera mereció la pena. Cuando Vanessa

abrió la puerta, él sintió una fuerte presión en la entrepierna. Arqueó las cejas y la miró durante unos instantes. La melena de color rubio platino le caía sobre los hombros. Llevaba un vestido sin tirantes que se ceñía a su cuerpo resaltando su torso y las caderas. En uno de los lados tenía una abertura a la altura de las piernas que llamaría la atención de cualquier hombre.

Y Brock sería el hombre que la llevaría de regreso a casa.

—Estás preciosa –le dijo.

—¿No es demasiado elegante? –preguntó ella con modestia–. No estaba segura de a qué te referías.

Él se fijó en sus labios pintados de color rojo y deseó tener tiempo para besarla apasionadamente y quitarle el carmín.

—Eres una mujer perspicaz, Vanessa. Lo has comprendido. Es perfecto.

—Gracias por el cumplido. Tú también vas muy elegante –dijo ella, mirándolo de arriba abajo–. ¿Quieres pasar?

—Con lo guapa que estás hoy será mejor que nos marchemos ahora mismo, o dudo que salgamos de tu casa hasta media noche.

Ella se rió pensando que estaba bromeando, hasta que lo miró a los ojos y vio que era verdad.

—Iré por mi bolso.

De espaldas estaba igual de atractiva y, cuando se volvió de nuevo hacia la puerta con el bolso en la mano, Brock tuvo que contenerse para no tomarla en brazos y llevarla directamente al dormitorio.

–¿Estás listo? –preguntó ella.

–Sí.

Brock apoyó la mano sobre la espalda de Vanessa y la guió a través del jardín. Deseaba tocarla, y por eso se alegraba de haber ido en su propio coche en lugar de que los llevara el chófer. Necesitaba tener las manos ocupadas.

–¿Y Lucy encontró la cartera? –preguntó él, tratando de distraerse. El perfume que desprendía Vanessa era como un elixir erótico.

–Sí. Se la había dejado en el Torch. Menos mal. Yo perdí la cartera una vez y tardé semanas antes de recuperar la documentación y las tarjetas. Tuve que cancelarlas todas y empezar de cero. Una lata. Afortunadamente, mi hermana… Uy, no importa. Te estoy aburriendo.

Brock se rió.

–No, para nada. No sabía que tuvieras una hermana. ¿Mayor o pequeña?

–Pequeña.

–¿Y tiene el cabello igual de rubio y bonito que tú?

–No, mi hermana no se parece a mí.

–¿Estáis muy unidas? –preguntó él.

–En realidad no. No tenemos nada en común –Vanessa agarró el bolso con fuerza y se percató de que se sentía muy incómoda hablando del tema–.

Es un tema doloroso. En realidad no nos llevamos muy bien.

–Está bien –Brock abrió la puerta del coche y observó cómo se sentaba, fijándose en cómo la abertura del vestido dejaba su pierna al descubierto–. No haré más preguntas acerca de tu hermana.

Él cerró la puerta y respiró hondo para tratar de calmar su deseo. Se recordó una vez más que aquello era una cena de negocios y no una cita, aunque la parte inferior de su cuerpo tenía problemas para recordarlo.

Se subió al coche, arrancó el motor y vio que Vanessa tenía problemas para ponerse el cinturón.

–Deja que lo haga yo. A veces es complicado.

Se acercó a ella, rozándole el hombro desnudo con el brazo. Tiró del cinturón y lo abrochó en el anclaje.

–Gracias –dijo ella.

Brock estaba lo bastante cerca como para oír su respiración, ligeramente acelerada. Satisfecho de comprobar que se sentía afectada por él, se retiró y esbozó una sonrisa.

–Ha sido un placer, Vanessa.

Brock deseaba que la cena terminara cuanto antes. Tenía planes para después. Unos planes que aseguraban el placer tanto para Vanessa como para él.

***

Sin duda, Brock era el hombre más atractivo de la cena y su presencia provocaba que las mujeres volvieran la cabeza al verlo entrar.

Había cientos de invitados en la sala. Las lámparas de araña iluminaban la estancia y varios arreglos de flores decoraban el lugar.

Vanessa le dio un sorbo al Martini de manzana que estaba bebiendo mientras Brock le presentaba a los propietarios y a los encargados de los principales hoteles de las islas. Brock la incluía en todas las conversaciones y le pedía opinión, haciendo que se sintiera al mismo nivel que los magnates de la industria hotelera.

Al cabo de un rato, ambos se separaron del grupo y Brock la guió hasta el pasillo.

—Basta de relaciones laborales por ahora —dijo, bebiendo un sorbo de su gin tonic y mirándola fijamente.

Él le había servido un segundo Martini y ella sujetaba la copa entre las manos. No podía permitirse relajarse demasiado. Al día siguiente, la gala requeriría toda su atención.

—¿No te gustan las bromas entre ejecutivos? Se te dan muy bien.

—Eso me han dicho —dijo él, entre risas—. Pero creo que ya has tenido suficiente. Estas cenas pueden ser aburridas, aunque necesarias.

—¿Parezco aburrida?

—No, estás preciosa.

—No estaba…

–Lo sé, no buscabas que te dijera un cumplido –se inclinó hacia delante y la besó en la boca. Cuando se retiró, sus ojos oscuros contenían una innegable promesa–. Llevo toda la noche deseando hacerlo.

Ella sintió un cosquilleo en el estómago.

–Eso también lo haces muy bien –murmuró ella.

–Gracias. Viniendo de ti, es un gran cumplido.

Ella ladeó la cabeza.

–¿Por qué dices eso?

Brock le acarició la mejilla y el mentón, provocando que se le erizara el vello de los brazos.

–Porque te resistes.

–¿Y las mujeres nunca se te resisten? –preguntó ella, con tono de coqueteo.

Brock sonrió, y ella sintió que se le cortaba la respiración.

–Soy lo bastante inteligente como para no contestar a una pregunta como ésa.

–Eres mi jefe.

–Te empeñas en decir eso, Vanessa. Somos adultos y me interesas más de lo que me ha interesado ninguna mujer en los últimos diez años.

Vanessa sintió que se le aceleraba el corazón. Intentó no tomarse sus palabras demasiado en serio. Él le había causado mucho dolor a Melody, abandonándola para irse con otra mujer.

Permaneció en silencio durante mucho rato, hasta que Brock miró el reloj y dijo:

–Es hora de ir a cenar.

Ella sonrió y, cuando Brock la agarró del brazo, caminó a su lado hasta el comedor.

Dos horas más tarde, Vanessa estaba en la pista de baile, entre los brazos de Brock. La luz era tenue y todo el mundo bailaba al ritmo de una balada romántica.

Después de la cena habían dado los premios honoríficos a los mejores hoteles. Ella había visto que a Brock se le iluminaban los ojos al ver cómo los presentadores entregaban los premios a sus competidores. Él deseaba que su hotel no sólo tuviera éxito, sino que fuera uno de los mejores de la isla.

Brock Tyler siempre debía tener lo mejor.

Era una ambición normal para una persona que adoraba su profesión. Vanessa no podía culparlo, Brock era una persona diligente y trabajadora. Sus empleados lo respetaban y consideraban que era un hombre justo y franco. Puesto que ella trabajaba para Brock, había oído muchas cosas sobre él en el hotel. Por desgracia, también había oído cómo algunas empleadas hablaban de lo sexy que era y de cómo les gustaría pasar una noche con él en su yate.

Vanessa siempre permanecía callada cuando se hablaba de Brock, pero escuchaba atentamente y sabía que no debía confiar en él, por muy encantador que pareciera.

–Estás muy callada esta noche –dijo él, sujetándola a una distancia respetable.

–Trato de escuchar con atención.

–Ésa es una buena cualidad en una mujer.

Ella lo miró a los ojos y vio una pícara expresión en su mirada.

–Algunas organizaciones feministas te emplumarían por decir algo así.

–Humm, creo que ya he conocido a algunas mujeres de ésas. No les caigo bien.

–No lo dudo.

Brock la atrajo hacia así y le susurró al oído:

–Lo único que me importa es gustarle a una mujer.

Ella se estremeció. Por mucho que quisiera ser inmune a sus encantos, había algo extremadamente carismático en su persona.

–Me gustas, Brock.

Él asintió satisfecho. Cuando terminó la música, la guió hasta la mesa y se sentaron de nuevo. Ya habían servido el café y Vanessa se alegraba de que la velada estuviera a punto de terminar.

Alguien llamó a Brock dándole un golpecito en el hombro.

–¿Has estado evitándome toda la noche? –le preguntó una mujer con voz seductora.

Vanessa se volvió y se encontró a una mujer de cabello oscuro y ojos verdes que miraba a Brock con cara de deseo. Él se puso en pie para saludarla.

–Hola, Larissa.

–¿Hola? ¿Es todo lo que puedes decir?

Ella besó a Brock en los labios.

–Así, mucho mejor.

Vanessa sintió un nudo en el estómago. Se volvió un instante y sonrió al resto de personas que estaban en la mesa. ¿Lo imaginaba o la estaban mirando con cara de lástima?

–¿Por qué no me has llamado? –le preguntó la mujer a Brock.

Él tardó un instante en contestar.

–Vanessa –dijo él–. ¿Me disculpas un instante? Enseguida vuelvo.

–Por supuesto. Tómate el tiempo que necesites.

Brock asintió y se disculpó ante los demás. Vanessa lo observó marchar con Larissa agarrada a su brazo.

Fiona Davis, la mujer mayor que estaba a su lado, colocó la mano sobre la de Vanessa y dijo:

–Es la hija del presidente de la asociación. No me preocuparía demasiado. Está comprometida, aunque le encanta coquetear.

–Oh, no me preocupa –soltó Vanessa–. Quiero decir, esto no es lo que parece. El señor Tyler es mi jefe. Estamos aquí por motivos de trabajo.

Fiona sonrió de manera maternal y dijo:

–A lo mejor tú sí, pero él no ha dejado de mirarte en toda la noche. Está soltero, es muy atractivo y tiene mucho dinero. Yo no lo rechazaría tan fácilmente –dijo Fiona con un suspiro–. ¿Puedo decir eso de que es un buen partido?

Vanessa miró a Fiona a los ojos.

–¿Y si yo no estuviera interesada en una relación?

–Ah, no quieres compromiso. ¿Alguien te ha hecho daño?

–Sí –admitió Vanessa.

Le habían hecho daño en el pasado. La habían dejado por otra mujer varias veces, cuando era joven. En la universidad, había estado a punto de comprometerse, pero encontró a su novio en la cama con su compañera de habitación. Durante mucho tiempo había desconfiado de los hombres. Pero ya lo había superado. Y esta vez, no se trataba de ella. Lo estaba haciendo por Melody.

–Me han hecho daño alguna vez. Y es demasiado pronto para tener otra relación –mintió para que Fiona se quedara tranquila.

–Lo comprendo. Antes de conocer a mi difunto marido, tuve una experiencia horrible.

Durante quince minutos, Vanessa escuchó la historia de Fiona. Cuando la mujer terminó de hablar, sólo quedaban ellas dos en la mesa y Fiona también decidió marcharse. Vanessa se despidió de ella y se dirigió al baño.

De camino hacia allí, vio que Brock estaba en el jardín, agarrado del brazo de la mujer con la que se había marchado. Vanessa se detuvo de golpe, se dio la vuelta y se dirigió hacia la recepción, donde llamó a un taxi para que la llevara a casa.

–Que me busque –murmuró, pero después lo

pensó mejor. No podía permitir que la despidiera. Escribió una nota y se la dio al botones del hotel antes de subir al taxi–. Entréguele esto al señor Brock Tyler. Es el hombre que tiene el Mercedes plateado.

Tenía cosas que hacer temprano, por la mañana. No quería presionarlo para que se marcharan de la cena. Necesitaba descansar.

Eso fue lo que le puso en la nota y lo que le contaría al día siguiente si él se lo preguntaba.

Vanessa ignoró los celos que había sentido al verlo con aquella mujer y odió a Brock por hacer que se sintiera de aquella manera.

Ya en el taxi, apoyó la cabeza en el asiento y cerró los ojos, repasando en silencio el plan que tenía para la gala que se celebraría al día siguiente.

–Brock Tyler, mañana recibirás tu merecido.

El timbre sonó tres veces seguidas.

–Un momento –dijo ella, poniéndose el batín de seda y atándose el cinturón. Se acercó a la puerta y miró por la mirilla.

«Oh, cielos».

Era Brock.

–Abre la puerta, Vanessa.

A juzgar por el tono de su voz y por la expresión de su mirada, no estaba contento.

Vanessa respiró hondo y abrió la puerta.

–¿Qué diablos estabas pensando? –Brock no esperó a que lo invitara a pasar.

–No sé a qué te refieres –dijo ella.

–Cuando salgo con una mujer, espero ser yo quien la lleve a casa. Te marchaste sin avisar. No creo que ninguna mujer me haya hecho eso antes.

Ella soltó una carcajada.

–Lo siento –se cubrió la boca con la mano–. No es divertido, pero deberías ver la cara que has puesto.

–Vanessa, contesta a mi pregunta. ¿Por qué diablos te has marchado?

–¿Recibiste mi nota?

–Después de buscarte durante diez minutos.

Vanesa sonrió para sí. Lo habían dejado tirado diez minutos y no le había gustado.

–Lo siento si te ha molestado –dijo ella. Él frunció el ceño–. En la nota te ponía que no quería molestarte. Estabas ocupado con esa mujer y yo quería acostarme temprano.

–Maldita sea. Estaba hablando de negocios con Larissa Montrayne. Va a casarse y quería hacerme algunas preguntas. ¿Sabes lo que significaría si decidiera celebrar la boda en el hotel?

–¿Sería un gran evento?

–Eso es. Un gran evento.

–Pero ¿no debería haberle hecho esas preguntas a tu organizadora de eventos? Pensé que ése era el motivo por el que me habías llevado a la cena.

–Larissa necesita atención personalizada. Es muy… temperamental.

–Quieres decir «consentida».

–Puede ser –contestó con una media sonrisa.

–Y ella quería tu atención en exclusiva.

–Si no te hubieses ido tan rápido, habrías tenido la oportunidad de hablar con ella. Regresé con ella a la mesa y ya te habías marchado.

–Debió de resultarte extraño.

–Estaba preocupado.

–¿Por mí?

–Como te he dicho antes, nadie me ha dejado de esa manera.

–¿Pensabas que podían haberme secuestrado? ¿O que me había caído y golpeado la cabeza en el baño de señoras?

Brock frunció el ceño.

–Cuando recibí la nota, estaba furioso.

–¿Preferías que me hubiera golpeado la cabeza y que estuviera inconsciente en algún lugar?

Él la miró.

–¿Vas a despedirme?

–¿Despedirte? –negó con la cabeza–. Vanessa, sólo trato de descubrir tus motivos.

–No hay mucho que descubrir –dijo ella, acercándose a la puerta para indicarle que era hora de que se marchara–. Ya te he dicho por qué me marché.

–¿No será que estabas celosa?

Vanessa se abrazó con fuerza y negó con la cabeza.

–Por supuesto que no.

Brock se acercó hacia la puerta y ella pensó

que había captado la indirecta. Cuando la cerró con cuidado y se volvió hacia ella, Vanessa se percató de que se había equivocado.

—Larissa pensaba que sí lo estabas. Se disculpó por monopolizar mi tiempo.

—Estoy segura de ello.

Brock la miró y continuó:

—Me puse furioso al ver que no estabas.

—¿Y ahora?

—Ahora me siento halagado.

—Brock, no me digas que necesitas que te suba el ego.

Él sonrió y ella sintió que le flaqueaban las piernas.

Aquello era una locura. No podía permitir que se saliera con la suya. Había sentido celos, pero era ridículo. Había ido a Maui con el único propósito de arruinar su reputación. Y deseaba hacerle daño donde más le doliera.

—Creo que deberías marcharte —dijo ella.

Brock la agarró por la cintura y la atrajo hacia sí.

—Me muero por descubrir qué hay debajo de ese batín.

Vanessa deseaba decirle que nunca lo descubriría, pero los labios de Brock provocaron que olvidara todos sus pensamientos. Él llevó las manos hasta su trasero y la presionó contra su cuerpo. El batín de seda no sirvió para protegerla de su miembro erecto.

Vanessa sintió el sabor del deseo en sus labios y

lo rodeó por el cuello. Sin soltarla, Brock caminó hacia atrás hasta toparse con la pared. Después, giró con ella entre los brazos para que Vanessa ocupara su lugar. Ella arqueó la cabeza hacia atrás y él la besó en el cuello, deslizando los labios hasta el escote del batín.

Vanessa sintió que le desataba el lazo. El batín se abrió, dejando al descubierto el centro de su cuerpo. Brock miró el sujetador rojo de encaje y el tanga a juego que llevaba y gimió sin querer.

–Vanessa –susurró–. No me decepcionas en absoluto.

La besó entre los senos y acarició el borde del sujetador con suavidad. Ella deseaba que la acariciara de verdad, que inclinara la cabeza y le acariciara los pechos con la boca hasta que se le endurecieran los pezones.

Sin embargo, él llevó la mano más abajo. Le acarició el vientre y debajo del ombligo. Metió los dedos bajo la ropa interior y le presionó la entrepierna.

–Oh –exclamó ella, estremeciéndose.

Brock la besó de nuevo, sin dejar de acariciarle el centro de su feminidad.

Ella cerró los ojos y le permitió que se adentrara en ella. Brock continuó acariciándola de manera enérgica, provocando que empezara a temblar. Vanessa comenzó a moverse con fuerza contra la mano de él.

–Brock –le suplicó, sintiendo que el placer alcanzaba el límite.

Él continuó acariciándola en la parte más sensible de su cuerpo.

–Disfrútalo, cariño. Libérate. Ahora.

Sus palabras la llevaron al clímax. Ella comenzó a respirar con rapidez, a moverse de forma agitada y a gemir de placer.

El orgasmo la dejó agotada. Abrió los ojos y vio que Brock la miraba con ojos llenos de deseo.

Él sonrió y la besó en los labios.

–Deberías haber visto tu cara. Esta noche soñaré con ella.

Agarró su chaqueta y salió de la casa, dejándola satisfecha y excitada, pero sobre todo, confusa.

Capítulo Cinco

Aunque organizar el tiempo era lo más importante del mundo, esa vez a Brock no le sirvió de
nada. Había llevado a una mujer al borde de la pasión y la había abandonado sin más.

Para tomar un avión hacia Los Ángeles.

Si hubiese sido por un asunto de negocios, en
lugar de por un asunto familiar, Brock habría pos-
puesto el viaje sin pensárselo. Y en aquellos momentos estaría en la cama con Vanessa Dupree, en
lugar de en un jet privado con rumbo a Beverly
Hills, donde asistiría a la comida de compromiso
que celebraban su madre y su novio, Matthew Lowell.

Vanessa suponía un reto para él y Brock no
recordaba si alguna vez le había costado tanto
conseguir a una mujer. Durante los últimos tiem-
pos pensaba en ella muy a menudo. Y aquella
noche él había planeado una velada romántica,
en la que pensaba hacerle el amor. Era una mujer inteligente, encantadora y capaz. Y después
de ver cómo le brillaban los ojos de deseo y cómo
movía el cuerpo de manera sensual a la vez que
los gemidos se escapaban de sus labios, Brock de-

seaba más. Tenía que poseerla. En todos los aspectos.

Le gustaba mucho.

Más de lo que ninguna mujer le había gustado en mucho tiempo.

Había algo único y desconcertante en Vanessa Dupree. Ella se había comportado de manera ardiente, y tras ver la expresión de su rostro al llegar al orgasmo él se había sentido aún más atraído por ella. Se había quedado sobrecogido. Y tembloroso.

La idea de hacer el amor con ella de forma precipitada para luego salir corriendo a tomar el avión no le resultaba atractiva. Quería pasar tiempo con ella. Suficiente para explorar cada parte de su cuerpo, provocando que ambos se volvieran locos. Así que Brock la había dejado, sin olvidar la mirada de deseo que había en sus ojos y el tacto húmedo de su cuerpo bajo sus dedos.

–Duérmete, Brock –murmuró mientras se estiraba en el sofá. Arrullado por el ruido del motor, cerró los ojos y trató de no pensar en Vanessa, confiando en que no se cumpliera la premonición de que soñaría con ella.

A la mañana siguiente, Brock salió de la habitación del hotel Tempest Beverly Hills y se reunió con su familia en un comedor privado.

–Hola, mamá –le dijo a su madre, abrazándola desde detrás.

Rebecca se volvió y sonrió.

—Brock, has conseguido llegar.

El brillo de felicidad que había en la mirada de su madre era suficiente como para que Brock supiera lo que necesitaba saber: Matthew Lowell era un gran hombre. No podría reemplazar a su padre, pero haría feliz a su madre y eso era lo más importante.

—No podía perdérmelo. He volado toda la noche para llegar hasta aquí.

Matthew se acercó y le estrechó la mano.

—Brock, me alegro de verte otra vez.

—Lo mismo digo —Brock miró a Matthew, que pronto se convertiría en el suegro de su hermano Trent—. Enhorabuena, te llevas una gran mujer —Brock rodeó a su madre por los hombros y la estrechó contra su cuerpo.

—Lo sé —dijo Matthew—. Soy afortunado. Cuando pensaba que la vida no podía ser mejor, voy y me enamoro y además me convierto en abuelo.

—Va a casarse con una mujer que ya es abuela —añadió Rebbeca—. Cielos, no puedo creerlo.

Su madre se sentía feliz por el hecho de que Evan y Laney tuvieran un hijo y sabía que pronto llegarían otros niños. Trent y Julia querían formar una familia. Una vez más, Brock era la oveja negra de la familia Tyler. Incluso su mejor amigo, Code, se había casado y estaba a punto de ser padre.

Brock no era el tipo de hombre que esperaba

casarse y nunca había pensado en la posibilidad de ser padre.

Cuando Laney y Evan entraron en el comedor, todos miraron al pequeño John Charles Tyler, cuyo nombre se debía a su fallecido abuelo.

Rebecca tomó en brazos al bebé y lo besó montones de veces. El pequeño Johnny pasó por los brazos de todas las mujeres de la familia, después Trent lo sostuvo un instante. Le quedaba bien tener a un bebé en brazos. «Mejor que a mí», pensó Brock.

—Te toca, hermano —Trent se acercó a Brock.

—No, gracias. Lo veo muy bien desde aquí.

Laney se acercó a él.

—No, Brock. Johnny tiene que crear vínculo con todos sus tíos —retiró al bebé de los brazos de Trent y se lo colocó a Brock—. Toma. Te queda muy bien.

—Ella tiene razón —dijo Evan, mirando a su hijo con orgullo—. Tienes muy buen aspecto con un bebé en brazos.

Trent le dio una palmadita en la espalda y sonrió.

—No puedo estar más de acuerdo.

Brock cometió el error de mirar a su madre. Sus ojos estaban llenos de esperanza. Él se aclaró la garganta y dijo:

—Yo no voy a tomar ese camino.

Evan rodeó a Laney con el brazo.

—Es algo que pasa de repente, Brock. ¿Verdad, Laney?

–Así es.

–Yo estoy deseando tener hijos –intervino Julia.

–Todavía no os habéis casado.

–Lo haremos –dijo Trent–. Ése es uno de los motivos por los que nos hemos reunido hoy. Para celebrar el compromiso de Matthew y mamá y para preguntarte si no te importaría que celebráramos la boda en tu hotel.

Brock le entregó el bebé a Laney.

–¿Queréis casaros en Maui?

–Sí –se oyeron cuatro voces a la vez.

Brock frunció el ceño.

–¿Los cuatro?

–Así es –dijo Rebecca–. Julia y Trent, y Matthew y yo, pensamos hacer una ceremonia doble.

–Eso si crees que podrás evitar que se atasquen los baños y que no haya ruido de obras, hermanito –dijo Trent en tono de mofa.

Rebecca lo miró como para hacerle una advertencia.

–Hemos hablado de ello, cariño. Pensamos que es un lugar perfecto –dijo ella.

–Creía que os gustaría casaros en Crimson Canyon –les dijo a Julia y a Trent.

–Mamá quiere una boda tropical en la playa. Y a Julia y mí nos parece bien –dijo Trent–. Tenemos toda una vida para disfrutar de Crimson Canyon.

Trent besó a Julia en los labios.

Brock asintió.

—De acuerdo, celebraremos la boda en Tempest Maui —Brock se percató de que su tono no era demasiado entusiasta y puso una gran sonrisa—. Será un honor y un placer para mí.

Si no resultaba un desastre.

Brock nunca se lo perdonaría si algo saliera mal durante la doble ceremonia. Y no es que tuviera motivos para pensar que podía ser así. La primera boda que se había celebrado en el hotel había tenido algunos fallos, pero ya habían solucionado los problemas. La gala del Fashion Institute que se celebraba ese día saldría estupendamente y, a partir de ahí, todo iría bien.

—Hablaré con Vanessa, la organizadora de eventos, cuando regrese y buscaremos una fecha que nos venga bien a todos.

La imagen de Vanessa, medio desnuda, con sus ojos azules llenos de deseo y el cuerpo turgente tras un poderoso clímax, invadió su cabeza. Sintió un fuerte deseo en la entrepierna y la imaginó a su lado, con su cabello rubio platino, riéndose y cautivando a su familia.

—La comida está lista —dijo Evan, y Brock se sintió aliviado.

Evan los acomodó en la mesa.

—Hablemos de la boda mientras celebramos el compromiso de Matthew y mamá.

—Pero primero, brindemos —dijo Brock, agarrando una copa de champán y mirando a sus familiares y a sus respectivas parejas. Él era el extraño, el único hombre soltero que quedaba en la familia, pero no le importaba.

Vanessa se puso crema protectora en las piernas y en los brazos, se tumbó sobre una toalla de playa y permitió que el sol de Hawai le calentara la piel. Era su tarde libre y había decidido disfrutarla en la arena de Tranquility Bay. Era una especie de celebración. Había tenido mucha suerte al poder estropear la gala, que se había celebrado tres días atrás, mientras Brock estaba fuera de la ciudad. Todo había salido tal y como ella había planeado. La iluminación, la proyección y todos los demás arreglos, habían salido mal provocando que Tempest Maui pareciera un lugar gestionado por novatos y no un hotel de cinco estrellas.

Cerró los ojos y se felicitó por un trabajo bien hecho. Si conseguía mantener el empleo el tiempo suficiente, arruinaría el negocio de Brock Tyler.

Al menos, temporalmente. Los hombres como Brock no fallaban casi nunca, y siempre regresaban con fuerza. Pero ella se contentaba con dificultarle el camino hacia el éxito. Quizá así se diera cuenta de que la gente no estaba en el mundo para darle placer y servirle de entretenimiento.

No le gustaba lo que Melody le había contado acerca de cómo la había cortejado, haciéndole regalos muy caros y tratándola como una princesa hasta conseguir que se volviera loca por él. Todo para abandonarla nada mas conocer a otra mujer más interesante. Al pensar en ello, Vanessa sentía que le hervía la sangre. Por eso seguiría adelante con su plan.

Había tenido suerte de que Brock hubiera estado fuera durante los días pasados. Vanessa no había hablado con él desde el sábado por la noche, cuando se marchó de su apartamento. La había besado y ella le había permitido que se tomara más libertades de lo que nunca había imaginado que le permitiría.

Cerró los ojos con fuerza, tratando de bloquear los recuerdos. Brock había hecho que se estremeciera. Había hecho que cobrara vida. Ella se había derrumbado entre sus brazos y él había provocado que deseara más. La única cosa que había evitado que ella muriera de vergüenza era la mirada de deseo que había visto en los ojos de Brock.

Brock no había tratado de vengarse por el hecho de que ella se hubiera marchado de la cena sin él. No, se había entregado de verdad y se arrepentía de tener que marcharse. Más tarde ella descubrió por qué él había tenido que tomar un vuelo a media noche. Para no perderse la celebración de compromiso de su madre.

Vanessa se colocó boca abajo, agarró el teléfono móvil y llamó a Melody.

La señal de llamada sonó una y otra vez.

–¿Dónde estás, Melly? –murmuró justo antes de que saltara el contestador automático.

–¡Hola! Soy Melody. Ya sabes cómo va esto. Te llamaré cuando pueda –la voz de Melody hizo que Vanessa sonriera antes de fruncir el ceño.

–Hola, Mel, ¿dónde estás? Estoy tratando de localizarte. Llama a tu hermana mayor en cuanto puedas.

Vanessa estaba preocupada por su hermana. Cuando ella se marchó a Maui, Melody estaba deprimida y muy nerviosa, pero le había asegurado que se recuperaría pronto y la había animado a marcharse.

Una hora más tarde, después de tomar el sol y relajarse, Vanessa recogió sus cosas de playa y se agachó para recoger la toalla. Al volverse, se encontró cara a cara con Brock.

–¡Oh!

¿De dónde había salido? Jadeaba, llevaba el torso al descubierto, pantalón corto y zapatillas de deporte. Se notaba que había estado corriendo por la playa.

Ella se cubrió el cuerpo con la toalla y se sonrojó.

–Hola, Vanessa.

–Eh… hola –dijo ella con nerviosismo–. Es mi tarde libre. No estaba…

Brock le quitó la toalla de las manos y la miró de arriba abajo, fijándose en su biquini negro.

–Lo sé.

Se miraron durante un largo instante y ella sintió que se le aceleraba el corazón.

–Siéntate un momento, Vanessa.

Ella se mordisqueó el labio inferior. Era una orden.

Brock extendió la toalla sobre la arena e hizo un gesto para que se sentara. Ella obedeció y él se sentó a su lado.

–Me alegro de verte –dijo Brock.

–Gracias –dijo ella con voz temblorosa.

«Por favor, Vanessa. Tranquilízate», pensó, al sentir que el hombro de Brock le rozaba un brazo.

–He estado tres días fuera y, sinceramente, no estoy contento con cómo dejé las cosas la otra noche.

–¿A qué te refieres? –soltó ella. No quería mantener esa conversación.

–Sin terminar.

Vanessa pestañeó.

–Quizá estuvo bien que lo dejaras donde lo dejaste –respondió, mordisqueándose de nuevo el labio inferior.

–Tenía que marcharme. No quería irme, Vanessa. Tenía que tomar un vuelo a media noche. Creo que tú tampoco querías que me fuera. No suelo ser de esos hombres que hacen el amor y se marchan.

«Mentiroso», pensó ella. La imagen de Melody apareció en su cabeza.

–Está bien –dijo ella, siguiéndole el juego.

–Mientras eso te quede claro…

–Está claro –fingió una sonrisa.

–Ahora, a lo mejor puedes contarme lo que sucedió en la gala. El informe que he recibido no es muy positivo. De hecho, es todo lo contrario.

Vanessa le dio una explicación sobre lo sucedido. Brock la escuchó atentamente, asintiendo y haciéndole varias preguntas. Como ella había imaginado que se las haría, tenía pensadas las respuestas.

Brock posó la mirada sobre sus labios en varias ocasiones.

Cuando Vanessa terminó de darle la explicación, él se reclinó, apoyándose sobre los codos, y respiró hondo.

–Pasa la noche conmigo, Vanessa.

Así, sin más, verbalizó su más íntimo deseo, esperando que ella se lo concediera. Durante un instante, la tentación de pasar la noche entre los brazos de Brock se apoderó de ella.

–¿Cuándo?

–Hoy –dijo él, mirándole fijamente la espalda.

–No puedo. Tengo planes… Con Lucy.

Brock se sentó de nuevo y la miró a los ojos, como buscando la verdad.

–Está bien.

Ella sonrió apenada.

Brock cambió la expresión de su rostro y la miró pensativo.

–Tengo que tomar un papel más activo en el hotel. Siempre que hemos tenido un evento importante he estado fuera. La próxima vez no me iré. Espero que me acompañes al *luau* que hay el sábado por la noche. Entre los dos nos aseguraremos de que no haya incidentes.

—Es buena idea.

Brock se puso en pie y la miró. Después, le dio la mano para ayudarla a levantarse y la sujetó por la cintura.

—Sólo para que nos quede claro —dijo antes de besarla en los labios. Sus cuerpos se rozaron y él sintió la presión de los senos de Vanessa contra su torso.

El beso hizo que a Vanessa le temblaran las piernas. Cuando él se retiró y la miró a los ojos, ella asintió y dijo:

—Muy claro.

Capítulo Seis

Vanessa se colocó el pareo alrededor del cuerpo de la manera más favorecedora posible. Después, se ató la tela de color negro estampada con gardenias blancas sobre sus pechos, con un lazo que Lucy le había enseñado.

–Ya está –dijo, mirándose en el espejo–. No está mal para no ser isleña.

Una vez satisfecha con su vestimenta, Vanessa se recogió el cabello y colocó una orquídea fresca en su oreja derecha. Se maquilló una pizca y se puso unas sandalias.

–¿Está todo preparado para el *luau*? –Lucy entró en la habitación bebiendo un batido de fruta.

Vanessa se volvió hacia su amiga.

–¿Me queda bien?

–El pareo está hecho para ti –dijo Lucy–. Pareces una princesa isleña, Waneka.

Vanessa sonrió al oír las palabras de Lucy. Su amiga tenía el cabello largo y oscuro, lo que, junto a su piel morena, la convertía en una auténtica belleza isleña.

–Tú encajas mejor en el papel, Luana.

Lucy se encogió de hombros.

–Estoy segura de que el señor Tyler no piensa tal cosa. Es a ti a quien mira continuamente.

«Porque sospecha de mí», pensó Vanessa. O quizá, aquel día tuviera un exagerado sentimiento de culpabilidad. Porque esa tarde, sus amigos sí estarían involucrados. Akamu era el responsable de supervisar la preparación de la comida y Lucy estaba a cargo del entretenimiento.

Brock recibiría su merecido, pero sus amigos podían verse afectados si las cosas se complicaban en el *luau*, y a Vanessa no le gustaba la idea.

Lucy y ella fueron al hotel por separado.

Nada más llegar, Vanessa se dirigió al despacho de Brock y llamó a la puerta.

–Adelante –dijo él, desde el escritorio.

Al levantar la vista, sus ojos brillaron de manera intensa.

–Guau –se puso en pie y se acercó a Vanessa.

Ella también quería exclamar «guau», pero se mordió la lengua. Llevaba el pelo peinado hacia atrás, lo que acentuaba el color de sus ojos marrones y resaltaba los rasgos de su rostro.

Vanessa sintió cómo la sangre corría por sus venas. Su jefe era un hombre muy sexy, y ella había descubierto que no era inmune a su presencia.

–Tu aspecto es… casi perfecto –dijo él, retirándole la orquídea que se había puesto en la oreja derecha para colocársela en la izquierda–. Ahora sí, perfecto.

Vanessa se atusó el cabello.

—Cuando se lleva en el lado izquierdo indica que la mujer está emparejada.

—Oh —su explicación la dejó de piedra.

Él sonrió y jugueteó con el nudo del pareo, que le quedaba a la altura de los pechos.

—No sabes cómo me estoy conteniendo para no quitarte esto.

—Se llama pareo —dijo Vanessa.

Brock sonrió.

—Estás aprendiendo mucho —entonces, se le oscurecieron los ojos.

Durante un instante, ella deseó que le quitara el pareo y la tumbara sobre el escritorio para poseerla.

—Sería tan fácil, Vanessa… —dijo él en voz baja, tirando del nudo del pareo con cuidado—. ¿Te gustaría?

Vanessa cerró los ojos. «Me encantaría», pensó.

Él la besó en los labios con cuidado y ella abrió los ojos. Pero el beso era tan maravilloso que los cerró de nuevo, le rodeó el cuello con los brazos y disfrutó del sabor y del aroma que desprendía Brock.

Él le acarició el trasero y la besó con más pasión. La levantó una pizca, lo justo para que sintiera su miembro erecto, provocando que a ella se le escapara un gemido.

—Maldita sea, Vanessa —susurró él, interrumpiendo el beso—. No hagas planes para después de la fiesta. Vamos a terminar esto.

Él la agarró de la mano y salieron del despacho para dirigirse al jardín. En ese momento, la puesta de sol iluminaba Tranquility Bay.

Diez minutos más tarde, ocurrió el desastre. Brock estaba con Vanessa y Akamu en la playa privada del hotel. Miró el libro de reservas y dijo:

—Por lo menos hay cien personas más de las previstas, y todas dicen haber hecho la reserva. Sus nombres no aparecen en la lista —se quitó la corona de orquídeas que llevaba en el cuello y miró a Vanessa.

Ella oyó quejarse a la gente que esperaba en la cola y sintió un nudo en el estómago. Brock esperó a que contestara.

—No lo entiendo. Hemos comprobado todos los nombres de la lista de invitados. Sólo hemos hecho doscientas reservas. No estamos preparados para tanta gente. Me disculparé y les diré que se vayan.

—No les va a gustar. Esa gente está hambrienta, y enfadada —Akamu negó con la cabeza y miró hacia la cola con pavor.

—¿Entonces, qué solución ofreces? —Brock miró a Akamu y después a Vanessa—. ¿Y bien?

—Lo siento. No tengo ni idea de cómo ha sucedido. ¿Quizá un fallo del ordenador? Podemos invitarlos a que vengan mañana.

Brock apretó los dientes.

—No. Vamos a atenderlos hoy.

Vanessa arqueó las cejas sorprendida.

–¿Cómo?

Brock se volvió hacia Akamu.

–Métete en la cocina. Haz que los cocineros preparen cien raciones más de acompañamiento. Llama a los restaurantes de la zona. Pide, o roba si es necesario, cincuenta libras de cerdo de Kalua. Vanessa, tú llama al personal del hotel y haz que preparen todas las mesas que puedan. No vamos a echar a nadie. Iré en persona a hablar con ellos. También les diré que mañana los obsequiaremos con un desayuno en la playa.

Akamu y Vanessa asintieron sin más.

–Marchaos –ordenó Brock, y Vanessa vio una expresión de desdén en su rostro.

Sospechaba que a Brock Tyler no le gustaba disculparse ante nadie. Sintió un nudo en el estómago. Nunca había visto a Brock enojado, pero estaba segura de que no estaba contento con ella.

Aquélla podía ser la última noche que trabajara allí.

Una hora más tarde, después de solucionar los problemas que habían surgido en el *luau*, Brock se sentó a comer algo. Vanessa había conseguido acomodar a todos los clientes. Habían tardado casi una hora en tranquilizar a la gente y habían tenido que retrasar la cena y las actuaciones. Muchas personas seguían descontentas con la situación.

Un extraño sentimiento se apoderó de él. Miró a Vanessa, que estaba sentada frente a él. Estaba muy guapa, pero distante. Cuando ella lo miró, él no fue capáz de interpretar la mirada de sus ojos azules.

De algún modo, habían conseguido evitar el desastre. Brock lo había solucionado, pero el daño estaba hecho. Sus clientes habían sufrido una injusticia y Brock estaba disgustado por ello. La idea de que los primeros eventos importantes que se celebraban en el hotel hubiesen sufrido incidentes hacía que se le formara un nudo en el estómago.

Su orgullo y su ego estaban en juego.

Trent se lo recordaría siempre si no resultaba ganador.

Y él odiaba perder.

¿Había permitido que el deseo que sentía por Vanessa le afectara el juicio? Ella tenía unas referencias estupendas. Él sabía que era muy buena en su trabajo. Entonces, ¿qué había sucedido? ¿Cómo podía ser que en los tres eventos hubiera habido incidentes?

Estaban sentados a una de las mesas del fondo observando cómo la gente disfrutaba con el espectáculo de hula-hula. De vez en cuando, un hombre miraba a Vanessa con interés, cuando pensaba que nadie lo miraba. Brock no podía culpar al hombre que estaba sentado a su mesa. Vanessa no sólo era una mujer guapa, sino que tenía algo único, además de unos labios sensuales y un pelo rubio platino que clamaba para que lo acariciaran.

Él no podía culpar a los hombres que la miraban, pero no le gustaba que lo hicieran.

Y tampoco le gustaba el sentimiento de posesión que sentía hacia ella. Ni siquiera se habían acostado y ya miraba a los hombres como para advertirles de que Vanessa era suya.

¿Había permitido que el deseo que sentía por Vanessa estropeara su buena intuición?

Aunque no quisiera creerlo, sospechaba que Vanessa Dupree tenía algo que ver con lo sucedido.

–Creo que hemos evitado el desastre –dijo ella, chupándose los dedos que se le habían manchado con la salsa de pollo.

Brock observó cómo se lamía el dedo índice.

–¿Tú crees? –negó con la cabeza–. No estoy seguro.

–Bueno, al menos hemos conseguido dar de cenar a todo el mundo.

–Al hotel le ha costado una fortuna. La competencia nos ha cobrado una pasta por los platos de cerdo que nos han vendido. Se han aprovechado de que no se puede celebrar un *luau* si no hay cerdo de Kalua.

–Lo siento, Brock.

Vanessa parecía sincera.

–¿Cuánto lo sientes?

Ella ladeó la cabeza y lo miró a los ojos.

–¿Cuánto quieres que lo sienta?

Quizá tuviera fama de ser un playboy, pero Brock no era el tipo de hombre que mantenía relaciones sexuales por algo más aparte de placer. Deseaba a Vanessa, pero no de esa manera. Tampoco creía que ella se estuviera ofreciendo. No se lo había puesto fácil, y él había decidido dejarle tiempo para que decidiera qué quería hacer.

Sin embargo, confiar en ella le suponía un problema. Brock se puso en pie y dijo:

—Tengo que revisar los recibos con Akamu. Te dejo al cargo de todo.

—De acuerdo. Lo tengo todo bajo control.

—Regresaré enseguida.

Brock habló un instante con Akamu y se dirigió a su despacho. Una vez dentro, cerró la puerta y llamó a su amigo Code Landon.

—Necesito un favor, Code. Siempre que puedas apartarte de Sarah el tiempo suficiente como para ayudar a un amigo.

—Sarah está ocupada en el estudio, trabajando en su nuevo álbum.

—Creía que se había retirado del mundo del espectáculo. ¿Qué pasa? ¿No puedes hacer que tu mujer se quede en casa?

Code se rió.

—Sí, hemos montado su estudio en casa. Está grabando un disco de nanas para el bebé. Y está entregando su corazón. Nunca había oído algo tan bonito.

Code había cambiado desde que se había enamorado de Sarah Rose. Había pasado de ser un soltero amargado a ser un hombre felizmente casado que esperaba su primer hijo. Brock había sido su amigo desde la infancia. No había nadie en quien confiara más, aparte de sus hermanos.

–Te ha tocado la lotería, Code.

–Lo sé. Tú también deberías probar suerte.

Brock se puso tenso. La mujer que había invadido su pensamiento era aquélla sobre la que sospechaba. Y estaba a punto de pedirle a su amigo que investigara sobre ella.

–Eh, alguien tendrá que representar a los solteros del mundo.

–Amigo, no tienes ni idea. Ahora, cuéntame qué favor necesitas. Sarah va a requerir toda mi atención en cuanto termine lo que está haciendo.

–Vanessa Dupree. Necesito que averigües todo sobre ella. Y lo necesito ya.

–De acuerdo. Cuéntame lo que ya sabes y continuaré a partir de ahí.

Brock le contó a Code lo que sabía acerca de ella y después le envió su currículum por fax.

Cuando colgó el teléfono, la imagen de Vanessa con ese pareo tan fácil de retirar permaneció en su cabeza.

Code no podría contarle nada hasta el día siguiente por la mañana, y Brock cada vez tenía menos paciencia.

Miró el teléfono un instante, se puso en pie y

regresó hacia la fiesta que ya estaba terminando. Tenía asuntos pendientes con Vanessa y no podían esperar.

Vanessa estaba en la orilla viendo cómo las olas rompían en la arena. El ruido de los camareros recogiendo las mesas invadía el ambiente. Las antorchas ya se habían apagado y la luz de la luna iluminaba la playa.

Vanessa se frotó la frente, tratando de relajar la tensión que sentía. Los sabotajes tenían sus consecuencias. Se había puesto muy nerviosa con lo sucedido en la fiesta y se preguntaba cuánto tiempo aguantaría Brock sus supuestos errores. También estaba preocupada por Melody. Llevaba días sin hablar con ella. Su hermana le había enviado algunos mensajes diciéndole que trataba de mantenerse ocupada para intentar olvidar su desencuentro amoroso.

—Pobre Melody —susurró preocupada.

Brock la abrazó por la espalda y la atrajo hacia sí.

—¿Hablas sola?

Alarmada, Vanessa se quedó helada. ¿La había oído nombrar a Melody? Él era demasiado inteligente como para poder engañarlo durante mucho más tiempo, y a ella todavía le quedaba mucho por hacer. Vanessa se volvió y sonrió, tratando de interpretar la expresión de su rostro.

–No, sólo te estaba esperando.

Brock arqueó las cejas sorprendido.

–La espera ha terminado, cariño.

Vanessa dio un paso atrás.

–Siento lo del *luau*.

Brock negó con la cabeza.

–Ahora no soy tu jefe. Estamos fuera del horario laboral.

–Ah.

–Ven a dar un paseo conmigo.

Vanessa asintió y se agachó para quitarse las sandalias.

Brock la agarró de la mano y, juntos, caminaron por Tranquility Bay.

–Como soy de Texas, nunca había tenido gran aprecio al mar. Pero ahora, no imagino vivir en otro lugar.

–Hawai es un lugar mágico –convino Vanessa.

La brisa de la noche la hizo estremecer.

Brock se percató y la rodeó con el brazo.

–¿Tienes frío?

–Un poco.

–¿Qué te parece una copa para entrar en calor? –sugirió.

A Vanessa le parecía una opción segura. Irían a Joe's Tiki Torch y estarían rodeados de gente.

–Me parece estupendo. Una copa me sentará bien.

Siguieron caminando por la playa y pasaron por delante del bar. La música se oía desde fuera.

–¿No vamos a entrar? –preguntó ella, parándose delante del local.

Brock negó con la cabeza, la agarró de la mano y tiró de ella.

–Se me ha ocurrido un sitio mejor. Y más tranquilo.

Cuando llegaron al muelle, Brock la guió hacia su yate.

–Pensándolo bien, quizá debería irme a casa –dijo Vanessa, y fingió un bostezo–. Estoy cansada.

Brock continuó caminando.

–Una copa y después te acompañaré a casa, si quieres. Tengo que hablar de un asunto contigo.

«Oh, oh», Vanessa cerró los ojos.

–Es importante. Algo personal.

Al ver que él sonreía, se sintió aliviada.

Cuando llegaron al *Rebecca,* Brock la ayudó a subir a bordo y la llevó a un salón acogedor.

–Aquí hace más calor –dijo él–. Ponte cómoda. Te traeré una copa.

Vanessa miró hacia el sofá y decidió seguir a Brock hasta el bar. Una copa. Eso era todo lo que le había prometido. Lo miró mientras servía una copa de vino tinto para ella y un whisky para él.

–¿Y de qué quieres hablar conmigo? –le preguntó, conteniendo la respiración y confiando en que no sacara el tema del *luau.*

–De la boda de mi madre y de mi hermano. Ambos van a casarse y quieren celebrar una ceremonia doble.

—Qué bonito –contestó ella.

—Quieren casarse aquí, en Tempest Maui.

—Oh, bueno… Eso sería…

—Una pesadilla si no sale bien. No podemos permitirnos ningún malentendido. Mañana hablaré contigo acerca de los detalles –bebió un sorbo de whisky y la miró pensativo–. Quiero que sea una ceremonia perfecta. Tenemos que encontrar una fecha adecuada. No quieren esperar demasiado.

Vanessa permaneció en silencio.

Él le entregó la copa de vino y chocó su vaso para brindar.

—Por que las cosas salgan bien a partir de ahora.

Ella forzó una sonrisa y se llevó la copa a los labios.

—Por supuesto –saboreó el vino y sintió que le calmaba los nervios una pizca. Se acercó a la puerta de cristal y miró hacia la bahía.

—¿Todavía tienes frío? –preguntó él.

Ella negó con la cabeza.

—El vino está haciendo que entre en calor. Estoy bien.

Brock abrió la puerta corredera y la brisa marina entró en la habitación. Miró a Vanessa y vio cómo un mechón de pelo le acariciaba la mejilla. Ella trató de colocarse el cabello detrás de la oreja. Brock la agarró por la muñeca y le retiró la mano.

—Estás muy bien despeinada.

Ella se rió.

–¿De veras? La mayoría de las mujeres no se tomarían eso como un cumplido.

–Tú no eres como la mayoría.

Ella colocó las manos sobre las caderas.

–Vaya, tampoco sé si eso es un cumplido.

–Confía en mí. Que un hombre que sabe mucho sobre mujeres diga que eres única, es un cumplido.

Vanessa bebió un sorbo de vino y miró hacia el cielo estrellado. Sentía cosas por Brock que no debía sentir. Él hacía que se sintiera especial. Nunca había tenido éxito con los hombres. Siempre habían tratado de aprovecharse de ella y, una y otra vez, se repetía que Brock no era diferente al resto.

Hasta que lo miró a los ojos y vio a alguien bastante diferente. Un hombre a quien le brillaban los ojos cuando hablaba de su familia. Alguien que quería que la boda de su hermano y de su madre fuera especial. Alguien a quien sus empleados respetaban y consideraban un hombre justo.

Un sentimiento de culpa se apoderó de ella. Vanessa no había pensado en implicarse emocionalmente con él, sino que quería destrozarlo. Por Melody y por ella misma.

–No puedo hacerlo –soltó sin más. Sorprendida por sus propias palabras, dio un paso atrás.

–No te vayas –dijo Brock, y la agarró del nudo del pareo–. No te vayas –repitió, mirándola a los ojos.

Ella lo agarró de la mano para detenerlo y sintió una fuerte conexión entre ellos. Miró su mano un instante, y después lo miró a los ojos otra vez.

–Quédate conmigo esta noche.

No era una orden, sino una súplica. El tono de su voz y la promesa que había en su mirada provocaron que ella no pudiera resistirse.

Deseaba quedarse. Más de lo que nunca habría imaginado. Le soltó la mano y Brock tiró del nudo del pareo con suavidad. Ella sintió que la tela se deslizaba sobre su cuerpo hasta llegar al suelo.

Brock contempló su cuerpo, cubierto únicamente con unas bragas negras.

–Dios mío –dijo él, tras un suspiro–. Ven aquí, preciosa.

Vanessa dudó un instante, pensando en las consecuencias de lo que estaba a punto de hacer. Incapaz de detenerse, fue directa a los brazos de Brock.

Capítulo Siete

Brock la besó despacio y con delicadeza. La acarició, susurrándole al oído que tenía intención de volverla loca. Ella sintió que una ola de calor la invadía por dentro y gimió de placer. Lo besó y separó los labios para que él introdujera la lengua en su boca.

Se besaron de forma apasionada y Vanessa sintió que se le endurecían los pezones y se le humedecía la entrepierna.

Brock continuó acariciándola, despacio.

—Ten paciencia, Vanessa. Te deseo desde hace tiempo.

Ella no había experimentado algo tan poderoso jamás. Deseaba sentirlo en su interior y temblaba de deseo. Se entregaría a él, rindiéndose en cuerpo y alma.

Él le acarició el pecho con la lengua, a la vez que le rozaba el pezón con la palma de la mano. Con la otra, jugueteaba en la parte más íntima de su feminidad.

—Por favor, Brock —gimió ella.

—Lo sé, cariño. Lo sé —dejó de besarla y la miró a los ojos.

Al ver un fuerte deseo en su mirada, Vanessa notó que se le aceleraba el corazón.

Él la tomó en brazos y la llevó hasta el camarote principal. Allí, la dejó sobre la cama y, en lugar de acostarse a su lado, dio un paso atrás.

–Te he imaginado aquí montones de veces. Pero la realidad es asombrosa, Vanessa.

Vanessa cerró los ojos. No podía creer dónde se encontraba. No podía creer con quién estaba. Pero no importaba. Deseaba a Brock Tyler y esa noche su cuerpo y su mente se concentrarían en una sola cosa.

Ella sonrió y observó cómo él se quitaba los zapatos.

Un hombre de verdad sabía que era por ahí por donde había que empezar a desnudarse ante una mujer. Después, se desabrochó los botones de la camisa. Ella respiró hondo y se fijó en su torso musculoso. Él se bajó despacio la cremallera del pantalón y ella vio, por fin, su miembro erecto y sedoso.

Sintió un nudo en la garganta. Estaba más excitada que antes.

Él se puso un preservativo, le tendió la mano y la levantó de la cama. Cuando se puso en pie, la besó de manera apasionada. Después la sujetó por el trasero y la levantó contra su cuerpo.

–Agárrate a mí –le dijo.

Ella se agarró a su cuello y le rodeó la cintura con las piernas.

–Oh, vaya –susurró, al sentir que él jugueteaba con su miembro en su entrepierna.

–¿Estás bien?

Vanessa se mordió el labio inferior y asintió.

Sujetándola con cuidado, la penetró, guiándola con las manos hasta que ella comenzó a moverse al mismo ritmo.

Brock la besó en los labios y empezó a penetrarla con más fuerza.

Cuando ambos estaban al borde del éxtasis, Brock la tumbó sobre la cama y la poseyó una vez más, arqueando el cuerpo y gimiendo con ella debido al intenso placer.

Ella llegó primero al clímax. Brock, segundos después.

Se dejó caer sobre ella y la besó, antes de tumbarse a su lado, abrazándola.

–Increíble –dijo ella, acurrucándose contra su cuerpo.

Brock la atrajo hacia sí y la besó en la frente.

–Estoy de acuerdo.

–Yo también estoy de acuerdo –dijo ella.

–Y pienso hacer que sigas estándolo.

Ella se mordisqueó el labio inferior, sin poder contener su alegría.

–¿De veras?

Brock se colocó de lado y la miró a los ojos. Deseaba que las sospechas que tenía hacia ella fueran infundadas y que estuviera equivocado.

Vanessa era la mujer que quería tener a su lado

en aquellos momentos. Ninguna otra mujer le había llamado tanto la atención. Se había vuelto loco de deseo por ella.

Se fijó en que la flor que había adornado el cabello de Vanessa estaba sobre la almohada. La agarró y se la colocó en la oreja izquierda antes de posar la mirada sobre sus ojos azules.

—A partir de ahora, considérate comprometida, Vanessa.

Ella alzó la barbilla y preguntó:

—¿Y yo no tengo nada que decir en esto?

—Por supuesto —dijo él, acariciándole el brazo—. Puedes estar de acuerdo conmigo. O puedo pasarme el resto de la noche tratando de convencerte.

Vanessa pestañeó y lo abrazó.

—No soy fácil de convencer.

Brock sonrió y la besó en los labios.

—Confiaba en que ésa fuera tu respuesta.

Brock era un amante insaciable. Tras una hora de caricias y susurros, hicieron el amor otra vez. Despacio, le exploró todo el cuerpo, haciéndola consciente de su feminidad como ningún otro hombre había hecho jamás. Ella disfrutó de las horas que pasó entre sus brazos, de sus besos, de sus caricias, de cómo se aseguraba de que se sintiera satisfecha antes de tratar de sentir placer. Despertó varias veces durante la noche, siempre entre sus brazos.

Por la mañana, los rayos del sol se reflejaban sobre el agua azul e iluminaban la habitación. Ella despertó con una sonrisa. Al abrir los ojos, vio que Brock la estaba mirando.

–Buenos días –dijo él, con una sonrisa.

–Hola –dijo, sintiéndose muy tímida al recordar lo que había sucedido la noche anterior. Las imágenes de las posturas eróticas permanecían en su cabeza–. ¿Es cierto que estoy aquí contigo?

Brock le acarició el brazo y después deslizó la mano hasta uno de sus senos.

–Estás aquí, cariño. Haciendo que todas mis fantasías se conviertan en realidad.

–¿Todas?

Él la besó con delicadeza.

–Puede que no todas. Todavía tengo alguna guardada para ti.

–¿Como cuál?

Brock retiró las sábanas. La agarró de la mano y la levantó de la cama.

–¿Quieres descubrirlas?

Vanessa no estaba preparada para que aquello terminara. Más tarde se amonestaría por haberse acostado con el enemigo. De momento, no quería ni pensar en las complicaciones que tendría por lo que había sucedido la noche anterior. Disfrutaría de llevar a cabo sus fantasías y se enfrentaría a las consecuencias más adelante. Se comportaría de manera egoísta y conseguiría lo que quería de aquel hombre.

–Sí. Enséñamelas.

Sin dudarlo, Brock la llevó hasta el baño y abrió el grifo de la ducha.

–¿Estás preparada para ponerte húmeda y salvaje?

Ella lo abrazó y presionó su cuerpo contra el de él.

–A lo mejor ya lo estoy.

Brock tiró de ella para meterla bajo el chorro del agua. Agarró una pastilla de jabón y comenzó a enjabonarle el cuerpo con la espuma. Los hombros, los senos, los pezones turgentes…

–Brock –suplicó ella.

Él la besó en los labios y ella sintió que una ola de deseo recorría su cuerpo. Brock continuó enjabonándole el cuerpo, girándola para acariciar su espalda y su trasero.

Vanessa notó que él arrimaba su miembro erecto contra su cuerpo y se giró, sonriendo.

–Todavía no.

Él la miró de forma inquisitiva y ella agarró la pastilla de jabón. Sacó espuma y le acarició el torso. Deslizó la mano hasta su miembro erecto y se lo enjabonó con cuidado, agarrándoselo y acariciándolo a la vez.

–Me gusta tu manera de pensar –dijo él, con una sonrisa.

Al sentir que sus caricias eran cada vez más intensas, él cerró los ojos y se apoyó contra la pared de la ducha, disfrutando del placer que ella le estaba proporcionando. A Vanessa le gustaba oír cómo gemía de placer.

Al ver que se detenía, Brock abrió los ojos.

–¿Sabes lo que estoy pensando ahora? –preguntó ella.

Él respiró hondo.

–Sólo tengo esperanzas, cariño.

Vanessa se colocó de rodillas, agarró el miembro de Brock y lo introdujo en su boca.

Él contuvo la respiración y, cuando ella continuó acariciándolo con la boca, se abandonó al placer. Vanessa disfrutó de cada instante y se esforzó para llevarlo al clímax. Cuando estaba al borde del orgasmo, él la detuvo y la ayudó a levantarse.

–No puedo aguantar ni un segundo más –admitió Brock.

La besó de manera apasionada, le separó las piernas y le acarició el centro de su feminidad provocando que se volviera loca. Acercó la boca a su entrepierna y la acarició con la lengua hasta que ella gimió, esforzándose para no llegar al clímax.

–Ahora, Brock, ahora.

Él se puso en pie con rapidez, la levantó para que le rodeara el cuerpo con las piernas y la poseyó. Ambos estaban muy excitados y dispuestos a llegar juntos al orgasmo. Él se movió con fuerza y seguridad. A Vanessa nunca le habían hecho el amor de manera tan intensa.

Empezaron a moverse al unísono, gimieron y se estremecieron a la vez, alcanzando el clímax.

Brock cerró el grifo de agua. La abrazó y le besó el cabello, murmurándole palabras cariñosas. Permanecieron así hasta que el frío empezó a apoderarse de sus cuerpos mojados.

Entonces, Brock cubrió a Vanessa con una toalla y la llevó a la cama. Se tumbó a su lado y la abrazó con fuerza.

—Duerme, preciosa. Ambos lo necesitamos.

Ella se quedó dormida entre sus brazos, confiando en no haber cometido el mayor error de su vida.

—Melly, tranquila, cariño. Por favor, deja de llorar —Vanessa se sentó en el sofá y se quitó las sandalias. Con un nudo en el estómago escuchó el llanto de su hermana.

—Está bien, Vanny… Intentaré dejar de llorar. Lo siento, no quería hablar contigo así. Me alegro de oír tu voz. Ha sido una semana dura para mí.

—¿Sigues pensando en él?

—Oh, sí —contestó Melody—. Siempre.

Vanessa cerró los ojos. ¿Por qué había permitido que Brock Tyler la sedujera la noche anterior?

—¿Sirve de algo que te diga que no merece la pena?

—Oh, Vanny. Sí la merece. Tú no lo sabes.

Sí lo sabía. Ése era el problema. Había pasado una noche entera con él. Y durante unas horas, Vanessa se había sentido atrapada por un torbellino de deseo. Se había olvidado de quién era Brock Tyler en realidad, y había sido lo bastante idiota como para creer que se había equivocado acerca de él.

Vanessa trató de pensar con claridad y de convencerse de que las últimas veinticuatro horas habían sido una pesadilla.

La realidad era dura de aceptar.

Se había acostado con el hombre que le había causado mucho dolor a su hermana pequeña.

—Vanessa, eres idiota —susurró.

—¿Qué? —preguntó Melody con voz temblorosa.

—Nada, cariño. Lo siento. Ojalá pudiera darte un gran abrazo.

—Lo mismo digo. Lo necesito.

—¿De veras? Puedo dejar el trabajo y regresar a casa, Melly. Lo haría por ti.

—No seas tonta, Van —dijo ella—. No puedes dejar el trabajo.

Oh, pero Vanessa quería hacerlo. Quería salir de allí y alejarse de Brock Tyler. Sabía que era un gran seductor y que lo único que hacía era confundirla. Era el diablo disfrazado.

—Estaré bien… En serio —dijo Melody.

—¿Estás segura?

—Sí, sólo he tenido una semana estresante. Esta noche voy a ir con Tanya al cine. Eso me ayudará a olvidar.

Vanessa respiró hondo y se alegró de que la mejor amiga de su hermana estuviera con ella.

–Me alegro, cariño. ¿Y el trabajo te va bien?

–¿El trabajo? Claro. La tienda va cada vez mejor.

Melody era la propietaria de la tienda de regalos del hotel Tempest New Orleans. Había montado su propio negocio y vendía artículos que no se encontraban en las tiendas de Louisiana. Melly era una chica muy sociable y simpática.

Seguramente, eso era lo que había llamado la atención de Brock.

–Bueno, me alegro de haberte localizado. Lo he intentado varias veces –dijo Vanessa–. Supongo que me preocupo demasiado por mi hermana pequeña.

–Lo siento. He estado… Bueno, ya te dije que he tenido una semana estresante.

–Intenta no pensar más en Brock, Melly.

–¿En Brock? –Melody hizo una pausa y Vanessa blasfemó en silencio. No debía haber mencionado su nombre–. Oh… Bueno, intentaré no hacerlo.

–Muy bien. Dale un beso a mamá de mi parte. Vas a visitarla, ¿verdad?

–No he faltado ni un domingo.

Una ola de tristeza se apoderó de ella. Diez años antes, su madre había sufrido un atropello. No había llegado a recuperarse y los médicos creían que el hecho le había provocado que desarrollara Alzheimer. Por suerte, todavía era capaz de reconocerlas, pero no era capaz de desempeñar su papel de madre. El padre de Vanessa había fallecido hacía poco tiempo, y el padre de Melody se había marchado después del accidente porque no había sido capaz de asumir los cambios que había sufrido su vida. Vanessa había adoptado el papel de madre y había cuidado de Melody desde entonces.

Melody siempre había necesitado mucho afecto. Y el hecho de que Brock la hubiera dejado sin más la había afectado del mismo modo que el abandono de su padre.

¿Cómo podía haberlo olvidado? ¿Cómo podía haber permitido que la atracción que sentía por él prevaleciera sobre su intención?

Vanessa se despidió de Melody y colgó el teléfono, amonestándose por ser tan vulnerable. Había pasado una noche estupenda con un hombre peligrosamente tentador y se sentía culpable. Se había equivocado al acostarse con Brock, pero ya no volvería a ocurrir.

Nada la detendría.

Vanessa se vistió rápidamente para ir a trabajar y salió del apartamento pensando en cómo sabotearía el próximo evento que se celebrara en el hotel.

Brock colgó el teléfono con brusquedad y lo miró un instante, como si el aparato pudiera rectificar las palabras que Cade Landon le acababa de decir: «Su hermana tiene la tienda de regalos de Tempest New Orleans. Saliste con ella hace algún tiempo. Melody Applegate. Están muy unidas».

Brock no podía creerlo. Aunque había sospechado que algo sucedía, no había querido creerlo. Se negaba a creer que la mujer más excitante que había conocido nunca no era quien él pensaba que era.

No, había pensado que Vanessa Dupree era única.

Y en eso no se había equivocado.

—Maldita seas, Vanessa.

Brock se levantó del escritorio y paseó por su despacho recordando el tiempo que había pasado con Melody Applegate. Había salido con ella durante un mes. Era una chica dulce. Demasiado dulce y demasiado joven para él.

No había química entre ellos y él decidió dejarla cuando se percató de que no tenían nada en común.

Pero entonces, recordó otra cosa importante de Melody Applegate.

Pensó en Vanessa, y en el hecho de que ella no hubiese querido hablar de su hermana excepto en una ocasión.

Sintió que lo invadía la rabia. Cerró los puños y se le formó un nudo en la garganta. Vanessa estaba detrás de todos los incidentes sucedidos en el hotel, de eso ya estaba convencido. Estaba claro que había decidido boicotearlo. Por eso le había costado tanto seducirla. Ella había tratado de arruinar su reputación y se había ocupado de no dejar huella.

Brock se acercó al minibar y se sirvió un whisky.

Nadie engañaba a Brock Tyler.

Nadie.

Bebió un trago y se acercó al balcón. Fuera, todo parecía tranquilo. El sol brillaba sobre las aguas del mar. Pensó en Vanessa y en cómo sus ojos eran del color del Pacífico. La noche anterior, ella había hecho que él pudiera llevar a cabo sus fantasías. Era tan sexy y excitante como imaginaba y ambos habían pasado la noche haciendo el amor de manera ardiente.

Sobre todo, ella era la mujer que él deseaba.

Bebió otro trago de whisky y dijo:

–Voy a despedirte, Vanessa Dupree.

Pero, de pronto, despedirla no le parecía suficiente. Ella se merecía algo peor.

Brock estuvo pensando durante un buen rato. Finalmente, se terminó la copa y llamó a su secretaria.

–Dile a Akamu que venga. Necesito reunirme con él ahora mismo.

El encargado del hotel acudió a su despacho minutos más tarde. Brock lo miró a los ojos y dijo con seriedad:

–Lo que voy a decirte no puede salir de esta habitación.

Akamu asintió y esperó a que Brock le contara lo sucedido. Cuando terminó, le preguntó:

–¿Estás seguro de que ha sido Vanessa?

–Estoy seguro. ¿Puedo confiar en ti?

–Como siempre.

–Espero que me des un informe cada día.

Akamu asintió.

Brock continuó:

–Sé que es tu amiga. Y que no debe de ser fácil para ti, pero necesito saber que vas a hacer lo mejor para el hotel.

–El hotel es mi prioridad. Es un buen plan, jefe. Haré todo lo que pueda.

Brock sonrió.

–Bien. Pensaba que Vanessa te caía bien.

–A todo el mundo le cae bien Vanessa –se encogió de hombros y negó con la cabeza–. Trato de mantener el trabajo separado de mi vida personal.

Brock miró hacia la bahía, tratando de apaciguar el sentimiento de arrepentimiento que lo invadía.

–Probablemente, eso sea algo muy inteligente, Akamu.

Era lo que él debería haber hecho. Mantener el negocio separado del placer. Pero Vanessa lo había cegado y se preguntaba si lo habría hecho a propósito.

No podía confiar en ella.

Brock se resignó ante la situación. Al menos, jugar al gato y al ratón con ella lo mantendría entretenido mientras preparaba la venganza. No había terminado con Vanessa Dupree.

Vanessa no tenía mucho que hacer en el *luau* del domingo por la noche. Después de los incidentes del sábado y de que Brock consiguiera paliar el caos que ella había provocado, no podía fingir otro error tan pronto.

Además, ni siquiera había pensado en ello. No, aquella mañana había estado demasiado ocupada con Brock. En su barco. Haciendo el amor con él.

«Oh, cielos».

Lo había estropeado todo.

Vanessa trató de no pensar en su cuerpo musculoso. Ni en su rostro atractivo. Ni en las palabras eróticas que le había susurrado mientras le hacía el amor.

Trató de pensar en su próximo plan. Las conferencias que se celebraban durante la semana en los salones del hotel suponían una buena fuente de dinero para el mismo. Cientos de clientes se alojaban en él y consumían en las tiendas de regalos y en los bares.

Vanessa realizó la última llamada para asegurarse de que todo estaba en orden y se sentó tras el escritorio con satisfacción.

–A.R.M. se enfrenta a Lily's Designs –susurró con una sonrisa–. Es mejor que Frankestein enfrentándose al hombre lobo.

–¿Otra vez estás hablando sola, Vanessa? –Brock estaba en la puerta de su despacho.

–Es una mala costumbre –dijo ella. Después, tragó saliva. Llevaba tres días sin ver a Brock.

Él la había llamado a su casa y le había dejado un mensaje pidiéndole disculpas por tener la agenda muy ocupada. Ella estaba en casa cuando recibió la llamada, pero decidió no contestar. ¿Qué iba a decirle? ¿Cómo iba a reaccionar al hablar con él?

–¿Recibiste las flores que te envié?

Vanessa se puso en pie y se estiró el vestido.

–Sí, eran preciosas. Gracias –contestó con una sonrisa.

Brock entró en el despacho y cerró la puerta.

Vanessa respiró hondo.

Brock tenía muy buen aspecto. Llevaba un pantalón blanco y una camisa de color rojizo.

–Te he echado de menos –dijo él, acercándose a ella.

–¿Me has echado de menos?

–En la cama, Vanessa. Recuerdas lo bien que lo pasamos, ¿no es así? –preguntó mirándola a los ojos.

–Oh, sí –dijo ella, con la respiración entrecortada.

Brock sonrió.

–Creo que no he pasado una noche mejor en mi vida –se acercó un poco más–. ¿Y tú?

Ella dio un paso atrás.

–¿Yo?

Él se puso a su lado y le agarró un mechón de pelo.

–Creo que conté cuatro orgasmos, Vanessa –la miró a los ojos–. ¿Eso hace que la consideres una noche estupenda?

Vanessa cerró los ojos un instante y recordó lo mucho que había disfrutado aquella noche.

–Fue maravilloso –dijo con sinceridad.

–Bien. Espero que no seas el tipo de mujer que opinaría que fue un error. La tontería no se evapora después de pasar toda la noche desnudos en la misma cama, haciendo lo que nos hicimos el uno al otro.

–Hum –murmuró ella.

¿Qué esperaba que le dijera?

Había sido un error. Un gran error. Y no lo repetiría.

Brock se acercó a ella un poco más y Vanessa se retiró, hasta que topó con el borde de su escritorio.

Brock la agarró por la cintura y la atrajo hacia sí. Nada más sentir sus manos sobre el cuerpo, Vanessa notó cómo reaccionaba su organismo.

–¿Qué pasa, Vanessa? –preguntó él.

–Estoy abrumada. Y me estás distrayendo. Me has pillado por sorpresa.

–Te he pillado hablando contigo misma. No parecías ocupada.

–Créeme. Estoy ocupada.

Brock dudó un instante y la soltó. Miró los papeles que había sobre el escritorio y agarró una carpeta.

–¿Estás trabajando sobre la cuenta de A.R.M.?

Vanessa le quitó la carpeta de la mano.

–Sí. Queda menos de una semana –guardó la carpeta en el cajón.

Brock se acercó para mirar por la ventana.

–A mí me gustan los animales. ¿Y a ti?

–Me encantan.

–¿Así que eres una defensora de los derechos animales, como los de la A.R.M.?

Ella lo miró pensativa.

–A veces son un poco extremistas. Pero yo estoy a favor de los derechos de los animales.

–Deberías ver la finca que tiene mi hermano Trent en Crimson Canyon. Hay una manada de caballos salvajes en su propiedad. Es una imagen para recordar.

Vanessa permaneció en silencio.

–Por eso estoy aquí, Vanessa. Para hablar sobre la boda de Trent. Y de la de mi madre. Tenemos que buscar una fecha adecuada para todos.

–Estaré encantada de hacerlo.

Brock asintió y la miró un instante.

–El *luau* del domingo transcurrió sin problemas. Estoy contento con el resultado. Quizá hayamos limado todos nuestros problemas.

El *luau* había salido bien porque ella había estado en la cama con él, cuando debía estar tramando otra pequeña catástrofe.

–Yo también estoy contenta.

Brock se acercó y le sujetó el rostro con las manos. Antes de que ella pudiera reaccionar, la besó en la boca con ternura.

–Comprueba la agenda y coméntame qué fechas hay disponibles.

Se marchó, dejándola estupefacta por el beso.

Y deseando que él fuera cualquier otro hombre excepto Brock Elliot Tyler, su acérrimo enemigo.

Capítulo Ocho

Al día siguiente, Akamu entró en el despacho de Brock con una carpeta bajo el brazo. Brock lo invitó a sentarse frente a él.

—¿Intuyo que tienes información para mí?

—Así es. Esta semana van a celebrarse cinco conferencias. Una durará un día, tres son de dos días y, otra, de tres días completos.

—Con eso aumentarán los ingresos del hotel. ¿Podemos alojar a tanta gente?

—Estará complicado, jefe. Nunca hemos tenido tantas reservas con una semana de antelación. Estarán ocupadas todas las salas de conferencias.

—¿Alguna otra novedad?

—Si se refiere a Vanessa, sí. Tengo novedades. Sé lo que está tramando.

Brock respiró hondo.

—¿Qué novedades hay?

—Ha organizado la conferencia de A.R.M. en la sala Melia. Y la reunión de Lily's Designs en la sala Loke Lau.

—Esas salas están una enfrente de otra. Explícate —Brock se reclinó en la silla.

–Sabe que el grupo A.R.M. es defensor de los derechos de los animales, ¿verdad?

–Lo sé.

–Lily's Designs fabrica bolsos y accesorios de diseño hechos exclusivamente de cuero y piel. Parece que Vanessa ha acordado con Lily que hará una exposición de sus mejores artículos en el pasillo, a las puertas del salón donde se celebrará la reunión.

–¡Cielos! Vanessa lo ha hecho para provocar a los de A.R.M.

Akamu asintió un instante.

–Es brillante.

Brock lo miró y Akamu se movió con nerviosismo.

–Brillante –musitó Brock–. Como poco, tendrán una gran bronca.

–O llegarán a las manos. Lo he visto varias veces en las noticias. Cuando uno de esos activistas ve un abrigo de piel, se vuelve loco.

Brock se frotó la frente. Él también lo había visto. Una copa de vino tinto derramada sobre un abrigo de piel. Disturbios en la calle. Famosos defendiendo los derechos de los animales.

–¿Ha planeado algo más?

Akamu negó con la cabeza.

–No creo. Lo he repasado todo una docena de veces.

–Probablemente considere que ya es suficiente.

Akamu permaneció en silencio.

Brock se quedó pensativo un instante.

–Está bien, tengo un plan. Esto es lo que vamos a hacer.

Veinte minutos más tarde, satisfecho de ver que su plan funcionaría y que salvaría su reputación, al menos durante esa semana, Brock se dirigió al despacho de Vanessa.

–Maldita seas, Melody. ¿Por qué no contestas el teléfono? –miró la pantalla preguntándose por qué siempre le resultaba tan difícil contactar con su hermana.

Vanessa guardó el teléfono móvil en el bolso y continuó con su trabajo.

–Tengo que hablar contigo –dijo Brock Tyler desde la puerta, posando la mirada de sus ojos de color marrón oscuro sobre ella.

–¡Hola! –dijo ella, tratando de disimular su sorpresa.

Brock cerró la puerta y se dirigió hacia ella. Para besarla en los labios, provocando que sus pezones se pusieran turgentes.

La besuqueó en el cuello e inhaló el aroma de su piel.

–Hola, cariño.

Vanessa se mordió el labio inferior.

–¿Querías verme?

–Como siempre –sonrió él.

Ella sintió que una ola de calor la invadía por

dentro. Con sólo una mirada, conseguía hacerla estremecer. Odiaba que él la hiciera reaccionar así. Era como si tuviera una fuerte atracción sobre ella.

Lucy abrió la puerta y asomó la cabeza.

–Hola, ¿qué tal si comemos juntas? –preguntó antes de darse cuenta de que Vanessa estaba acompañada–. ¡Ups! Lo siento, señor Tyler.

Brock se separó de Vanessa y sonrió a Lucy.

–No pasa nada.

–Regresaré más tarde.

«Gracias. Has llegado en el momento oportuno», pensó Vanessa.

–Me parece estupendo que comamos juntas, Lucy –dijo antes de que su amiga cerrara la puerta.

Vanessa apiló las carpetas que tenía sobre la mesa y respiró hondo.

–Podrás ir a comer –dijo él–, sólo quería hablar contigo sobre la fecha de la doble ceremonia.

–Ah.

–Esta fecha le va bien a todo el mundo –dijo él, señalando sobre el calendario que ella tenía en la mesa.

–¡Para ese día quedan menos de tres semanas!

–¿Quieres decir que no es posible hacerlo? –la miró con curiosidad.

–Bueno, hum… –el día anterior le había facilitado a Brock las fechas que había disponibles, pero nunca imaginó que él iba a elegir el primer día disponible. Vanessa no quería seguir trabajando en Tempest cuando llegara su familia. No quería tener nada que ver con la boda–. Vamos a tener que trabajar mucho para que todo salga perfecto.

–Confío en ti. Eres capaz de sacar esto adelante.

Vanessa lo miró un instante y se mordió el labio con más fuerza. Brock confiaba en ella para conseguir que las bodas de su hermano y de su madre fueran perfectas.

–Claro que puedo hacerlo. Pero quizá necesitemos más tiempo.

–Mi madre lleva sola la mayor parte de su vida. Matthew y ella no quieren esperar más. Y Trent siempre ha sido un impaciente.

–Bueno, está bien. Veré lo que puedo hacer.

–Considéralo como un favor personal.

Vanessa no quería hacerle ningún favor personal a Brock.

–Lucy te ayudará en todo lo que necesites.

«Estupendo. Encima va a implicar a Lucy».

–Maravilloso.

–Gracias.

Brock se apoyó sobre el escritorio y se echó hacia delante. Sonrió y le acarició la mejilla hasta llegar a los labios. Recorrió su boca con un dedo y, después, se agachó para besarla. La dulzura y la delicadeza de su beso llegaron hasta lo más profundo del corazón de Vanessa.

–Pásalo bien en la comida, Vanessa.

Ella abrió los ojos y vio que él la miraba con una expresión extraña. Por un instante vio vulnerabilidad en el rostro de Brock, antes de que él se volviera y saliera de su despacho.

Vanessa se sentía confusa. Cruzó los brazos y trató de evitar la pregunta que aparecía en su cabeza continuamente: ¿era posible querer y odiar a alguien al mismo tiempo?

Temía conocer la respuesta, porque el corazón nunca mentía.

El lunes por la mañana, Vanessa entró en la zona del hotel donde se encontraban las salas de conferencias y puso gran cara de sorpresa. Nada era como ella había planeado. Miró cada una de las salas y se detuvo frente a la sala Melia, junto a una pila de material de construcción.

–¿Qué ha pasado con la conferencia del grupo de defensores de los derechos de los animales? –le preguntó a Akamu.

Brock estaba escuchando desde una esquina donde ella no podía verlo.

–Les había asignado la sala Melia. La sala ya debería estar preparada –añadió ella.

Akamu contestó.

–Anoche estalló una tubería. El agua ha empapado las moquetas y la sala apesta. Todo está lleno de moho –Akamu se tapó la nariz–. No creo que quieras ni entrar.

–¿Y por qué no me lo notificaron? –preguntó Vanessa.

Brock sonrió al oír que estaba enfadada.

–Oh, no hacía falta despertarte. Sucedió muy tarde.

Vanessa avanzó un poco y entornó los ojos al ver que un grupo de trabajadores estaba montando la sala Loke Lay para celebrar el encuentro de Lily's Designs. Los bolsos de piel estaban colocados sobre las mesas y el lugar olía a cuero.

–¿Y qué diablos has hecho con el grupo de defensores de los animales?

–Romperme la cabeza –contestó Akamu–. El restaurante Atrium, en la última planta, estaba disponible para hoy. Lo han preparado todo, y estoy seguro de que el presidente del grupo estará encantado de tener un sitio tan bonito para celebrar su conferencia.

–¿No lo saben?

–No, pensé que debías llamarlo tú. Se te da muy bien tranquilizar a los demás cuando hay problemas. Toma –marcó un número de teléfono y le dio el móvil–. Asegúrate de decirles que hay una cascada y que parece que está en plena naturaleza. No tendrán ninguna queja. La sala está preparada para ellos.

Vanessa agarró el teléfono y le dijo:

–De acuerdo, pero deberías haberme llamado para contarme todo esto.

Akamu se encogió de hombros, ignorando su enfado.

Brock esperó a que Vanessa terminara de hablar por teléfono y se acercó a ellos, disfrutando de que ella se hubiera enfadado. Miró los materiales de construcción y dijo:

–¿Algún problema?

Akamu le contó toda la historia y terminó diciendo:

–Y Vanessa acaba de llamar al presidente de A.R.M. para decirle que celebrarán la conferencia en el restaurante Atrium. Lo ha arreglado todo.

–¿Es cierto eso? ¿Les ha parecido bien?

Vanessa asintió.

–Sí, parecían complacidos cuando les describí el lugar. La conferencia empezará a la hora prevista.

–Muy bien, Vanessa –dijo Brock–. Has evitado un desastre.

–Fue idea de Akamu –soltó ella.

–Vanessa es demasiado modesta. Es tan encantadora que podría venderle arena de playa a un bañista.

–Buen trabajo –Brock miró a Vanessa–. Os felicito a los dos.

Akamu miró el reloj y se disculpó.

Vanessa comenzó a despedirse también.

–Será mejor que vaya a…

–Un momento, Vanessa –dijo Brock, agarrándola de la mano–. Quiero hablar contigo.

Ella se puso tensa y el temor se apoderó de su mirada. Brock disfrutó al ver su sentimiento de culpabilidad. La llevó hasta la esquina donde se había ocultado momentos antes y la apoyó contra la pared.

Vanessa pestañeó, evitando mirarlo a los ojos.

–¿Qué?

Él la sujetó por la barbilla y la obligó a que lo mirara.

–Esto.

La besó en la boca hasta sentir que se relajaba. Seguía sintiendo deseo por ella, a pesar de que sabía que estaba dispuesta a destruirlo. A pesar de los engaños. Brock no iba a perdonarla, pero no era inmune a sus encantos.

Vanessa era una adicción.

Y un reto.

Puesto que ya sabía con quién estaba tratando, se cubriría las espaldas pero no prescindiría de los placeres que Vanessa podía proporcionarle.

Tampoco permitiría que se encargara de la boda de su hermano y de su madre. No confiaba en ella. Pero Vanessa no lo sabía y él tenía que conseguir que pensara que todo iba bien, que no sospechaba nada.

Hasta que se cansara del juego.

–Brock –dijo ella, con la respiración entrecortada.

Él miró sus maravillosos ojos azules.

–¿Qué? –susurró, besándola en el cuello.

Ella arqueó la espalda de manera instintiva. El movimiento erótico hizo que él gimiera.

—Maldita sea, Vanessa.

Había conseguido que se excitara en un instante. Tenía que controlar su instinto animal o era capaz de tirarla al suelo allí mismo y hacerle el amor. Se retiró un poco y vio que ella abría los ojos. En ellos ardía el mismo deseo que sentía él.

—Brock —murmuró ella con los ojos llenos de lágrimas. Negó con la cabeza y se marchó de su lado de manera apresurada.

Perplejo, Brock la observó marchar, sintiendo un nudo en el estómago.

«Se lo merece», pensó.

Pero regresó a su despacho sin sentir ni una pizca de satisfacción.

Para ser miércoles no había demasiada gente en Joe's Tiki Torch. Vanessa estaba sentada en una mesa con su amiga Lucy, bebiéndose una piña colada.

—Apenas has cenado y ahora tampoco bebes casi. ¿Qué ocurre? —preguntó Lucy con amabilidad.

Vanessa la consideraba una amiga de verdad y se sentía mal por lo que había intentado hacer. Su idea era destrozar la fama del hotel que Brock había renovado, pero nunca había imaginado que haría amigos allí.

Lucy era una joya.

El lunes, Akamu le había demostrado que era un buen amigo. Se había encargado de solucionar los problemas que habían surgido con la sala de conferencias y después le había dado los méritos por haber solucionado el problema.

Vanessa suspiró y quitó la sombrilla amarilla que decoraba su copa antes de beber un trago. No podía creer que pudiera tener tan mala suerte. ¿Cómo iba a imaginar que el estallido de una tubería salvaría a Brock?

–Esta noche estoy un poco desanimada. Siento no ser buena compañía –le dijo a Lucy.

–Por eso estamos aquí. ¡Para animarte! Llevas así desde el lunes.

Durante los días anteriores, Lucy le había preguntado varias veces qué le pasaba, y Vanessa había inventado todo tipo de excusas. ¿Qué podía decirle?

«¿Me estoy enamorando del hombre al que pretendo destrozar? Si tengo éxito, tu trabajo correrá peligro».

Trató de pensar en todas las chicas que, al igual que Melody, habían sufrido por hombres como Brock. Recordó cómo se había esforzado para desempeñar el papel de madre y de padre con Melly durante los últimos años y de cómo siempre había estado a su lado.

–Me animaré –sonrió y bebió otro trago, notando cómo el ron, el coco y la piña se deslizaban por su garganta–. Tampoco me pasa nada grave.

Lucy la miró y dijo:

–Puedes contarme cualquier cosa, ya sabes.

–Lo sé –contestó, pero no podía contarle lo que pasaba.

A Vanessa le ofrecieron salir a bailar varias veces y aceptó para tratar de animarse. Después se sentó de nuevo, miró el reloj y deseó haber llevado su coche al bar. Entonces fue cuando vio entrar a Brock con Larissa Montrayne, la mujer que lo había monopolizado unas noches atrás. Ellos estaban de espaldas y ella deseó poder escapar por la puerta de atrás.

–Pareces un tigre a punto de saltar –le dijo Lucy.

Vanessa apretó los dientes.

–No, estoy bien –contestó con una falsa sonrisa.

–No tienes buena cara –Lucy miró a su alrededor y vio a Brock y a Larissa–. Ya comprendo –le dijo.

–No creo –contestó Vanessa, bajando el tono de voz–. Pero no puedo hablar de ello aquí.

–¿Quieres que nos vayamos?

Vanessa agarró el bolso.

–No te pares a saludar.

Lucy asintió y se levantó de la mesa.

–No pensaba hacerlo.

Salieron del bar sin que Brock las viera. Cuando quería, era ajeno a todo lo que lo rodeaba.

Días atrás había hecho el amor con Vanessa, más tarde, la había besado de manera apasionada,

provocando que, a partir de entonces, se le enco-
giera el corazón cada vez que lo veía. Había conseguido que ella dudara de sí misma, de sus intenciones y de su vida.

Pero ella se alegraba de haber estado allí esa
noche.

Verlo con otra mujer la ayudaba a ser firme en
su decisión y a recordar qué clase de hombre era
en realidad. Había sido idiota. No podía enamorarse de él. Todavía no había finalizado con su
plan. Tenía que vengarse por el daño que le había
causado a su hermana. Iban a celebrar tres eventos
importantes en el hotel, y ella tenía planeado estropear cada uno de ellos.

No había vuelta atrás.

Brock recibiría su merecido.

Capítulo Nueve

–Quiero darte lo que te mereces, Vanessa –dijo Brock. Estaba detrás de su escritorio y mostraba una amplia sonrisa.

Había llamado a Vanessa a su despacho y ella no tenía ni idea de qué deseaba.

Él comenzó a pasear de un lado a otro, con las manos detrás de la espalda.

–Llevas trabajando aquí unas seis semanas –dijo con tono de negocios.

Vanessa asintió.

–Y durante ese tiempo, has trabajado duro. He visto el número de horas que le has dedicado al trabajo. Y tus esfuerzos no han pasado desapercibidos –sonrió de nuevo–. Te estoy hablando como tu jefe, Vanessa.

Ella tragó saliva. ¿Qué pretendía?

–Deja que vaya al grano: voy a darte una bonificación. Desde que trabajas aquí, organizando eventos, el hotel ha prosperado.

–Oh –eso eran malas noticias.

Vanessa trató de ocultar su decepción. Los tres últimos eventos celebrados y que había tratado de boicotear habían sido un éxito.

—Me alegro de oírlo.

—Estoy seguro. Por eso te contraté. Sabía que eras la persona adecuada para el puesto.

Ella asintió, fingió una sonrisa y trató de deshacer el nudo que sentía en el estómago. Seguía siendo un misterio cómo habían conseguido salvar todas las situaciones que ella había provocado en los diferentes eventos. Ni siquiera soltar cientos de lagartijas alrededor de la piscina durante la demostración de una innovadora marca de aparatos para masajes acuáticos había provocado el caos esperado. El equipo de seguridad del hotel había acorralado a las lagartijas en muy poco tiempo. Ningún invitado había gritado, y el incidente había servido para demostrar lo eficaces que eran las técnicas de masaje relajante.

Vanessa había fracasado miserablemente, y para rizar el rizo, Brock le entregó un sobre con una bonificación.

—Te mereces esto más de lo que imaginas.

Ella miró el sobre y dijo:

—Gracias.

—De nada. Ábrelo.

—No, yo… Lo abriré más tarde.

No quería ver el valor monetario de su fracaso. Estaba al borde de las lágrimas e hizo un esfuerzo para contenerlas.

—Si eso es lo que quieres… Encontrarás una suma generosa. Al margen de lo personal, has hecho un gran trabajo en Tempest Maui.

Ella no opinaba lo mismo.

–Gracias, Brock. ¿Alguna cosa más?

Brock rodeó el escritorio y se apoyó en una esquina de la mesa. Tras cruzarse de brazos, preguntó:

–¿Cómo van los planes de la boda?

–Bien.

–Estupendo. ¿Me necesitas para algo?

–De momento, no –dijo Vanessa. Había confiado en que a esas alturas ya lo habría destrozado. Sin embargo, había ayudado a que el hotel ganara más dinero. ¿Cómo había sucedido tal cosa?

Desconcertada, debatió sobre si debía o no boicotear la doble ceremonia. Sería un golpe bajo por su parte. La madre de Brock había encontrado la felicidad después de haber pasado viuda muchos años. Pero ¿existía una manera mejor de boicotear la reputación de un hotel aparte de conseguir que la boda de su propia familia fuera un auténtico desastre?

La idea provocó que se pusiera muy seria.

–¿Ocurre algo, Vanessa?

–¿Qué? –Vanessa vio que Brock tenía cara de preocupación–. Oh, no –movió el sobre sin abrir–. ¿Qué puede ocurrir? Me alegro mucho de que estés contento con mi trabajo.

–«Entusiasmado» es un término más apropiado. Es probable que gane la apuesta que hice con Trent. Y tengo que darte las gracias por ello.

Ella sintió que se le encogía el corazón.

–Ya, la apuesta sobre que tu hotel iría mejor que el que él tiene en Arizona.

–Y también lo de ganar el Thunderbird de mi padre –Brock la miró a los ojos–. No puedo esperar para mostrarte ese coche.

En el momento en que Brock se incorporó y se acercó a ella con un brillo en la mirada, Vanessa supo que tendría problemas. Dio un paso atrás y dijo:

–Será mejor que regrese a trabajar.

Brock frunció los labios, decepcionado, pero permitió que se fuera y ella se apresuró para salir de allí. Tenía que tomar grandes decisiones respecto a la doble ceremonia que celebrarían al cabo de unas semanas.

¿Sería capaz de boicotear las bodas de dos miembros inocentes de la familia Tyler sólo para demostrar que tenía razón?

Al final del día, Vanessa salió de su despacho con el sobre que Brock le había dado dentro del bolso. Sin abrir. Odiaba llevarlo allí, y lo que representaba.

Cuando llegó a su apartamento, se quitó la ropa y decidió darse un baño relajante.

«Si el plan A no funciona, pasa al plan B», pensó. Pero no tenía otro plan.

–¿Y ahora qué? –susurró mientras se echaba agua por los hombros.

Vanessa miró el bolso de piel de cocodrilo que había dejado sobre la encimera. Lily se lo había regalado por el gran trabajo realizado el día de la conferencia.

Otro indicativo de que su plan había fallado.

Se puso tensa y, pensando en la bonificación que se encontraba dentro del bolso, se amonestó por haber fracasado.

–No lo abras, Vanessa. No canjees el cheque. Ni se te ocurra.

Pero la curiosidad pudo con ella. Salió de la bañera, se cubrió con una toalla y se acercó al bolso para sacar el sobre.

Respiró hondo, abrió el sobre y se quedó boquiabierta al ver la suma del cheque. Los ojos se le llenaron de lágrimas. Brock le había dado un porcentaje de la fortuna que ella le había ayudado a ganar. Dentro, también encontró una nota.

Reúnete conmigo a las siete en el Rebecca, *para celebrarlo.*

Vanessa sintió que la rabia la invadía por dentro. Brock creía que podía conseguir todo lo que quisiera. Le había regalado una gran cantidad de dinero y esperaba que ella lo recompensara con lo que a él le gustaba. Manteniendo relaciones sexuales.

–¿Cómo te atreves, Brock? –susurró.

Vanessa se vistió deprisa. Se puso un vestido

muy sexy y se recogió el cabello en un moño informal. Quería que Brock se percatara de lo que iba a perderse cuando le dijera que no quería nada con él y se marchara.

Llegó al yate justo cuando el sol se estaba poniendo en el horizonte. Brock la estaba esperando en la cubierta, vestido con una camisa de seda negra y unos pantalones.

–Me alegro de que hayas venido –le dijo, ayudándola a subir.

–¿Tenía otra elección?

Brock sonrió y le dio la mano otra vez.

–Tengo que mostrarte algo.

–Estoy segura.

La guió escaleras abajo hasta el salón principal. De pronto, se encendieron las luces y empezaron a disparar los flashes.

–¡Sorpresa! –gritaron los presentes.

Asombrada, Vanessa dio un paso atrás y cayó entre los brazos de Brock. Se enderezó y vio la pancarta que había sobre la barra del bar: *Vanessa Dupree, empleada del mes en Tempest*.

Miró a Lucy, que no dejaba de sonreír, a Akamu y al resto de compañeros del hotel. Se volvió hacia Brock.

–¿Es en serio?

–Por supuesto –dijo él, con un brillo indescifrable en la mirada.

–¿Siempre celebras una fiesta para el empleado del mes?

–No todos los meses. Sólo cuando alguien supera nuestras expectativas.

Le entregaron una copa de champán y Lucy se acercó para darle un abrazo.

–¡Enhorabuena!

–Pero, yo… Gracias.

Brock aprovechó la oportunidad para dar un pequeño discurso sobre el éxito del hotel y sobre cómo Vanessa había contribuido a ello. Todo el mundo aplaudió y después salieron a degustar un bufé en la cubierta.

Vanessa se estremeció. No esperaba nada de todo aquello. No se merecía a los amigos que había hecho allí. No se merecía el apoyo de Akamu ni la amistad de Lucy.

El yate recorría la bahía despacio y Vanessa contempló Tranquility Bay desde la barandilla.

Se sentía invadida por un cúmulo de emociones: culpabilidad, felicidad, fidelidad, engaño, cobardía…

Si todo aquello fuera real, el trabajo y los amigos que había hecho allí…

Si se mereciera los honores que le habían otorgado por un trabajo bien hecho…

Si pudiera enamorarse libremente de Brock Tyler, sin sentirse culpable…

Cuando el yate atracó, se despidió de todos sus compañeros y les agradeció que hubieran compartido aquel momento tan especial con ella.

Después de que los invitados se marcharan,

Brock se acercó a ella y le agarró la mano. Ella lo miró a los ojos. Lo había acusado de cosas terribles, pero él había sido sincero con ella. Más de lo que ella había sido con él.

Pero había una cosa que la molestaba y quería saber la verdad.

—La otra noche te vi en el Torch con Larissa Montrayne.

—Allí estuve —asintió él, y bebió un sorbo de champán.

—¿Lo admites?

—Sí. No te vi.

—Me marché.

—Si te hubieras quedado más rato, habrías visto entrar a su novio. Me encontré con Larissa en el aparcamiento, no la llevé yo. Estaba esperando a su novio y decidimos entrar a tomar una copa.

—¿Eso es todo?

—Eso es todo —se inclinó para besarla en los labios—. ¿Algo más?

Vanessa lo miró a los ojos. Siempre que él la miraba, veía deseo en sus ojos y se sentía atraída por él. Tragó saliva y recordó que había ido allí con un propósito.

—Debo irme —susurró.

Brock le acarició el rostro.

—Esta noche te necesito a mi lado, Vanessa.

No era una orden. Simplemente, un hecho. El tono de su voz la cautivó.

—¿Y por qué yo, Brock? —preguntó. Era algo que

llevaba preguntándose desde que llegó a la isla–. Podrías conseguir a cualquier mujer.

–No es mi estilo –dijo él, y al ver que Vanessa arqueaba las cejas, añadió–: Ya no –Brock la estrechó entre sus brazos–. Estamos perdiendo la noche hablando. Prometo responder a todas tus preguntas por la mañana. Quédate, cariño.

La agarró de la mano y Vanessa lo siguió hasta el dormitorio.

A Brock le encantaba hacer el amor con Vanessa. Ella respondía a cada una de sus caricias. Y le gustaba el sexo, algo que él creía que no le gustaba a muchas mujeres. Muchas estaban dispuestas a complacer a un hombre, pero no disfrutaban de verdad.

Vanessa disfrutaba haciendo el amor y se dejaba llevar por el placer.

Sólo con verla tumbada sobre su cama, con el cabello rubio extendido sobre la almohada, se volvía loco por ella. Y saber que ella estaba igual de loca por él sólo provocaba que aumentara su excitación.

Desnudo y completamente excitado, Brock se tumbó junto a ella en la cama. La tomó entre sus brazos y le hizo el amor de manera desesperada, como si no existiera el mañana.

Porque no existia el mañana.

Brock había terminado de jugar con Vanessa.

Le gustaba muchísimo y, cuando jadeaba bajo su cuerpo, casi provocaba que él olvidara su engaño. Pero no permitiría que eso sucediera. Ella había provocado que la considerara una enemiga.

Sin embargo, deseaba olvidar todo lo que ella había hecho. La deseaba.

A partir del día siguiente, ya no formaría parte de su vida. Él se ocuparía de ello. Sólo les quedaba aquella noche.

Y Brock estaba dispuesto a aprovechar el tiempo al máximo.

Después de que ambos llegaran al primer orgasmo, Brock se tumbó boca arriba y miró a Vanessa. Estaba preciosa. A veces, la veía como una mujer vulnerable e inocente, pero negó con la cabeza, porque sabía que no era ninguna de esas dos cosas.

Ella lo miró sonriente.

—¿Por qué niegas con la cabeza?

Brock respiró hondo. Le diría parte de la verdad.

—Porque no eres lo que yo esperaba.

—Ni tú tampoco, cariño —contestó ella, acariciándole los labios.

Brock la miró. Era la primera vez que empleaba una palabra cariñosa con él. Su tono era dulce y sincero, y eso lo destrozaba.

—¿Preparada para la segunda ronda? —preguntó él, nuevamente excitado.

Vanessa sonrió y le acarició el miembro erecto.

–Sí. Pero uno de los dos acabará rindiéndose tarde o temprano.

–Tarde. Mucho más tarde.

Se colocó a horcajadas sobre él. Sin dudarlo, deslizó su cuerpo sobre su miembro y vio que él cerraba los ojos un instante, para disfrutar de la sensación tan placentera que Vanessa le proporcionaba a cada movimiento.

Brock la sujetó por la espalda y observó cómo le hacía el amor, con la cabeza echada hacia atrás y el cabello suelto.

Supo cuándo ella no podía aguantar más. Notó cómo tensaba el cuerpo sobre su miembro y observó la expresión de placer que puso al relajarse.

Brock permitió que ella lo poseyera hasta quedar saciada. Entonces, la sujetó por las caderas y la penetró de nuevo. Fue todo lo que necesitaba para llegar al clímax también.

Ella se tumbó sobre su torso desnudo y Brock pensó que en la vida no podía haber nada mejor.

La abrazó hasta que se quedó dormida y después hizo lo mismo, evitando pensar en cualquier cosa desagradable.

Cuando Vanessa despertó, descubrió que Brock no estaba en la cama. Habían hecho el amor tres veces durante la noche y cada vez le había parecido mejor que la anterior. Sonrió al recordarlo. Y notó que le dolía todo el cuerpo.

Vanessa sabía que estaba perdida.

Estaba completamente enamorada.

Se mordió el labio inferior, más confundida que nunca.

«¿Y ahora qué?».

Se levantó y se puso la ropa interior. Después salió en busca de Brock. Lo encontró junto a la ventana del salón principal, contemplando la bahía y bebiendo un whisky.

¿A las siete de la mañana?

—¿Brock?

Él se volvió para mirarla con una expresión indescriptible.

—Te gusta el sexo, ¿verdad, Vanessa?

—¿El sexo? Sí, con el hombre adecuado. Por supuesto.

Él asintió y se bebió el whisky de un trago.

—¿El hombre adecuado? Diablos, no me gustaría ver qué serías capaz de hacer con el hombre equivocado.

Confusa, Vanessa negó con la cabeza varias veces.

—¿De qué estás hablando?

Brock dejó el vaso sobre la mesa.

—Sé quién eres, Vanessa. Sé cómo has intentado sabotear mi hotel. Lo sé todo.

Vanessa pestañeó varias veces y dio un paso atrás. De pronto, se sentía vulnerable estando medio desnuda.

Vio una chaqueta de caballero sobre el sofá y se la puso. Tenía el corazón acelerado.

¿Brock lo sabía todo? ¿Cómo lo había descubierto?

Sintió un nudo en el estómago.

Antes de que pudiera pronunciar palabra, Brock se acercó a ella.

–¿Acostarte conmigo era tu manera de mantenerme distraído para que no descubriera la verdad? –preguntó, apretando los dientes.

–¿Yo? ¿Me estás acusando de utilizarte para tener sexo contigo? Eso es muy bueno, Brock. ¡Eres tú el que encandila a chicas inocentes para después abandonarlas, partiéndoles el corazón!

–Me confundes con otro, cariño.

–No, a mi hermana le partiste el corazón. Le hiciste mucho daño, Brock. No te importó nada. Ella me contó cómo la dejaste por otra mujer. Se llama Melody Applegate. ¿O es que ni siquiera te acuerdas de ella?

–La recuerdo.

–O sea, que lo admites.

–Salí con ella medio minuto. No sé lo que te ha contado, pero era una joven muy dulce y, cuando nos separamos, quedamos como amigos.

–¡La dejaste destrozada! Ha estado llorando desde entonces.

–Te equivocas. Háblalo con ella. A partir de ahora, tendrás muchas oportunidades. Estás despedida, Vanessa. Quiero que salgas de Tempest antes del mediodía.

–Te odio –espetó Vanessa.

Él se encogió de hombros.

–Lo sé. Lo sé desde hace mucho, a pesar de que me hicieras el amor hasta que apenas pudiera respirar.

Vanessa le dio una bofetada.

Pero a él no lo afectó, y continuó hablando con tranquilidad.

–Te proponías destruirme, ¿verdad? ¿Pensabas que era estúpido? Después de tus primeros intentos, estuve pendiente de ti todo el rato. ¿No te parecía extraño que todos tus intentos empezaran a fracasar? He de admitir que lo hiciste muy bien, Vanessa. Lo de las lagartijas fue una idea estupenda, lo reconozco. Tu capacidad de engaño me sorprende.

A Vanessa le temblaban los labios. La habían tomado por idiota y él se había estado deleitando con sus fallos, disfrutando de cada minuto. La fiesta y la bonificación que le había dado el día anterior estaban totalmente planificadas. Brock se había vengado de ella. Debía de sentirse muy orgulloso de sí mismo.

Sintió que se le rompía el corazón.

–¿De veras creías que iba a ver cómo arruinabas la boda de mi madre y la de mi hermano? Todos los planes que hiciste para la ceremonia se han cambiado.

Ella empezó a temblar de manera descontrolada. Los ojos se le llenaron de lágrimas.

–No –dijo ella–. Nunca haría tal cosa. No podría hacerlo.

Él entornó los ojos.

–¿Y por qué debería creerte?

Vanessa quería defenderse, explicarle que también tenía un límite, que los problemas que tenía con él no se extendían a su familia. Que no tenía nada en contra de ellos. Pero temía que sus palabras cayeran en saco roto. Brock ya había tomado una decisión sobre ella.

Brock la miró y dijo:

—Vete.

Vanessa no quería marcharse así. Quería conocer la verdad. ¿Qué había sucedido entre Brock y su hermana?

—Vete —repitió él con firmeza—. Vete antes de que te denuncie.

—¿Me estás amenazando con ir a la policía?

—Tengo derecho a hacerlo.

—Eres un bastardo, ¿no es eso?

—Protejo lo que es mío, Vanessa.

Brock salió a la cubierta.

Cuando ella se vistió y salió del barco, él no estaba por ningún sitio.

Vanessa no dejó de llorar ni un instante mientras recogía sus cosas en el apartamento. Devolvió las llaves al encargado del hotel y se subió al MINI que le habían prestado.

No tenía ánimo para enfrentarse a Lucy o a Akamu, los amigos que la habían tratado tan bien desde su llegada a la isla. Tratando de tranquilizarse, les dejó un mensaje en sus teléfonos móviles diciéndoles que le había surgido un imprevisto en casa y que debía marcharse inmediatamente. Hablaría con ellos personalmente, cuando hubiera solucionado todo aquello.

Pensó en Melody. Su hermana no le había contestado a las llamadas, y ella seguía sin localizarla en el móvil.

—Melly, ¿dónde estás?

Le ardían los ojos de tanto llorar. Su hermana era una mujer adulta, pero Vanessa seguía preocupándose por ella.

—Voy de camino a casa —susurró para sí en el taxi que la llevaba hasta el aeropuerto.

Vanessa observó cómo, desde el aire, la isla se convertía en una mancha de arena. Trató de contener el llanto, para no llamar la atención del resto de pasajeros. Sin embargo, cuando miró a su alrededor, se percató de que todos la miraban con lástima.

«Melody me aclarará todo esto», pensó. Brock había insistido mucho en que él no sabía nada de que le hubiera partido el corazón a su hermana. Le había mentido. La había engañado. Le había hecho el amor. Al menos, le habría gustado creer que en ese aspecto había sido sincero. Hacer el amor con Brock no entraba dentro de su plan, aunque él la había acusado de ello. La había acusado de muchas cosas, y algunas eran ciertas. Pero la más importante de sus acusaciones era equivocada. Ella no se había acostado con él para distraerlo y que no se percatara de sus intenciones. Y nunca habría boicoteado las ceremonias de boda de sus familiares.

Le dolía muchísimo que él pensara así. Sin embargo, no podía culparlo. Ella le había dado numerosos motivos para que pensara lo peor de ella.

Cuando aterrizaron en Nueva Orleans, se dirigió al apartamento de Melody. Había conseguido dejar de llorar, pero seguía teniendo un nudo de pena en el estómago. Gracias a que se habían intercambiado las llaves de sus apartamentos, Vanessa pudo entrar en casa de su hermana.

Melody saltó del sofá, con una sonrisa de oreja a oreja.

—Vanny, ¿qué estás haciendo aquí?

—Yo… —Vanessa disfrutó de un instante de felicidad al ver que su hermana tenía buen aspecto. Después, se percató de que tenía compañía, y dijo—: Es una larga historia.

—No importa. Luego me la cuentas —Melody sonrió de nuevo—. ¡Tengo muy buenas noticias!

Vanessa pestañeó. El hombre que estaba sentado en el sofá se puso en pie y sonrió con timidez.

Ella lo reconoció. Se volvió hacia su hermana con curiosidad.

—¿Qué noticias?

Melody extendió la mano izquierda frente a Vanessa y movió los dedos.

—¡Estoy comprometida!

Capítulo Diez

Vanessa miró a Melody asombrada.

–Perdona un momento. ¿Qué? –tardó unos segundos en asimilar las palabras de su hermana–. ¿Estás comprometida?

–¡Sí! –Melody no podía contener su alegría y empezó a moverse de un lado a otro.

Vanessa sintió que le temblaba un párpado. No le había temblado desde que se encontró con que su novio de la universidad estaba jugando a los médicos con su mejor amiga.

–¿Recuerdas a Ryan Gains?

Ryan se acercó a Melody y la rodeó por los hombros.

–Hola, Vanessa. Ha pasado mucho tiempo.

–Ryan, claro que te recuerdo –Vanessa se rascó la cabeza y lo miró de arriba abajo. Aquel chico había salido con su hermana durante el instituto y Melody había estado muy enamorada de él–. ¿No te casaste nada más finalizar el instituto?

–Ahora se ha divorciado –le explicó Melody.

Vanessa fulminó a Melody con la mirada.

–No me mires así. Yo no he tenido nada que ver con la ruptura.

Vanessa respiró hondo. Todo parecía irreal.

—Ryan, ¿me dejas un momento a solas con mi hermana?

Ryan miró a Melody y asintió.

—Claro, de todos modos tengo que regresar a Tempest —se volvió hacia Melody—. Adiós, cariño —la tomó entre sus brazos y la besó.

Melody estuvo a punto de derretirse ante él. Cuando se marchó, le dijo a su hermana:

—Ni siquiera nos has felicitado —se dejó caer en el sofá.

—¿Felicitarte? —Vanessa se sentó también, temiendo que lo que sucediera a continuación provocara que le temblaran las piernas—. ¡Pensaba que estabas destrozada!

—Cielos, Vanny. Hablas como si te sentara mal que no sea así.

—No seas ridícula. Quiero saber la verdad. ¿Y qué es eso de que Ryan tiene que regresar a Tempest?

—Trabaja allí. Lo han ascendido a encargado del hotel. Cuando Brock se marchó, se hizo un cambio de plantilla.

—¿Brock? Pensaba que estabas locamente enamorada de él. Creía que era el hombre de tu vida.

—Oh, eso —Melody hizo un gesto con la mano, como para restarle importancia—. Eso fue una tontería.

—¿Una tontería? ¡Estuviste llorando durante días! Incluso pensé que podías llegar a suicidarte. Sólo me decías: «Brock me ha destrozado. Nunca volveré a amar a nadie. No puedo vivir sin él».

Melody miró hacia otro lado. No quería mirar a su hermana a los ojos.

–En realidad, no era por Brock –confesó Melody con un susurro.

–Explícamelo, Melly. Mírame a los ojos y dame una explicación.

Melody miró a su hermana.

–Bueno, ya sabes que siempre me estás protegiendo. Y no es que no me guste que lo hagas, Vanny, pero soy lo bastante mayor como para tomar mis propias decisiones.

–Y cometer tus propios errores.

–¡Lo ves! –exclamó Melody–. No confías en mí.

Vanessa se masajeó las sienes para tranquilizarse.

–Hablaremos de eso más tarde. Continúa.

–Bueno, llevo años enamorada de Ryan. Desde el instituto. Sabía que nunca darías tu aprobación, así que lo mantuve en silencio, pero me he mantenido alejada de él todos estos años. Ésa es la realidad, Vanny. Créeme.

Vanessa emitió un gruñido.

–Lo veía todos los días en el hotel. Hablábamos con normalidad, pero cuando me enteré de que iba a divorciarse, he de decir que me emocioné. Decidí que esta vez no iba a dejarlo escapar. Sabía que yo le gustaba. Él entraba todos los días en la tienda de regalos. Coqueteamos durante semanas.

Y, oh, Vanny, todos los días rezaba para que me pidiera salir. Y, de pronto, un día lo hizo. Salimos durante semanas, y fueron las mejores semanas de mi vida. Entonces, dejó de invitarme a salir.

Vanessa sintió que se le encogía el corazón. Melody daba una impresión completamente distinta a la que le había transmitido.

–Yo sabía lo que sentía por mí. Conectábamos. Disfrutábamos estando juntos. Yo estaba completamente enamorada y tenía que hacer algo. Ryan necesitaba un empujón.

Vanessa cerró los ojos. «Oh, no».

–Ahí fue cuando Brock entró en juego.

–Sí, Brock es muy atractivo, rico y mujeriego. Pensé que si salía con él, Ryan se pondría celoso. Sabes lo rápido que vuelan los rumores en el hotel. Estaba desesperada, Vanny. Estaba locamente enamorada y, bueno, una chica tiene que hacer locuras para conseguir a su hombre, ¿no es así?

Vanessa se mordió el labio inferior.

–Salí con Brock durante algunas semanas –continuó Melody–. Seguía locamente enamorada, e incluso más desesperada, porque Ryan no reaccionaba. Dejó de venir a la tienda. Ahí fue cuando me quedé destrozada.

–¿Creías que tu vida no tenía sentido? ¿Que nunca volverías a enamorarte? –Vanessa estaba a punto de perder los nervios, pero tenía que escuchar todo lo que Melody tenía que decir–. ¿Creías que nunca podrías enamorarte de otro hombre?

Melody miró a otro lado.

–Sí, sentía todas esas cosas. De veras. No podía decirte que llevaba siete años enamorada de un hombre casado. Tenía suficiente con lo que estaba pasando, y no quería que me echaras la charla. Me sentía humillada por la idea de que me hubiera rechazado. Ryan es el hombre de mi vida, Vanessa. Una chica sabe ese tipo de cosas.

«Igual que Brock es el hombre de tu vida».

Vanessa se puso en pie y paseó de un lado a otro de la habitación.

–Termina, Melody. Quiero saberlo todo.

–Bueno, estaba destrozada, ya lo sabes. Nada iba bien con Ryan y pensaba que lo había perdido otra vez. ¡Para siempre!

–¿Y qué hiciste para que cambiara de opinión? –entonces, se le ocurrió una idea que nunca se le había pasado por la cabeza–. ¿Estás embarazada?

–¡Ojalá! –sonrió–. Algún día. Ryan quiere tener hijos.

–¿Entonces?

–Recibí un buen consejo. Gracias a Brock.

–¿Qué diablos te dijo él?

–Vino a verme, a dejarme de manera delicada. Se portó como un caballero. Nunca llegamos a… Ya sabes, ni estuvimos a punto. Yo me puse a llorar y le confesé la historia de Ryan. Él vio lo destrozada que estaba. Fue muy amable conmigo. Me dijo que a los hombres no les gustan las mujeres que juegan con ellos. Que si había algo de verdad entre nosotros, Ryan volvería. Y que a los hombres les gustaban las mujeres sinceras y directas.

Vanessa se apoyó en el sofá para estabilizarse.

—Oh, cielos.

—Tras pasar varias semanas llorando y destrozada, reuní el valor suficiente para decirle a Ryan la verdad. Y tal y como había dicho Brock, él agradeció mi confesión. Dijo que después del divorcio estaba asustado. Que todo había sucedido demasiado rápido entre nosotros y que necesitaba tiempo, que por eso se había alejado. Pero, hace unos días, me dijo lo mucho que me quería y que quería compartir su vida conmigo. Y yo supe que todo saldría bien.

—Me has mentido —dijo Vanessa, enfadada.

—Lo sé. Tuve que hacerlo.

—¡No, no tenías que hacerlo! ¡No tienes ni idea de lo que has hecho!

—Vanny, tranquila. Todo ha salido bien.

Vanessa rompió a llorar.

—No, ¡nada ha salido bien! Tus mentiras me han hecho mucho daño, Melody.

Vanessa sintió un nudo en el estómago al pensar en cómo había acusado a Brock de cosas que no eran verdad. Y en el daño que le había hecho. En cómo lo había mentido y engañado. Todo el peso de sus actos recaía sobre ella, y era difícil de soportar.

Amaba a Brock Tyler.

Y él la había amenazado con denunciarla.

Vanessa miró a Melody a los ojos y le contó su historia, haciendo que la idiota de su hermana la escuchara mientras sacaba lo que quedaba dentro de su corazón.

Si confesarse era bueno para el alma, entonces Vanessa se sometió a una limpieza de lujo. Llamó a Akamu y le confesó todo lo que había hecho, explicándole sus motivos sin defender su postura. Admitía que se había equivocado. Cuando Akamu le confesó que él sabía que estaba engañando a Brock, apenas se sorprendió. Había imaginado que Brock tenía que tener un cómplice en todo aquello.

Vanessa se disculpó hasta que se quedó sin palabras. Akamu dijo que la comprendía y que lo que debía hacer era disculparse ante Brock. Antes de colgar, decidieron olvidar el pasado. Vanessa se sintió aliviada al ver que Akamu y ella podrían seguir siendo amigos.

Después, llamó a Lucy, le explicó la situación y le suplicó que la perdonara. Lucy sí que la sorprendió.

—Eres mi heroína, Vanessa.

—No me siento para nada como una heroína.

—Escucha, cometiste un error, pero tus motivos eran justos. Y tuviste el valor de llevar adelante tu plan. ¡Y yo que pensaba que la valiente era yo!

Vanessa esbozó una sonrisa.

–Lo eres. Sólo que no quedas como una idiota cuando crees que tienes razón. Yo continué con mi plan, pero no sin sentirme culpable, Lucy. Quiero que sepas que nunca tuve intención de engañarte o de hacerte daño. Nunca imaginé que encontraría tan buenos amigos en la isla.

–Sigues siendo mi amiga, Vanessa. Y eso significa que puedo decirte algo: tienes que regresar para pedirle perdón a Brock. Ha pasado casi una semana desde que te fuiste y nuestro jefe ha estado inmerso en el trabajo, sin hablar con nadie, excepto con Akamu. Cada noche, sale solo en su yate. Todo eso nos afecta a nosotros, puesto que a algunos nos ha encargado que ayudemos a organizar la doble ceremonia.

–Es dentro de unos días, ¿no es así?

–No, la han cambiado.

–Oh, así que es cierto lo que dijo. Ha cambiado todo lo que yo organicé para la boda, incluida la fecha. ¿Sabes que me amenazó con denunciarme?

–No haría tal cosa. Sería perjudicial para su negocio.

–Eso fue lo que dijo Akamu.

Lucy se rió.

–Lo siento, pero es cierto. Akamu lo ha estado presionando para que contrate a otra persona para cubrir tu puesto. Necesitamos ayuda. Pero él no quiere ni pensarlo. Cuando Akamu saca el tema, Brock se limita a mirar por la ventana y a negar con la cabeza.

–He provocado que no crea en los organizadores de eventos –dijo Vanessa–. Eso es todo lo que yo era para él.

–Creo que significabas mucho más… ¿Lo quieres?

Vanessa se mordisqueó el labio.

–¿Lo quieres?

–Sí –dijo Vanessa, sin alegría–. Pero estoy segura de que él me odia. Nunca volverá a confiar en mí. Sé que he intentado hacer cosas terribles, pero él creía que sería capaz de estropear la boda de su familia. No hay nada que pueda hacer para que cambie de opinión.

–No hablas como la chica decidida que conozco. Eres una valiente, ¿recuerdas? Y muy decidida cuando tienes que serlo.

Vanessa suspiró.

–Ya no. He aprendido la lección.

–Siempre serás mi amiga, Vanessa, pero si quieres que siga considerándote una heroína, tienes que hacer algo. ¡No puedes abandonar!

–Valoro tu amistad, Lucy. Pero no soy una heroína. Estoy furiosa con Melody por haberme mentido y, sin embargo, yo hice lo mismo con la gente que quiero –Vanessa notó que se le humedecían los ojos y contuvo las lágrimas–. Jugué a un juego peligroso y perdí la partida.

***

144

Al día siguiente, Melody entró en el dormitorio de invitados donde había acomodado a Vanessa. Ella no tenía casa, ni trabajo. Había alquilado su apartamento hasta el verano.

—¿Cuándo vas a dejar de estar deprimida?

—No estoy deprimida —dijo Vanessa, tumbándose de lado—. Estoy buscando trabajo —pasó la página del periódico y fingió interés en los anuncios.

—Nunca te había visto así —dijo Melody.

—Nunca había estado en esta situación. Humm, no encuentro ningún puesto de saboteadora.

—Ya basta, Vanny. Me estás asustando. Siempre has sido tú con la que se podía contar.

Vanessa negó con la cabeza.

—Te cuidé tanto que llegué a agobiarte. Hace unos días, me sentía furiosa contigo, pero ahora he tenido tiempo de reflexionar. Comprendo por qué me mentiste. Probablemente yo también lo habría hecho.

Melody se sentó en la cama.

—Oh, no, Vanessa. No me cuidaste en exceso. Te necesitaba. Cuando mamá se puso muy enferma, yo todavía era muy joven, y tú permaneciste a mi lado, demostrándome que me querías. No tienes ni idea de lo que eso significaba para mí. Eres mi hermanastra, pero siempre serás como una hermana de verdad. Yo creía que siempre estarías ahí. Ahora que soy mayor, me doy cuenta de cuánto te has sacrificado por mí. Te quiero mucho, por ser quien eres. Una hermana que lucharía por mí, aunque creyera que estoy totalmente equivocada.

Vanessa se sentó en la cama y miró a su hermana.

—¿De veras?

Melody asintió.

—De verdad de la buena.

—Gracias.

Melody agarró la mano de su hermana.

—He aprendido a no jugar con los sentimientos de la gente. Ser sincera funciona mejor. Y si no, al menos lo has intentado de la mejor manera posible.

—¿Por qué me da la sensación de que me vas a echar una charla? —preguntó Vanessa.

—Porque tú eres la experta en ellas. Ahora me toca a mí. No digas nada y escúchame.

—Cielos, estás repitiendo mis palabras.

—Ya sabes que las he escuchado muchas veces. Las tengo grabadas en mi cabeza. Ahora, respecto a Brock Tyler…

La vista que tenía desde la casa que había alquilado era sobrecogedora. Brock estaba en el jardín trasero contemplando el océano Pacífico, con un vodka con tónica en una mano y el teléfono móvil en la otra. Tenía que realizar varias llamadas de negocios, pero no estaba de humor.

En realidad, lo que le apetecía era llamar a Vanessa Dupree.

Pero no quería hablar con ella por teléfono. No estaba preparado para perdonarla. Quizá no llegara a estarlo nunca. Temía meter la pata y acabar discutiendo con ella otra vez. Seguía sintiendo rabia hacia ella, pero también sentía algo más, algo que no lo dejaba dormir por las noches.

Vanessa lo había engañado, y no mucha gente conseguía hacerlo. Él creía que la conocía. Y cuando estaba a su lado, sentía ganas de asentarse, de dejar de ser soltero y formar una familia, como habían hecho sus hermanos y su amigo Code.

Los recuerdos de Vanessa lo atormentaban desde que la había echado de su propiedad. No conseguía olvidarla. Se guardó el teléfono en el bolsillo para evitar llamarla y bebió un sorbo de su copa. Ella había tratado de arruinarlo, pero cuando la comparaba con las otras mujeres con las que había salido en su vida, ella siempre quedaba por encima.

Era un idiota.

Porque, a pesar de todo lo que ella había hecho, él admiraba la fidelidad que había mostrado hacia su hermana. Vanessa pensaba que Melody había sufrido una injusticia y había decidido vengarse. Brock lo comprendía. Él habría hecho lo mismo por sus hermanos.

Las nubes empezaron a cubrir el cielo y la brisa era cada vez más fresca. El clima acompañaba a su estado de humor.

Tormentoso.

Brock se terminó la copa y se preparó para su escapada nocturna en el *Rebecca*. Navegar al atardecer lo ayudaba a aclararse, y eso era lo que necesitaba. Estaba inquieto. Y su cabeza estaba llena de contradicciones. Lo único que deseaba era ir a buscar a Vanessa.

La echaba muchísimo de menos.

–Las chicas tienen que hacer locuras para conseguir a su hombre, ¿no es así? –Vanessa susurró lo que le había dicho su hermana, mientras entraba a escondidas en el *Rebecca*.

«No puedes abandonar», el consejo de Lucy reverberaba en su cabeza.

Si aquello no funcionaba, culparía a las dos por haberla incitado a hacerlo.

Por supuesto, si hubiese sido realmente valiente, se habría enfrentado a Brock en su despacho, o en su casa. Sin embargo, había elegido ocultarse como un polizón en su barco, de forma que él no pudiera echarla.

Aunque siempre podría echarla por la borda. Pero sabía que Brock no lo haría.

Sería perjudicial para su negocio.

–Lo quieres. Díselo, Vanessa –dijo, metiéndose en el dormitorio donde habían hecho el amor–. Dile que lo sientes y que lo habías juzgado mal.

Vanessa se quitó los zapatos y esperó.

Estaba dispuesta a comprobar, de una vez por

todas, si había estropeado todas las posibilidades que tenía de ser feliz con Brock.

Miró el reloj. Todavía tenía la hora de Louisiana, pero imaginaba que serían las siete pasadas, puesto que el sol ya se había ocultado y comenzaba a refrescar. Todavía no había visto a Lucy. Y no le había contado a nadie su plan. Lo único que Melody sabía era que regresaba a Maui para hablar con Brock.

Vanessa se estremeció y se sentó en la cama. Agarró una manta y se cubrió con ella. Cerró los ojos para descansar un poco y echó la cabeza hacia atrás.

El barco se movió de un lado a otro y Vanessa abrió los ojos, percatándose de que estaban navegando. Debía de haberse quedado dormida.

Y si estaban en movimiento, significaba que Brock estaba a bordo. Vanessa se levantó y perdió el equilibrio. El barco daba bandazos, llovía con fuerza y el cielo estaba oscuro.

Ella salió a cubierta y se encontró cara a cara con Brock, empapado, ayudando a la tripulación a guardar el equipo náutico. Él la miró y blasfemó.

–Maldita seas, Vanessa. ¿Qué diablos estás haciendo aquí?

No le dio tiempo a contestar. La agarró del brazo y la guió hasta el dormitorio.

–Hay un huracán mar adentro. Aquí llegará una gran tormenta. Quédate aquí y no te muevas. Volveré más tarde.

Tras esas palabras, se marchó, y Vanessa se estremeció. No por el frío. Ni por la tormenta a la que estaban a punto de enfrentarse. Sino por el tono de Brock. Era evidente que había cometido un error al ir allí, y no tenía escapatoria. Tendría que esperar a que pasara la tormenta y confiar en que le quedara algo de dignidad cuando llegaran a la orilla.

Nunca había sentido tanto dolor. Había perdido a un gran hombre, y quizá nunca llegara a recuperarse. La expresión del rostro de Brock le había dicho todo lo que necesitaba saber. Sentía el mismo vacío que Melody había sentido cuando Ryan la rechazó. Y en esos momentos, ella la comprendía mejor.

Las olas provocaban que el barco se moviera de forma violenta. El miedo que sentía Vanessa se hizo más intenso. Se tumbó de nuevo para no caerse, se agarró al poste de la cama, cerró los ojos y esperó a que la tormenta terminara.

Cuando volvió a abrir los ojos, descubrió que Brock estaba tumbado a su lado, rodeándola con el brazo. Ella pestañeó y pensó que estaba soñando.

—Hola —dijo él—. Ya ha pasado el peligro y ya casi hemos llegado a Tranquility Bay.

Vanessa tragó saliva y asintió.

—¿Vas a denunciarme por entrar en el barco sin permiso?

Brock sonrió y le acarició los labios con un dedo.

–Eso depende. ¿Por qué has venido?

Ella se volvió para mirarlo.

–Para pedirte perdón. Te había juzgado mal. Melody me lo contó todo. Ella me mintió, Brock, y me hizo pensar cosas terribles sobre ti. Sé que eso no justifica lo que hice y no sé cómo pedirte disculpas. Probablemente sea la última persona que quieres ver en…

–Te equivocas –dijo él–. Cuando te vi aquí, casi me dio un vuelco el corazón. Lo que siento por ti me quedó claro cuando te vi en cubierta en mitad de la tormenta. Pensé que podías hacerte daño. O caer por la borda. No podría soportar que te sucediera algo. Y menos conmigo presente. Recuerda, protejo lo que es mío –se levantó de la cama–. Espera aquí.

La dejó muerta de curiosidad. Cuando regresó, llevaba una orquídea en la mano. Se tumbó de nuevo en la cama y colocó la flor en la oreja izquierda de Vanessa.

–Considérate comprometida, pero no sólo para esta noche, Vanessa. Estoy enamorado de ti.

–Yo también estoy enamorada de ti.

–Quiero que formes parte de mi vida.

–Y yo… Lo deseo tanto… –Vanessa negó con la cabeza–. Pero no comprendo por qué quieres que sea así.

–Sólo por el sexo, si no, ¿por qué? –la miró con picardía y la besó antes de que ella pudiera reaccionar–. Lucy y Akamu vinieron a verme esta noche. Se pusieron de tu parte, pero, cariño, no hacía falta que lo hicieran. No eras la única culpable. Yo entré en el juego, y siento haberte mentido. Fui igual de embustero que tú. Podía haberme enfrentado a ti cuando descubrí lo que estabas haciendo, pero decidí jugar tu juego. Espero que puedas perdonarme.

–Te perdono.

Brock suspiró y dijo:

–Tenía reservado un vuelo para ir a verte antes de que ellos hablaran conmigo. Tenía que saber si me había vuelto loco por enamorarme de una mujer que quería arruinarme.

–¡Eso fue un error! Y lo siento muchísimo.

–¿Cuánto?

–Muchísimo.

–¿Suficiente como para acompañarme a la doble ceremonia como mi prometida?

–Oh, sí –contestó ella–. Me encantaría.

–¿Y nada de juegos? –preguntó él.

–Lo prometo, los únicos juegos a los que jugaré a partir de ahora serán en la cama, contigo.

Brock sonrió.

–Eso me gusta. ¿Sabes?, tendré que darle las gracias a Melody la próxima vez que la vea.

–No puedes alegrarte de que haya mentido acerca de ti.

–Pues sí. Si no hubiera inventado esa locura, no habrías venido a la isla. Y no nos habríamos conocido.

–¿A pesar de todos los problemas que te he causado? Fui una…

Brock colocó un dedo sobre sus labios para silenciarla.

–Fuiste lo que yo necesitaba: una mujer bella, inteligente, decida y retadora. Lo más duro que he hecho en mi vida fue echarte de Tempest. Lo único que deseaba era amarte.

–¿De veras? Eso es muy bonito.

–Soy un chico muy tierno, cuando me dan la oportunidad. Así que estamos comprometidos, ¿para siempre?

–Así es, cariño –contestó ella, y lo besó con delicadeza–. Estoy locamente enamorada de ti.

Brock se relajó en la cama y suspiró.

–Eso es un alivio –la besó en el cuello y se colocó sobre ella. Tenía un brillo especial en la mirada–. Es muy difícil encontrar a alguien que haga bien el trabajo de organizar eventos.

Epílogo

–¿Lagartijas? ¿Otra vez hay lagartijas por el jardín?

Brock miró alrededor del Garden Pavilion donde su madre y Matthew estaban pronunciando los votos. Su hermano Trent y Julia, su prometida, estaban a su lado.

–No me mires a mí –susurró Vanessa, inocentemente–. He aprendido la lección.

–Se están ocupando de ello, jefe –dijo Akamu–. Willie Benton ha estado capturándolas durante toda la semana y se le han escapado.

–¿Se le han escapado? ¿O las han soltado? –el joven cliente del hotel era famoso por hacer travesuras.

Akamu se encogió de hombros.

–No lo sé. Debía de haber una docena por el jardín. Los de seguridad ya las han atrapado.

Brock asintió y miró a su prometida. Pronto pronunciarían sus votos y Brock no podía esperar. La agarró de la mano y juntos observaron cómo las bodas transcurrían sin incidentes.

Sarah Rose, la famosa cantante de country y esposa de Code, su mejor amigo, cantó varias baladas durante la ceremonia. Code estaba a su lado, orgulloso.

Evan y Laney asistieron como padrino y como dama de honor, y el pequeño John Charles Tyler Junior, sentado en su carrito, fue el que les entregó el anillo.

La ceremonia terminó con un gran aplauso de los invitados, mientras todos los recién casados caminaban por el pasillo.

Después, los Tyler se reunieron para intercambiar opiniones. Brock propuso un brindis y tomó a Vanessa entre sus brazos.

—Me retiro elegantemente de la competición que hice con Trent, a pesar de estar seguro de que soy el ganador.

Le guiñó el ojo a su prometida y sintió que su corazón se llenaba de felicidad. Se acabaron los juegos para él también. Se consideraba ganador, sólo por amar a Vanessa.

—Espera un minuto —dijo Trent, agarrando la mano de Julia—. Me has ganado incluso en esto, hermano. Yo también estaba pensando en retirarme de la competición —Julia y él se miraron con amor—. Tempest West ha prosperado mucho, y estoy seguro de que soy el ganador, pero ahora no es importante.

Brock abrazó a Vanessa con más fuerza.

—Así que yo estoy fuera y tú también.

Todos se volvieron al oír a Evan decir:

—Chicos, ya no sois divertidos.

Brock miró a Trent y cuando él asintió, Brock dijo:

—Trent y yo estamos de acuerdo en que el Thunderbird de papá deberías quedártelo tú, Evan.

Rebecca estaba de pie con lágrimas en los ojos, junto a Matthew, su nuevo esposo.

—Me parece justo —confirmó Trent.

Cuando Evan lo rechazó, Brock continuó:

—Para tu hijo. Él es el primer heredero de los Tyler, el principio de una nueva generación. Es correcto que John Charles reciba el coche cuando tenga la edad adecuada.

—A los treinta años —dijo Laney muy seria, y todo el mundo se rió.

Evan miró con amor al hijo que tenía en los brazos.

—¿Lo has oído? Ni siquiera tienes un año y ya tienes tu primer coche. Dales las gracias a tus tíos.

Y John Charles Tyler Junior balbuceó oportunamente.

DESEO

CHARLENE SANDS

LA VENGANZA DEL MILLONARIO

Lo único que el millonario Cody Landon deseaba era saborear la dulce venganza. La famosa cantante Sarah Rose lo había traicionado… y ahora debería pagar por ello. Tenía intención de seducirla y después la abandonaría para siempre. Pero Cody no contaba con desear más.

Tampoco contaba con aquel embarazo inesperado. Para salvar su imagen y su carrera, Sarah tendría que casarse con él, dándole a Cody lo que este había anhelado durante tanto tiempo: acceso ilimitado a ella. Cuando el bebé naciera, Cody se divorciaría de Sarah… a menos que ella consiguiera hacerle cambiar de opinión.

N.º 538

EL HOTEL DEL ENGAÑO

Vanessa Dupree soñaba con trabajar en el lujoso hotel situado en Maui, una isla hawaiana. Trabajar allí significaba que podría llevar a cabo la dulce venganza que había preparado para Brock Tyler, el despiadado magnate propietario del hotel. Vanessa destruiría su negocio para vengarse de lo que él le había hecho a su familia.

Pero aquel hombre atractivo y peligrosamente encantador comenzaba a sospechar de su nueva mano derecha. ¿Sería ese el motivo por el que intentaba seducirla, dificultando que se concentrara en su venganza?

JAZMÍN.

ANNE WEALE
NUEVAS OPORTUNIDADES

Cuando Liz se trasladó a vivir a un tranquilo pueblo en España, no esperaba que su vecino fuera el playboy Cameron Fielding. Por la casa de Cameron no dejaban de desfilar mujeres, por eso a Liz le sorprendió tanto enterarse de que estaba pensando casarse... ¡con ella! Era una proposición práctica, pero la luna de miel les demostró que su matrimonio podía ser muy apasionado.

CARA COLTER
UN AMOR POR NAVIDAD

Beth Cavell no podía darle a su sobrino huérfano los regalos de Navidad que el pequeño quería: nieve... ¡y un papá! Cuando alquiló una cabaña en medio de la hermosa naturaleza de Canadá, conoció a Riley Keenan, a quien no le gustaba nada la Navidad. Pero poco a poco, la encantadora Beth y su sobrino consiguieron ablandarle el corazón. Y entonces empezó a caer la nieve. ¿Se cumpliría también el segundo deseo de Jamie?

N.º 572

CHERYL KUSHNER
SIEMPRE SERÁ ÉL

El jefe de policía Ryan O'Connor llevaba diez años sin ver a Zoe Russell, justo desde que le había roto el corazón a su mejor amiga. Ahora tenían que caminar juntos hacia el altar porque eran los padrinos de la boda de la hermana de Zoe. Pero Ryan no estaba preparado para ver el cambio que había dado aquella muchacha tan poco femenina... ni para enfrentarse a los sentimientos que iba a despertar en él...

JULIA

JENNIFER GREENE
RAPTADA POR UN MILLONARIO

Una herencia millonaria debía haber satisfecho todos los sueños de Carolina Daniels, pero solo sirvió para atraer a oportunistas.

Afortunadamente, junto con la generosa donación llegó su salvador: el sexy millonario Maguire Cochran. Maguire sabía que la generosa herencia que su padre había dejado a Carolina por haber salvado a su hijo le causaría más problemas que alegrías. Por eso decidió enseñarle a ser más dura.

Raptarla y llevarla a un lujoso retiro formaba parte del tratamiento.

N.º 467

KELLY HUNTER
AVENTURA EN SINGAPUR

Jianne Xang-Bennett necesitaba protección, por lo que pidió ayuda a su esposo, el experto en artes marciales Jacob Bennett, del que había estado alejada mucho tiempo. Sin embargo, el hecho de que hubieran estado separados doce años no implicaba que pudieran estar en la misma habitación sin discutir o arrancarse la ropa el uno al otro.

Aunque Jacob era capaz de hacer cualquier cosa por la única mujer que podía poner de rodillas a tan noble guerrero.

¡YA EN TU PUNTO DE VENTA!

Tiempo de amar

Carole Mortimer

Canción de seducción

January Calendar era como la Cenicienta, siempre ayudando a sus hermanas y esperando al Príncipe Azul.

Max Golding pensaba que January era demasiado fría con él, y estaba decidido a derretir su corazón de hielo.

Sin embargo, January sospechaba que el millonario abogado quería arrebatarles la tierra de su familia, y que para ello deseaba llevársela a la cama. Pero Max era muy atractivo e irresistiblemente encantador...

Identidad oculta

March Calendar era sexy y soltera, y quería seguir así. Era una mujer de carrera y no tenía tiempo para los hombres. ¡Y menos para uno que planeaba destruir el negocio de su familia! Will Davenport tal vez fuera el soltero más apetecible que March hubiera conocido, pero era también el más peligroso.

Desde su primer encuentro, Will estaba fascinado por March. La deseaba por encima de todo, y haría lo que fuera por conseguirla.

Secretos en la familia

May Calendar había pasado gran parte de su vida cuidando a sus hermanas y ayudando a llevar el negocio familiar... y ahora no estaba dispuesta a que nadie le arrebatara su casa. Sobre todo si se trataba del arrogante empresario Jude Marshall.

Sin embargo, después de haber pasado desapercibida durante tanto tiempo, ¿cómo podría rechazar las invitaciones del encantador Jude?

DESEO
SUSAN CROSBY

UNA ESPOSA TEMPORAL

Lyndsey no podía creer que el hombre con el que llevaba meses soñando le hubiera propuesto matrimonio. Por
supuesto, no se trataba de un matrimonio de verdad. Lo
cierto era que el sexy investigador
Nate Caldwell estaba en un aprieto y
su tímida secretaria había accedido
a ayudarlo encantada. Hasta que se
enteró de que el plan incluía sexo.

SOLO UNA INDISCRECIÓN

La popularidad obligaba a Dana
Sterling a controlar sus sentimientos,
pero cara a cara con Sam Remington
después de más de diez años, el
torrente de emociones se hizo sen-
cillamente incontrolable. Lo que no
conseguía entender era por qué Sam
estaba tan dispuesto a ayudarla a evitar un escándalo que acabaría con
su carrera.

N.º 537

UNIÓN APASIONADA

La detective privado Arianna Alvarado había decidido encontrar las respuestas a todas las preguntas que poblaban
su pasado. Pero para ello necesitaba algunos archivos de
la policía... a los que tenía acceso Joe Vicente. El problema
era que la atracción que sentía por el agente la hacía perder
el control, y eso era algo que jamás le sucedía a Arianna.

BIANCA.

INDIA GREY

AL SERVICIO DEL ITALIANO

Aunque Sarah Halliday es muy sencilla, su peligrosamente atractivo nuevo jefe, Lorenzo Cavalleri, no está contento con que se limite a limpiar los suelos de mármol de su *palazzo* de la Toscana…

Un perfecto maquillaje y los preciosos vestidos que perfilan su figura la hacen apta para acompañarlo a diversos actos sociales, pero en el fondo, Sarah sigue siendo la vergonzosa y retraída ama de llaves de Lorenzo… y no la sofisticada mujer que éste parece esperar en la cama.

AQUELLA ÚLTIMA NOCHE

Cristiano Maresca, piloto de Fórmula 1 de fama mundial, siempre pasaba la noche antes de una carrera en brazos de una hermosa mujer…

Cuatro años atrás, esa mujer fue Kate Edwards. La noche que pasó con

N.º 473

Cristiano despertó sus sentidos y le hizo experimentar un placer inimaginable. Sin embargo, al día siguiente, el indomable Cristiano tuvo un accidente que estuvo a punto de costarle la vida. Poco después, Kate descubrió que estaba esperando un hijo suyo…

¡YA EN TU PUNTO DE VENTA!